스트라진스키의
장르문학 작가로 살기

SF, 히어로물, 스릴러를 쓰고 싶은 당신에게

스트라진스키의

장르문학 작가로 살기

J. 마이클 스트라진스키 지음

송예슬 옮김

BECOMING A WRITER, STAYING A WRITER:
THE ARTISTRY, JOY, AND CAREER OF STORYTELLING

이 책을
당신에게 바친다.
당신의 글과 상상력, 목소리, 미래를 위해.
당신이 이 세상에 들려줄 이야기를 위해.

그리고
2018년 6월 28일 우리 곁을 떠난
할란 엘리슨과
이 책의 출간을 앞두고
2020년 8월 3일 우리 곁을 떠난
수전 엘리슨에게 이 책을 바친다.

당신들을 향한 그리움을 표현할 말이 있으면 좋으련만,
나는 아직 그 말을 찾지 못했다.

목차

들어가며: 왜 이 책인가? • 9

1부.
장르문학 작가가 되다

#1. 살해당한 타자기 이야기: 글쓰기 충동에 관하여 ... 17

#2. 당신은 누구입니까? 버전 1.0 37

#3. 글쓰기를 위한 글쓰기 수업 45

#4. 글은 다듬을수록 좋다 55

#5. 캐릭터와 세계관 만들기 65

#6. 뮤즈와 만난다는 것 82

#7. 당신은 아이디어를 팔 수 없다 91

#8. 상어 조심! 101

#9. 캐릭터의 목소리 듣기 115

#10. 무조건 끝을 볼 것 123

#11. 언덕과 골짜기를 지났다면 쉬어가기 131

#12. 의도의 문제 137

#13. 괴물을 만들기 위해 기억해야 할 3가지 144

#14. 작가를 꿈꾸는 학생들에게 154

#15. 창작의 시스템 165

#16. 시간 도둑에게서 시간을 되찾는 법 179

#17. 작가의 가치 184

2부.
장르문학 작가로 살아가기

#1. 당신은 누구입니까? 버전 2.0 191

#2. 주의 사항 193

#3. 어둠의 에이전트 205

#4. 가면 증후군 221

#5. 자기 글 PR하기 228

#6. 작가의 벽에 관한 소고 243

#7. 거꾸로 뒤집어 보기 252

#8. 함께 일한다는 것 261

#9. 우물 안에 뭐가 있길래? 269

#10. 복잡한 플롯을 짜는 방법 275

#11. 쓰는 삶을 살아가기(그리고 버티기) 282

끝맺으며: 세상과 이어진다는 것 • 297

감사의 말 • 304

옮긴이의 말 • 305

왜 이 책인가?

관건은 작가 되기가 아니라 작가로 살아가기다. ─할란 엘리슨

이 책을 쓰는 나는 운 좋게도 40년 넘게 작가로 먹고살고 있다. 신문과 잡지, 작품집에 글을 실었고 출판사, 방송사, 영화 스튜디오, 만화책 회사와 일했다. 수천만 명이 내 작품을 보았고 그중 영화의 흥행 수익만 따져도 10억 달러가 넘는다. 그 덕에 나는 과분하게 많은 상을 받기도 했다.

지금의 나는 그런 사람이다. 하지만 처음에는 모두와 똑같은 지점에서 똑같이 불리하게 출발했다. 어떻게 해야 작가가 되는지 감이 전혀 잡히지 않았다. 좋은 대학에 들어가 잘 훈련만 받으면 작가가 되는 걸까? 사람들 말마따나 요령껏 인맥을 쌓고

(지금도) 턱없이 부족한 사교성을 발휘해야만 작가의 꿈을 이룰 수 있는 걸까? 무엇을 해야 진입 관문을 무사히 통과할까?

뭐 하나 속 시원히 알지 못했기에, 나는 이 책의 독자 상당수가 그랬던 것처럼 실수를 저질렀다. 모든 것에 통달한 척하지만 정작 작가는 아닌 사람들의 조언에 귀를 기울인 것이다. 그렇게 글쓰기에 대한 잘못된 정보와 도시 설화에 가까운 온갖 소문에 파묻혔다. 전부 현실과 동떨어진 이야기였으나, 나는 그것도 모르고 그저 열심히 엉뚱한 방향으로 나아갔다. 버스를 놓쳐 뒤처질까봐 달아오른 얼굴로 헉헉대며 달리는 사람처럼. 그런 이유로 내가 글쓰기로 먹고사는 작가가 되기까지는 긴 세월이 걸렸다. 내가 뭘 하고 있는지 스스로 알았더라면 그만큼의 시간은 걸리지 않았을 것이다.

나만 이런 경험을 하는 것은 아니다. 글쓰기 강의나 졸업식에 초청받아 가거나 영화학교와 대학 강연, 이런저런 행사에 다닐 때마다 나는 잘못 퍼진 성공 공식을 바로잡고 초보 작가들의 나쁜 습관을 고치느라 적지 않은 시간을 쓴다. 예술 분야에서 성공한 사람에게는 다음에 올라올 사람을 위해 엘리베이터를 내려보낼 도덕적 의무가 있다고 믿기에 나는 기꺼이 그런 시간을 내고 있다. 멘토이자 좋은 본보기로서 탐구와 모방의 대상이 되어준 선배 작가들이 아니었다면 나 역시 지금 이 자리에 오르지 못했을 것이다.

스티븐 킹은 단편집 《스켈레톤 크루》의 머리말에 이렇게 적었다. "돈을 위해 글을 쓰는 사람은 원숭이일 뿐이다. 수지 타산을 따지는 사람도 그렇다. 시급이나 연봉, 아니 평생을 보상에 연연하는 사람도 원숭이일 뿐이다. 인정하고 싶지 않겠지만, 사랑 또한 글을 쓰는 이유가 되지 못한다. 작가가 글을 쓰는 이유는 그게 아니면 살아갈 이유가 없기 때문이다."

이 책은 이 말에 공감하는 사람을 위해 쓰였다. 그러나 누군가는 물을 것이다. 세상에 널린 게 글쓰기 책인데 굳이 한 권을 더 보태야 할까? 왜 시간을 내어 이 책을 읽어야 하지?

이 책은 글쓰기를 막 배우려는 사람에게 창작법을 가르치는 교과서가 아니다. 플롯과 대화, 캐릭터 묘사, 능동과 수동 문법의 차이, 감각적 정보를 더한 서사적 서술 기법, 소설 구성의 5단계, 제비가 맨몸 상태일 때의 비행 속도*와 같은 기본 지식을 이미 배운 사람을 위한 책이다(마지막 것은 몰라도 넘어가주겠다).

이 책은 일반 글쓰기 수업이나 입문서에서 가르치지 않는, 정확하고 실용적이며 값진 정보를 전달하고자 쓰여졌다. 오랜 세월 직접 글을 써온 사람만이 전할 수 있는 조언과 요령, 그리고 방법론이 이 책에 담겼다.

작가는 경력에 따라 귀담아들어야 할 조언이 다르다. 따라서 이 책의 전반부는 이제 막 시작하는 작가에게 먼저 초점을 맞춰, 초보 작가가 시간을 낭비하지 않도록 해야 할 것과 하지 말아야 할 것을 짚어주고, 숙련된 기술이자 직업으로서 글쓰기에 필요한 기술, 나아가 글쓰기 전반에 관해 이야기한다. 후반부는 어느 정도 자리를 잡았으나 한 단계 더 도약하고픈 작가, 글쓰기 기

---

* 코미디 영화의 고전 〈몬티 파이튼의 성배〉에서 '죽음의 다리'를 지키는 노인이 아서 왕에게 던진 질문.

량을 재정비하고 경력에 활력과 무게를 더하고 싶은 기성 작가를 염두에 두고 쓰였다. 경력과 상관없이 모든 작가에게 도움이 될 정보는 전반부와 후반부에 모두 실어두었다. 숙련된 기술을 가다듬어 꾸준히 작가로 먹고살기, '삼각의자 이론'을 적용해 경제적으로 어려운 시기를 버티기, '머나먼 땅에서 온 왕자 시나리오'로 경력에 활력을 불어넣기, 창작과 수입 활동에 요긴한 '작품 돌려짓기', 진짜 창의적으로 살아가기, 피드백에 대처하기, 다른 작가와 협업하기 등은 누구에게나 유익한 정보가 될 것이다.

마지막으로 이 책이 다른 책과 구별되는 이유가 하나 더 있다. 앞서 인용한 스티븐 킹의 표현대로 진정한 작가란 "글을 쓰지 않으면 살아갈 이유가 없는" 사람이다. 하지만, 작가가 글을 쓰는 이유는 비장함 못지않게 즐거움과도 관련이 있다.

이야기가 뜻밖의 색깔과 의미, 비밀을 저절로 드러내는 순간은 실로 강력하고 중독적이다. 그 순간에 우리가 만든 이야기는 황홀하고도 강렬한 작품으로 변모한다. 우리가 우리의 틀을 벗어나 이야기에 제대로 몰입하면 대단한 일이 펼쳐진다는 것을 깨닫는 바로 그 순간, 단순히 수업이나 글쓰기 강연을 위한 글이 아닌, 아름다운 작품이 탄생한다. 작품이 우리의 자아나 통제 욕구에 가로막히지 않고 빛줄기처럼 투명하게 우리를 관통할 때, 마침내 우리는 우리가 예술을 만드는 것이 아니라 체험한다는 사실에 눈을 뜬다.

그걸 깨닫고 나면 글을 쓰는 모든 과정이 더욱 아름다워지고, 찬란해지며, 즐거워진다.

이 책은 바로 그 즐거움을 알리고자 쓰였다. 예술이자 숙련된 기술이며, 직업이기도 한 글쓰기는 커다란 즐거움의 원천이기도 하다.

나는 좋아하는 일을 하러 날마다 우리집 작업실로 출근한다. 그곳에서 놀라운 이야기를 들려주는 멋진 인물들과 만나고, 오직 나만 보고 들을 수 있는 그 인물들을 활자로 살려내 세상에 보이고 있다. 또 나는 측량할 수도 관측할 수도 없는 머나먼 세상으로 날마다 여행을 떠난다.

그렇게 나는 매일 즐겁게 살고 있다.

이제 그러한 삶에 여러분을 초대하고 싶다.

캘리포니아주 로스앤젤레스에서,
J. 마이클 스트라진스키

1부.

장르문학 작가가 되다

#1. 살해당한 타자기 이야기

: 글쓰기 충동에 관하여

시작하기에 앞서 개인적인 이야기를 조금 풀어볼까 한다.

작가로서의 여정은 지독히도 외로웠던 어린 시절에 시작되었다. 우리 가족은 빚쟁이들을 따돌리고 무엇 하나 책임지지 않으려 여섯 달에서 여덟 달 간격으로 이사를 다녔다. 당연히 내게는 친구를 사귈 시간은 물론, 기회도, 자격도 주어지지 않았다. 자서전 《슈퍼맨이 되다》에 자세히 쓰긴 했으나 내 어린 시절은 한마디로 끔찍했고, 그런 나를 구원한 건 책과 영화, 만화책, 그리고 토요일 아침마다 방영되던 만화영화였다. 나는 친구를 여럿 사귀었으나, 현실 세계에는 아무도 존재하지 않았다. 슈퍼맨과 스페이스 고스트*, 〈조니 퀘스트〉**와 〈젯슨 가족〉***, 〈톰과 제리〉, 〈존 스티드와 에마 필〉****이 나의 친구였다. 한 주 방송이 모두 끝나 친구들과 통하는 문이 굳게 닫혀도 나는 머릿속으로 이야기를 굴리며 친구들과 온갖 모험을 떠났다. 물론 이런 말을 입 밖으로 꺼낸 적은 없다. 어차피 아무도 믿지 않았을 테니까. 그러나 열두 살이던 내게 그들은 현실 못지않게 생생했다. 아니, 현실보다 더 생생했다.

시도 때도 없이 공상하던 나는 언제나 별 볼 일 없는 학생이었다. 성적표에 불길한 빨간색 글씨로 형편없는 점수가 적혔고, 경고에 가까운 의견이 덧붙었다. 학업에 열의를 보이지 않습니다…… 수업 시간에 거의 창밖만 봅니다…… 숙제와 상관없는 글을 자꾸 씁니다…… 수업에 집중하지 않습니다…… 유급이 우려됩니다…….

나는 영양 부족으로 비실대며 허름한 옷을 입고 다녔고, 사교성이 없고 관계에 서툴러서 누구와도 쉽게 말을 섞지 못했다. 너무 순진했다. 여자아이와 이야기할 때면 유독 그랬다. 내가 계층 사다리 밑바닥에 있다는(정확히는 사다리보다도 아래에 있다는) 현실은 아무 도움도 되지 않았다. 잘나가는 애들은 나를 무시했고 못된 애들은 내게 주먹을 휘둘렀다. 내가 학교에서 사회 빈민층 신세란 것을 뼈저리게 느낀 때는 6학년 무렵으로, 좋아하던 여학생 사물함에 밸런타인데이 카드를 슬쩍 넣은 게 화근이었

---

*   해나-바베라 프로덕션이 만든 슈퍼히어로 캐릭터로 2000년대에 DC 코믹스 시리즈로 재탄생했다.
**   해나-바베라 프로덕션이 만든 어드벤처 애니메이션.
***   가상의 미래 도시 '오빗 시티'를 배경으로 한 애니메이션 시트콤.
**** 1960년대 영국에서 제작된 드라마. 스파이 '존 스티드'와 여자 파트너 '에마 필'이 팀을 이뤄 여러 사건을 해결한다.

다. 카드를 발견한 여학생은 다짜고짜 나를 찾아와 바닥에 때려 눕히고는 흠씬 두들겨 팼다. 가정폭력으로 어디 가서 뒈지지 않는 집안 출신으로서 지금껏 깨트린 적 없는 약속이 하나 있는데, 무슨 일이 있어도 절대 여자를 때리지 않겠다는 것이다. 스스로 방어해야 하는 상황이 오더라도 말이다. 그날 나는 묵묵히 맞기만 했고, 학교 애들은 그런 나를 보며 깔깔댔다.

이런저런 수난을 당하면서도 나는 답 없이 계속 로맨스를 꿈꿨고, 어설프게 글솜씨를 부려가며 완벽한 이상형이 내 앞에 나타나는 상상을 수없이 했다. 초라한 옷과 주눅 든 태도에 가려진 진짜 내 모습을 누군가 알아보기를 바라면서. 작가는 머나먼 세상과 낯선 공간을 동경하면서도 내심 자신의 글로 주변의 애정과 공감을 얻으려는 은밀한 욕망을 품기도 한다. 어린 시절의 나는 내가 사랑받을 만한 존재라는 것을 간절히 믿고 싶었다. 가상의 이야기에 빠져들어 그 희망을 악착같이 붙들수록 이상의 존재가 정말 어딘가에 존재하리라는 확신이 굳어졌다. 그녀를 발견해 말을 걸기만 하면 될 것 같았다.

9학년이 되었을 때 학교에서 '컴퓨터 댄스파티'가 열렸다. 학생들이 신청서에 써넣은 관심사와 키, 장래희망, 그 밖에 여러 정보를 컴퓨터에 입력하면 컴퓨터가 학생 A와 학생 B를 짝지어주었다. 과학의 힘을 믿어 의심치 않던 나는 속으로 쾌재를 불렀다. '드디어 논리적이고 확실하게 완벽한 이상형을 만날 기회가 왔어! 구구절절 나를 소개하거나 잘 보이려 노력할 필요도 없지. 어차피 우리 둘은 과학이 맺어준 커플이니까. 무조건 가야겠다!'

평소였으면 방과 후 활동은 꿈도 못 꿨겠지만(못된 아이들도 날 받아주지 않았을 테고), 마침 아버지가 그 주에 집을 비운 터였다. 나는 신청서를 작성한 뒤, 내 정보가 카드로 옮겨지고 그 카드가 옆에 놓인 카드 더미에 포개지는 것을 지켜보았다. '저 중에 날 기다리는 짝꿍도 있다 이거지!'

파티 날 저녁, 나는 최대한 깨끗이 씻고 그나마 덜 허름한 셔츠를 골라 입은 뒤 학교까지 3킬로미터를 넘게 걸었다(우리집은 버스 노선과 거리가 멀었고, 스쿨버스는 저녁에 운행하지 않았다. 다른 애들은 모두 부모님 차를 타고 학교에 도착했다). 체육관 바깥에 놓인 테이블에서 내 번호 83번과 짝꿍 번호 105번이 적힌 파란색 카드를 집어 들었다. 그리고 안전핀으로 카드를 셔츠에 꽂고서 안으로 들어갔다. 강당은 색 테이프와 수제 포스터, 크리스마스에 어울릴 법한 현란한 색깔의 조명으로 꾸며져 있었다. 음악 소리가 쿵쿵대고 사람들로 북적이는 강당 안을 헤치며 나는 105번을 찾아다녔다. 나와 짝꿍이 보자마자 서로를 진심으로 알아보는 장면이 머릿속에서 펼쳐지기 시작했다. 단둘이 밖으로 자리를 옮겨 나는 작가가 되고 싶은 꿈을 고백하고 그 애는 자신의 꿈을 털어놓을 것이다. 그러고 나면 다음 날부터 함께 등하교하는 사이가 될 것이다. 함께 점심을 먹고, 마음을 나누고, 그러다 보면 언젠가 키스를 하는 사이로 발전할지도 몰랐다.

'나 여깄어.' 나는 속으로 생각했다. '내가 널 찾을 테니까 기다려!'

30분을 찾아다녔으나 105번은 어디에도 보이지 않았다. '급한 일이 생겨서 집에 일찍 돌아간 걸까. 아니면 오는 길에 차가 고장 났거나.'

바로 그 순간, 아이들 틈 사이로 숫자 105번이 적힌 빨간 종이가 흑백 치마에 꽂혀 흔들거리는 모습이 눈에 들어왔다. 나는 놓치면 안 된다는 생각에 다급해져 춤추는 아이들을 밀치면서 앞으로 나아갔다. 정신을 차려 보니 어느새 내 눈앞에 바로 그녀가 있었다.

온몸이 얼어붙었다.

이 이야기가 벌어지던 시점의 나는 끽해야 162센티미터 정도의 키였다.

반면 내 짝꿍은 177센티미터는 족히 되어 보였고 나이도 한두 살 더 많은 듯했다.

그래도 어쨌거나 컴퓨터가 점찍은 내 여자친구가 아니던가. 게다가 다년간 SF 소설을 탐독한 끝에 과학은 무조건 옳다고 믿게 된 나였다. 나는 다가가 말을 걸어보기로 했다. 하지만 입술을 달싹여도 목소리가 나오지 않았다. 친구들과 신나게 수다를 떨던 짝꿍은 한참 만에야 자신을 올려다보는 나를 발견했다. "뭘 봐?" 신발 바닥에 붙은 이물질을 보는 표정으로 짝꿍이 물었다.

뭐라도 말해야 했다. 이를테면 "내 이름은 조야"라고. 아니면 "멋지다" "널 찾고 있었어"라고. 하다못해 "안녕"이라고는 말해야 했다. 그랬더라면 짝꿍이 나를 인간으로는 대접해줬을 텐데. 그 대신에 나는 셔츠에 꽂힌 번호 카드를 떼어내어 마치 그게 뱀파이어를 막을 성물이라도 된다는 듯이 가슴팍 앞에다 펼친 다음, 갈라지는 목소리로 말하고야 말았다.

"83번!"

짝꿍이 단번에 알아듣지 못해 나는 다시 말했다. 똑같은 외마디를, 정확히 두 번 반복했다. "83번!"

그제야 자기 카드를 확인한 짝꿍이 얼굴을 구겼다. "윽." 그녀는 이렇게 말하며 카드를 여섯 조각으로 찢어 바닥에 버렸고 곧장 자기 친구들과 자리를 떴다. 내가 아닌 누군가를 찾아서.

이 일화를 고백하는 것은 내가 여전히 관계에 서툴다는 사실을 인정하는 것만큼이나 괴롭다. 글을 쓸 때 내가 이입하는 인물은 사람들과 대화하고, 싸우고, 또 가끔은 수작을 거는 것에 능란하다. 상대방이 뭐라 대답할지 작가인 내가 미리 다 알고 있기 때문이다. 하지만 현실 속 나는 상대방이 뭐라 말하고 무엇을 기대하는지 전혀 알지 못한다. 사교성이 한 줌뿐인 나 같은 사람에게 그런 상황은 생각만으로 무시무시하다. '상상 밖은 위험하다고, 친구. 상상 안에서는 적어도 어른다운 대화를 시작할 가능성은 주어지잖아.'

상상이었더라면 "83번!" 하고 외칠 일은 없었을 텐데.

내 사교성 문제에 관해서는 다음 일화도 빼놓을 수 없다. 나는 2001년부터 2002년까지 캐나다 밴쿠버에 체류했다. 쇼타임에서 방영한 드라마 〈제러마이아〉의 프로듀서로 일하던 때였다. 다시 막 싱글이 된 후였으나 연애와는 아예 담을 쌓고 지냈고 데이트는 시도조차 하지 않았다. 내가 뭘 하고 지내는지(정확히는 아무것도 안 하고 있다는 사실을) 알게 된 동료들이 저마다 이걸 하고 저걸 하라며 참견했다. 그중 한 프로듀서는 나더러 근처 레스토랑 겸 클럽에서 매달 연예계 종사자 파티가 열리니 나가보라고 권했다. "한번 가봐. 여자가 남자보다 두 배는 더 많으니까 새로운 사람을 만나기 쉬울 거야."

당시 나는 방송업계에 이름을 꽤 알린 터였다. 프로듀서로도 일하고, 대본을 수백 편씩 썼으며, 여러 상을 휩쓴…… 뭐, 그런 인물이 아니던가? 돌연 내 안의 로맨스 이야기꾼이 시나리오를 휘갈기기 시작했다. 그 안에서 나는 매력과 명성을 뿜어내며 클럽에 들어가 "안녕하세요, 이름이?" 하고 천연덕스럽게 말을 건네는 사람이었다.

이후 넉 달 동안 나는 파티에 꼬박꼬박 나갔다.

그리고 어느 누구와도 말을 섞지 못했다.

어느 누구와도.

나는 손에 술잔을 들고서 벽을 따라 파티장을 서성이다 이따금 큰맘을 먹고서 사람이 모인 쪽으로 걸어갔고, 그 짓을 한두 시간쯤 반복하다 깜깜한 밖으로 도망치고는 했다. 그랜빌 아일랜드 인근의 아파트로 되돌아갈 때면 여자 만나기에 실패하는 이유를 되는대로 갖다 붙이며 스스로를 위로했다. 내 성격이 원체 점잖기도 하거니와 친구들과 재밌게 노는 여자들을 방해하는 게 영 내키지 않는다며 말이다. 물론 합당한 이유였다. 가끔은 여자들이 너무 잘나서라고 합리화했다. 내가 보기에 여자들은 언제나 나보다 똑똑하고 재치가 넘치며 말주변이 좋았으니까. 또 웬만한 남자보다 훨씬 현명하고 깨어 있었으니까. 그것 역시 합당한 이유였다.

하지만 진짜 이유는 따로 있었다. 나는 내 머릿속 바깥세상에 존재하는 누군가에게 다가가 나를 소개하는 법을 알지 못했다. 지금까지도 그걸 몰라 친구 사귀기에는 영 젬병이다.

그래도 친구를 창조하는 것에는 자신이 있다.

작가들은 그런 재주로 먹고산다. 우리는 친구를 창조하고, 함께 놀고 싶은 사람, 좋은 사람과 나쁜 사람, 그 밖에 여러 주변 사람을 만들어낸다. 그들은 우리보다 밝고, 근사하며, 재치가 넘치고, 패션 감각이 좋으며, 우리가 절대 따라잡지 못할 만큼 흥미롭다. 게다가 그들은 우리를 멀리하지 않는다. 우리가 있어야 자신들이 하려는 멋진 일들이 글자로 살아나기 때문이다.

작가가 캐릭터와 세계를 만들어내고 모험을 지어내는 까닭은 지금 이 세계에서 벌어지는 이야기가 마음에 들지 않거나 그것을 이해하기 어렵기 때문이다. 자신이 그 이야기와 어울리지 않는다고 느끼기 때문이기도 하고, 혹은 자기만이 해결할 수 있는 중대한 무언가가 있다고 믿기 때문이다. 앞 장에서 언급한 스티븐 킹의 문장을 다시 곱씹어보면, 글쓰기는 직업인 동시에 태도이다. 작가란 아주 어린 시절, 무언가를 본격적으로 창작하기 훨씬 전부터, 글을 쓰고 싶다는 생각을 쉬지 않고 하던 사람들이다. 작가는 스토리텔링을 통해 현실을 벗어나 스스로 만든 세계로 들어간다. 그 세계는 (작가가 통제할 수 있으므로) 현실보다 안전하지만 (스토리텔링에 진심을 담을수록 과연 이야기가 등장인물 혹은 작가 자신의 어떤 면모를 드러낼지 종잡을 수 없으므로) 더 위험하기도 하다. 그럼에도 스스로 납득할 수 있는 세계를 창조할 힘을 지닌 작가는 글쓰기를 통해 기꺼이 그 세계로 달아난다.

다만 그런 도피에 너무 빠졌다가는 낭패를 보게 된다.

바닥을 기는 성적과 불길한 학업 평가에도, 나는 특별히 눈에 띄는 일 없이 무사히 고등학교를 다녔다. 그러다 졸업반에 올라갔을 때, 선생님 두어 명이 내 글재주를 눈여겨보고 내 안의 작가가 세상 밖으로 나오도록 힘써주었다. 그렇게 나는 문예 창작을 가르치던 조앤 매시 선생님의 지도를 받게 되었고, 몇몇 학생과 함께 등사기로 찍어 발행하던 교내 잡지 《태양 아래》에 실을 소설과 산문, 시 따위를 맡아 쓰게 되었다. (등사기는 과거에 인쇄물을 다량으로 찍어내는 데 쓰인 기계로, 두 종이 사이에 먹지를 끼워 그림이나 글씨를 새긴 다음 그걸 등사기에 넣으면 복사가 되었다.) 우리는 방과 후에 매시 선생님의 교실에 모여 글을 썼다.

출판부원 대다수가 손으로 원고를 썼으나 나와 몇몇 부원은 타자기를 쓸 줄 알았고, 매시 선생님도 타자기 반입을 허락해주었다. 그러나 무지막지하게 큰 그 기계를 집 밖으로 들고 나가 무려 버스로 등하교하는 것을 내 아버지는 용납하지 않았다. 어쩔 수 없이 매시 선생님이 자기 집에 있던 타자기를 내게 빌려주었다.

그 시절의 교실 책상은 알루미늄으로 만들어졌는데, 얇고 모서리가 둥근 탁상과 플라스틱 의자, 그 아래 날렵한 책 받침대까지 일체형으로 연결된 구조였다. 아주 가벼워서 토론 대형을 만들었다가 얼른 제자리로 돌아오기가 용이하다. 이 정보가 이제 곧 중요해질 예정이다.

나는 맨 앞줄에 앉아 있었고, 교실 앞에는 등사 용지가 한 뭉치였다. 매시 선생님이 집에서 가져온 타자기를 내 책상에 올려놓았다. "잘해 봐." 선생님은 싱긋 웃은 뒤 자리를 옮겨 다른 학생들과 이야기를 나누기 시작했다. 나는 타자기에 끼운 용지가 제대로 고정되었는지 여러 차례 확인하고 여백도 정확히 조정한 후에 〈망자의 성가〉라고 이름 지은 단편을 써 내려갔다. 당시 나는 하워드 러브크래프트의 공포 소설에 빠져 있었기에 문체도 영락없이 러브크래프트스러웠다. 초보 작가는 다른 사람들의 문체를 빌려다 쓰면서 자신에게 딱 맞는 문체를 찾아간다. 나역시 에드거 앨런 포를 지나 러브크래프트 단계로, 그다음에는 헌터 톰슨 단계로 넘어가 지금에 이르렀다. 작가는 그렇게 완성된다.

누가 봐도 러브크래프트를 겉핥기식으로 모방하던 아류였지만(심지어 '아컴'*을 살짝 변형해 '마컴'이라는 마을을 이야기에 등장시키기까지 했다), 나는 무아지경으로 몰입했다. 글을 쓰는 순간만큼은 교실에 나 홀로인 듯했고 온 세상에 나와 내 이야기만 존재하는 것 같았다.

끝까지 쓴 종이를 빼낸 다음 새 종이를 타자기에 끼워 넣으려는데 손상된 중간 먹지가 눈에 띄었다. 나머지 종이들도 마찬가지였다. 교실 앞 테이블에 쌓인 용지는 멀쩡해 보였다.

이야기를 어디까지 전개했고 이제 뭐가 더 필요한지 골몰하던 나는 용지가 쌓인 테이블로 가려고 자리에서 일어났다.

겨우 세 발자국을 떼었을 때, 타자기 무게를 못 이겨 앞으로 기우는 책상이 시야 모퉁이에 들어왔다. 타이태닉호가 서서히 심해로 가라앉듯이, 눈앞의 장면은 슬로 모션처럼 느리게 진행되었다. 그러다 마침내 중력이 관성을 압도해 내가 미처 손을 쓰기도 전에 책상이 뒤집혔고 바닥에 타자기가 나뒹굴었다. 시프트 키와 자음, 모음 키가 사방에 흩뿌려졌고, 몸체에서 튕겨 나

---

* 하워드 러브크래프트 작품에 자주 등장하는 가상의 도시 이름.

온 고무 롤러가 벽에 흠집을 낼 만큼 세게 충돌했으며, 잉크가 묻은 리본이 나선을 그리며 허공을 갈랐다.

순간 정적이 흘렀다. 매시 선생님의 굳은 얼굴에 존 카펜터 영화에 나올 법하게 무서운 표정이 드리워졌다.

나는 차라리 죽었으면 싶었다. 그러나 이미 엎질러진 물이었다.

"죄송합니다." 나는 차오르는 눈물을 억누르며 더듬더듬 사과했다. "정말로 죄송해요⋯⋯."

"괜찮아⋯⋯." 매시 선생님이 무겁게 입을 뗐다. "네 잘못이 아니야. 사고잖니. 어차피 자주 쓰지도 않는 타자기였어. 주로 쓰는 건 따로 있거든. 너무 신경 쓰지 말렴. 집에 한 대가 더 있어. 내일 가져다줄 테니 그걸로 마저 쓰도록 해."

우리는 바닥에 떨어진 타자기 잔해를 모아 끈기 있게 재조립했다. 물론 타자기가 손쓸 수 없이 망가졌다는 것은 분명했다.

나는 졸지에 암살범이 된 기분이었다.

다음 날 나는 깨끗한 등사 용지를 챙겨 책상 앞에 다시 앉았다. 매시 선생님은 그런 내게 어제의 타자기보다 훨씬 크고 무거운 타자기를 가져다주었다. 그 무시무시한 타자기는 당시 내 몸무게와 맞먹을 정도로 육중했다. 나는 전날과 같은 불상사가 반복되지 않도록 뒤로 젖힌 몸에 힘을 주고 두 다리를 떡 벌린 자세로 타자기를 두드렸다.

무사히 글쓰기를 마친 뒤 원고를 다시 읽으며 한참을 다듬었다. 어느새 주변도 잊고 다시 이야기에 빠져든 나는 '선생님에게 보여주러 가야겠다'라는 일념으로 자리에서 일어났다.

이번에는 참사를 예상조차 하지 못했다. 부원 한 명이 내지르는 비명에 정신을 차리고 보니 이미 책상이 빠르게 앞으로 고꾸라지고 있었다. 책상은 정확히 두 번 바닥에 튕긴 뒤 교실 앞 캐비닛을 들이박았다. 키보드 쪽으로 떨어진 타자기가 수류탄처럼 폭발하면서 사방으로 파편을 날렸다.

그렇게 나는 이틀 연속으로 타자기를 살해하고 말았다.

매시 선생님이 두 손으로 입을 틀어막은 채 천천히 다가왔다. 그러나 휘둥그레진 두 눈은 진심을 숨기지 못했다. '이런 멍청한 놈을 봤나. 가만 안 두겠어. 눈물 쏙 빠지게 혼내버려? 목을 분질러버릴까 보다. 이건 우리 아버지가 물려준 타자기라고. 등신 같은 놈. 진짜 확······.'

"괜찮아." 끝내 선생님은 이렇게 말했으나 전날보다 목소리에 힘이 없었고 진심 같지도 않았다. "이건······ 사고잖니. 사고가 일어난 걸 어쩌겠어······. 괜찮아."

타자기 잔해를 수습한 후에 나는 선생님에게 원고를 보여주려 자리에서 일어났을 뿐이라고 변명했다. "글에 너무 빠져 있었나 봐요."

내 원고를 받아 자리로 돌아가던 선생님이 걸음을 멈췄다.

"여기 실수를 했구나." 선생님은 첫 장의 상단을 가리켰다. "맨 위에 제목과 이름을 썼어야지."

"아는데요. 완성본이 어떻게 나올지 몰라서 일단 다 쓴 다음에 마음에 들면 그다음에 제목과 이름을 쓸 생각이었어요."

"여기 제목과 이름이 있어야 나머지 애들 원고와 형식이 맞는데."

나는 고개를 끄덕이다가 아주 조심스레 말을 꺼냈다. "거기에 제목과 이름을 넣으려면 타자기가 필요하지 않을까요."

선생님이 날 빤히 바라봤다.

나도 선생님을 바라봤다.

교실 분위기가 싸해졌다.

"아니, 이제는 그냥 손으로 쓰는 게 좋겠다." 선생님은 이렇게 말하며 원고를 돌려주었다.

글쓰기는 우리의 일인 동시에 정체성이다. 몸속 세포 하나하나에 스며든 글쓰기의 감각은 평생토록 사라지지 않는다. 매일 관찰하고, 분류하고, 경청하고, 기록하고, 이런저런 생각과 이미지와 말들을 짝짓다 보면 불쑥 이야기가 모습을 드러내는데, 그 순간에는 모든 것이 시시해지고 주변은 보이지도 않게 된다. 이를 경험한 나는 작가란 만들어지는 게 아니라 타고난다는 지극히 주관적인 결론에 다다랐다. 글쓰기 기술이야 습득하면 그만이다. 누구든 노력만 하면 괜찮은 작가, 심지어는 꽤 노련한 작가가 될 수 있다. 하지만 사람들 뇌리에 남는 문장을 아무리 잘 짓는다 한들, 매 순간 글쓰기 충동을 느끼며 급기야는 의식주와 사랑, 우정보다도 글쓰기가 간절해지는 사람을 따라잡을 수는 없다.

현실을 벗어나 이야기의 세계로 도피할 궁리만 하던 외골수적 성향은 다행히 일하는 데 도움이 되었다. 나는 드라마 〈바빌론 5〉의 110개 에피소드 중 92편을 단독으로 집필했다. 이는 미국 작가조합 회원을 통틀어도 흔치 않은 기록이다. 또 나는 출판사와 영화 스튜디오의 무리한 일정에 맞춰 수백 편의 만화 대본과 영화 각본을 작업해봤다.

이따금 운 좋게 상대방의 초대로 데이트를 하게 되는 날이면, 대화와 웃음 속에 은근한 기류가 흐르는 순간이 한 번씩 찾아오는데, 그새를 못 참고 나는 어김없이 머릿속 생각에 잠간 한눈을 팔고 만다.

이내 정신을 붙들고 현실의 시공간으로 되돌아오지만…… 이미 나는 아주 오랫동안 입을 다문 채로 눈앞의 여인을 내버려 둔 사람이 되어 있다.

"어디 갔다 왔어요? 방금까지 여기 말고 다른 곳에 있었잖아요."

어딜 갔다 왔느냐고?

나는 발화되기를 요구하는 이야기의 세계에 다녀온 것이다.

나도 어쩔 도리가 없다. 이끌리는 대로 갈 뿐이니까.

작가 모임에 나가 자신은 머릿속 인물들이 실제 사람보다 생생하게 느껴지며 의지와 무관하게 자꾸만 이야기의 세계에 빠져들게 된다고 털어놓으면, 다들 고개를 끄덕이며 동의할 것이다. 중증 중독을 치료하는 12단계 프로그램의 참여자들처럼 하나같이 "나도 그래요"라고 말할 것이다. 이 독특한 중독은 작가들끼리만 공감할 수 있는데, 1. 작가가 아닌 사람은 어차피 이해해주지 않고 2. 우리 같은 작가는 작가가 아닌 사람들과 눈을 마주치는 것조차 여전히 힘들어하기 때문이다.

지금껏 책장을 넘기면서 뼈저리게 공감한 독자라면…… 환영한다. 이 책은 당신을 위한 것이다.

작가가 반드시 관계에 서툴고 허구한 날 공상에 빠져 사느라 상상 친구만 있는 사람이어야 하는 건 아니다. 물론 대다수가 그런 유형인 것은 사실이지만, 그런 유형이면서 작가가 되지 않는 사람도 분명 존재한다. 차이가 뭘까? 무엇이 둘의 운명을 가른 걸까?

어쩌면, 모두에게 들려주고픈 이야기가 있다는 믿음에서부터 갈리는 것도 같다. 어릴 적 나는 가족과 선생님에게 한심한 애 취급을 받으며 입 좀 다물라는 핀잔을 매일같이 들었다. 그래서인지 세상을 바꿀 만큼 대단한 이야기를 써서 나를 믿지 않는 사람들에게 내 가치를 증명하고 싶었다. 이런 강박은 자신감이 없어 움츠러드는 시기를 버티게 하는 힘이 되어주지만, 한편으로는 작가를 망치는 명작 콤플렉스로 작용하기도 한다. 나 역시 작품에 무게감을 더하려 할수록 글에 잘난 체와 허세가 붙고, 쓸데없이 글이 비장해지고 과도해지고 고루해지는 경험을 했다. 한때는 나도 인정과 박수갈채에 목말라 글쓰기의 과정보다 결과에 집착했고, 작품 자체보다 세간의 평가에 더 연연했다. 수년이 흐른 후에야 그런 우선순위가 잘못되었다는 것을 알았다.

작가는 대단한 무언가가 아니라 진실을 글로 써야 한다. 그런데 진실은 자신의 가치를 큰소리로 떠벌리지 않는다. 듣는 상대가 알아들을 정도로만 조곤조곤 말을 건넨다.

원자 폭탄이 대폭발을 일으키는 것은 폭탄 중앙에 조심스레 설치된 소량의 폭발 물질 때문이다. 그게 연쇄 반응을 촉발해 핵분열 물질을 점화하면 그제야 비로소 대폭발이 일어난다. 폭탄 중앙에 놓인 작고 정교한 폭발 물질만 제거하면 대폭발은 없던 일이 된다. 나는 드라마 대본을 작업하면서 스토리텔링의 원리도 원자 폭탄과 비슷하다는 것을 깨달았다. 굳이 거대한 진실을 외치지 않더라도, 사소하지만 누구나 공감할 수 있는 진실을 작품 한가운데에 두면, 사람의 마음속 점화 물질에 불이 붙어 폭발적인 공감과 반성 그리고 이해가 터져 나온다.

작은 진실일수록 보편적이다. 사소하지만 강력한 진실은 누구나 살면서 한 번쯤 마주하게 된다. 반면 크고 거창한 진실로는 모두의 공감을 사기 어렵다. 사람들은 심오한 이야기를 생각만큼 자주 하지 않는다. 대부분은 지극히 사소하고 개인적인 진실을 이야기한다. 일상에서 우리는 인생의 의미에 대한 고민보다, 소중한 누군가를 떠나보낸 감정이나 경험을 나눌 때가 더 많다.

〈환상특급〉리메이크 시리즈의 수석 스토리 에디터로 일하던 시절, 작은 진실의 힘을 새삼 실감한 적이 있다. 친구이자 멘토였던 (이 책에도 영감을 준) 할란 엘리슨과 저녁을 먹으며 대본 이야기를 나누던 때였다.

"주인공은 몇 년 전 사고로 아내를 잃었고 아직도 그 슬픔에서 헤어나오지 못했어요. 아내가 죽은 날 말싸움을 했다는 죄책감에 시달리거든요. 말싸움의 원인을 무엇으로 정할지가 고민이에요. 아내의 과소비나 정치적 견해 차이, 밀린 월세, 정 안 되면 둘 중 하나가 바람을 피웠다고 설정할까 생각도 해봤어요. 하지만 딱히 마음에 들지는 않더라고요. 어떻게 생각하세요?"

"크게 다툴 만한 이유들이군."

"맞아요." 나는 유도신문인 것도 모른 채 대답했다. "되도록 구체적이었으면 좋겠는데."

"바로 그게 문제란 걸세. 자네가 말한 이유로 다투는 건 너무 당연해. 그런 장면은 텔레비전에 늘 나온다고. 죽기 전 아내와 말다툼했으면 당연히 마음이 쓰일 거야. 하지만 다툰 이유가 월세나 돈 문제여서 사무치게 후회하는 것은 아니야. 인간이 왜 후회하는지 아나? 말도 안 되게 어이없는 잘못을 해서야. 운전석에 앉아 신호를 기다릴 때 별안간 들이닥치는 기억은 대개 그런 것들이지.

월세가 아니라 아침마다 꺼내 먹는 체리잼이나 자두잼이 이유였다면? 주인공은 그걸 잼이라고 불렀지만, 아내는 귀여운 말장난 삼아 젤리라고 불렀어. 그래서 30년 동안 한집에 살면서 매일 아침 주인공이 '잼 좀 줘' 하고 말하면 아내는 '여기 젤리' 하고 대답했지. 그런데 주인공이 잠을 설쳤거나 다른 고민이 생겨서 기분이 영 별로인 날에 아내가 평소처럼 '여기 젤리' 하고 말했는데 주인공이 버럭 화를 낸 거야. 그 말장난을 30년째 지겹게 들었지만 단 한 번도 재밌던 적이 없었다고, 잼을 달라고 했으면 그냥 군말 없이 잼이나 달라고 말이야.

둘은 말다툼 끝에 냉랭한 분위기에서 식사를 마쳤고, 주인공은 너무 심했다는 생각이 들었지만 출근이 우선이라 사과를 나중으로 미뤘지. 그런데 그날 오후 아내가 사고를 당하는 바람에 나중은 영영 오지 않게 되었어. 그러니까 핵심은, 말다툼했다는 사실이 아니라, 말다툼이 어이없게 벌어졌으며 이기적이고 속좁게 행동한 주인공의 잘못이었다는 점일세. 주인공은 말다툼이 벌어진 5분의 시간을 되돌릴 수만 있으면 뭐든 하려고 할 거야."

월세나 정치적 견해, 불륜으로 인한 다툼이 절절한 후회를 만드는 것이 아니다. 그런 문제는 너무 자주 일어나며 누구의 잘못이라고 딱 잘라 말하기도 어려울 때가 있다. 하지만 잼과 젤리라면 다르다. 사랑하는 사람과의 마지막 날에 어이없을 만큼 사소하고 불필요한 문제로 다퉜다면, 그게 얼마나 한이 맺힐지 누구나 가슴 깊이 공감할 수 있다.

이날 이후로 나는 큰 효과를 바란다면 작은 것에 집중하라는 말을 가슴에 새긴 채 살아간다.

작품을 집필할 때는 무겁고 비장하기보다 소소한 공감대를 찾으려고 노력한다. 한번은 드라마 속 두 인물이 우주선을 타고 목적지로 가는 장면을 쓴 적이 있다. 둘은 꼼짝없이 여섯 시간을 함께 가야 했고, 창밖에 보이는 거라곤 공허한 우주 풍경뿐이었다. 얼마 후 한 인물이 길고 어색한 침묵을 깨트리는데, 전쟁처럼 거창한 화제 대신 질문을 하나 던진다. "단추를 잠그고 지퍼를 올려, 아니면 지퍼를 올리고 단추를 잠가?"

상대방이 뭔 소리냐고 되묻자 질문한 인물은 사람마다 바지를 입는 방법이 다르더라고 설명을 시작한다. 어떤 사람은 지퍼를 올린 다음에 단추를 잠그지만, 또 어떤 사람은 단추를 먼저 잠그고 그다음에 지퍼를 올린다는 것이다. 이 질문 덕분에 두 인물은 무료한 시간을 때우게 되었고, 시청자들 또한 드라마를 본 다음 날, 심지어 드라마가 방영된 지 20년도 훌쩍 지난 지금까지도, 이 질문에 관해 이야기한다. 요즘도 나는 행사에 참석하면 이 질문을 받는다. "그래서…… 단추랑 지퍼 중에 뭐가 먼저죠?"

오랜 세월 크고 작은 진실을 좇아 이 자리까지 온 지금은, 폭발적인 이야기를 만드는 핵심 요소가 생각보다 훨씬 미묘하고 섬세하다는 결론에 다다랐다. 이야기에 진실을 담아내는 것은 물론 중요하지만, 그것만이 전부는 아니며 목적도 아니다.

관건은 아름다움을 만들어내는 것이다.

영화관에 가거나 텔레비전을 볼 때, 우리는 아름다움을 기대한다. 재미를 바라기도 하지만 감동하고 벅차오르고 싶어 한다. 그림이나 음악을 감상하다 예기치 못하게 아름다움을 발견하면 마음이 한결 부드러워진다. 무용수와 가수가 수년간 완벽해지려고 노력한 끝에 보란 듯 가뿐히 춤을 추고 노래할 때 우리는 감탄한다. 아름다움은 상상 이상의 것을 열망하게 만들어 우리의 삶을 풍요롭게 한다는 점에서 강력하다.

제2차 세계대전 시기의 집시 수용소를 배경으로 드라마를 집필하던 시절, 자기 조상이 집시 수용소를 설계했다는 사람과 대화할 기회가 생겼다. 그 사람 말로는 집시 수용소를 설계할 때 중요한 원칙이 두 가지 있었다고 한다.

첫째, 감시탑이나 지상을 지키는 군인의 눈에 띄지 않는 입구가 있어서는 안 된다.

둘째, 어느 곳도 아름답게 꾸며서는 안 된다.

아름다움은 희망을 품게 하고, 희망은 반란을 일으키기 때문이다.

진실이 우리의 진짜 모습을 알려준다면, 아름다움은 우리가 될 수 있는 모습으로 우리를 변화시킨다. 하루하루가 끔찍했던 소년 시절의 나는 아름다움을 갈망하고 꿈꿨다. 아름다운 세상으로 도망치려 했고, 아름다움에 마음을 빼앗겨 수줍게 침묵했다. 그렇게 나도 모르는 사이에 평생 아름다움을 좇았다.

아름다움은 작가 되기 여정의 첫 원동력인 동시에 마지막 목적지이다. 여정을 시작해 어느 정도 시간이 흐른 후에야 비로소 이해하고 다룰 수 있는 것이 바로 아름다움이다. 나는 여전히 진실을 열망하지만, 이제는 스토리텔링의 아름다움을 좇는 데 더 힘을 쏟는다.

이전에 없던 새로운 목소리와 예술을 만나는 것만큼 아름다운 일은 이 세상에 없다. 새로운 몽상가와 이야기는 그 무엇보다 아름답다.

새로운 작가도 마찬가지다.

당신과 같은 작가.

이제 막 작가로 태어난 당신은, 스스로 어떻게 생각하건 간에 아름다운 존재다. 그걸 부정할 수는 없다.

#2. 당신은 누구입니까? 버전 1.0

이제 카메라를 돌려 당신과 가족 그리고 당신의 야망 이야기를 해보자.

첫 번째 시나리오에 따르면, 부모님뿐만 아니라 온 가족과 친구가 당신을 응원한다. 그들은 당신이 성공하기를, 계속 창작 활동을 해 이야기를 들려주기를 바란다. 진심으로 응원하는 것은 물론 경제적으로 도움을 아끼지 않고, 언젠가 서점이나 영화관에서, 또는 텔레비전에서 당신의 작품을 만나게 되기를 기대한다.

주변에 이런 사람들이 있다면, 축하한다. 당신은 작가 지망생 중에 몇 안 되게 운이 좋은 사람이다. 왜냐하면 대부분은 …… 두 번째 시나리오에 해당하기 때문이다.

이 시나리오 속 친구와 가족은 1. 당신의 가능성을 신뢰하지 않거나 2. 당신이 (이론상으로나마) 취직이 보장되는 학과로 진학하기를 바라거나 3. 당신이 가진 재능으로는 실패할 가능성이 훨씬 크다고 믿는다. 그들은 실패와 굴욕, 가난이 기다리는 삶으로 뛰어들려는 당신을 어떻게든 뜯어말려 다른 길로 보내려 할 것이다. 안정적인 일을 하면서 가능하다면 글쓰기는 취미 정도로 즐기기를 바랄 것이다.

첫 번째 시나리오대로 살고 있다면 걱정할 게 없으니 여기서는 두 번째 시나리오에 집중하려 한다.

마가복음 6장 4절을 보면 "선지자는 자기 고향 사람들과 친척, 가족을 제외하면 누구에게나 존경을 받는다"라는 말이 나온다. 오랜 세월 함께 살며 당신의 풋내기 시절까지 모조리 기억하는 사람보다 생판 모르는 남에게 인정받기가 더 쉽다는 뜻이다. 예술가가 모두 그렇듯, 작가 역시 저 멀리 미지의 세계에서 갑자기 툭 튀어나온 존재로 포장될 때가 많다. 적어도 내 곁의 한심한 형제자매가 작가가 될 리는 없다고들 생각한다. 당신의 과거에 익숙한 친구와 가족은 당신의 현재 모습과 미래의 모습을 제대로 보지 못하기 때문에 자꾸만 의심하고, 걱정하고, 빈정거린다. 널 너무 과대평가하는 거 아니야? 네가 뭐 그렇게 잘났길래?

작가는 자기 가족에게만큼은 곧 죽어도 존경을 못 받는다.

자기 의심을 이겨내기도 가뜩이나 힘든데, 가까운 사람들의 의심과 반대를 무릅쓰고 예술을 하기란 초보 작가에게 가혹한 숙제다. 당신은 (아마도) 가족을 사랑하고 신뢰할 것이며, 평생 그들의 의견을 참고해 중요한 결정을 내렸을 것이다. 그런 가족이 당신의 가능성을 믿어주지 않는다면, 아마 당신 마음속에도 '가족의 말이 맞지 않을까?' '그만 포기해버릴까?' 하는 충동이 생겨날 것이다.

당신에게 약간의 재능이 있다는 것을 가족과 친구가 인정한다 하더라도, 그들은 여전히 당신의 실패를 두려워할 것이다. 당신을 싫어해서가 아니다. 오히려 당신을 진심으로 아끼고 걱정하기 때문에 당신이 상처받는 모습을 보기 싫어하는 것이다. 그렇게 그들은 당신을 보호하고 위하는 마음에서, 다정한 단념의 말들로 당신을 에워싼다. 실패하면 어떡할래? 시간만 축내다 아무것도 못 이루고 끝나버리면? 그걸로 먹고살 수나 있겠어? 가능성이 희박해. 다른 일을 알아봐.

나는 이런 말들을 '이성적 목소리의 횡포'라고 부른다. 이런 말들은 애정 못지않게 실패에 대한 두려움으로부터 비롯된다. 이 사회에서 공개적으로 실패한다는 것은 최악의 불명예로 여겨지기 때문이다. 하지만 실패를 무릅쓰지 않고는 아무것도 이룰 수 없다. 군사 전술에서 실패는 때로 요긴한 수단이다. 실패를 계기로 병력과 작전의 허점을 파악할 수 있으니 말이다. 한계를 넘어서려다 실패했으면 뭘 잘못했는지 되짚어보고 실패를 교훈으로 삼아 다시 도전하면 된다.

이상한 말이지만, 기꺼이 실패하려고 해야 작가로 성공할 수 있다.

예술가는 작품을 만들어 판매하고 나면 다른 작품을 구상한다. 그런데 작가의 작품은 현실 세계에 존재하지 않는다. 글이란 것은 설치 미술품이나 기계 부품, 잘 만들어진 가구처럼 손에 잡히지 않는다. 작가는 그저 멍하게 있다가 이야기를 짓는다. 확실한 직업을 갖고, 회사로 출근해 유형의 성과를 만들고, 꾸준히 월급을 타고, (너그러운 회사에 다니는 경우) 이런저런 혜택과 (이 책에서 다룰 주제는 아니나 결국 환상에 불과한) 약간의 안전장치를 보장받아야 성공했다고 인정받는 사회에서, 작가의 노동은 어딘가 부적절하게 느껴진다. 나는 작가로 먹고산 지 10년이 지났을 때도 여전히 친척에게서 언제 번듯한 일자리를 구할 거냐는 말을 듣고 살았다.

누구나 부푼 꿈을 안고 고등학교를 졸업하고 나면 두 갈래 길에 직면한다. 하나는 자신의 꿈을 좇는 길이고, 다른 하나는 주변의 요구에 순응하는 길이다. 어차피 이루기 힘든 꿈을 포기하는 것은 꿈을 이루려고 고생하는 것보다 간단한 선택일 수 있다. 게다가 당신만 꿈을 포기하면 모두의 마음이 한결 편해진다. 만일 당신이 꿈을 좇아 어느 정도 성공하기라도 하면, 꿈을 포기한 주변 사람들은 겸연쩍어질 수밖에 없다. 모두가 불가능하다며 말린 일을 당신이 보란 듯 성공시키면, 용기를 내지 못한 그들의 선택이 원치 않게 주목받게 되기 때문이다. 꿈을 좇는 당신을 어떻게든 끌어내리려는 사람은, 사실 꿈을 좇지 않은 자신의 선택을 정당화하려는 것이다.

당신이 원하는 것과 이루고픈 목표가 무엇인지, 또 그에 대한 자기 의심과 주변의 우려를 어떻게 극복할 것인지가 결국 관건이다. 초보 작가들은 늘 양극단의 고민에 시달린다. 무슨 일이 있어도 내 작품을 쓰겠노라고 굳게 결심하기가 무섭게 내게 재능이 없는 것 같아* 불안해진다. 마음 같아서는 누군가 졸졸 따라다니면서 "할 수 있답니다. 당신은 재능이 넘치니 반드시 성공할 거예요. 자신감을 잃지 말아요"라고 말해줬으면 싶다. 하지만 성공은 아무도 장담할 수 없다. 만일 그런 사람이 있다면, 보나마나 장사치일 것이다. 아마 십중팔구는 글쓰기 책을 팔려는 사람일 거고.

작가의 삶이 고단한 이유[**]는 또 있다. 작가는 자신을 믿어달라고 주변 사람들을 설득하느라 반평생을 쓰는 한편 자기 안의 의심을 떨쳐내느라 나머지 반평생을 쓴다. 이런 과정을 피할 방도는 없으니 차라리 고통에 익숙해지는 편이 정신 건강에 이롭다.

작가의 재능을 보장해주는 징표는 없으나 옳은 길로 가고 있음을 알려주는 몇몇 가능성과 조짐, 특징은 존재한다. 각자 상황에 따라 차이는 있겠지만 대체로 아래와 같은 모습을 띤다.

고등학교 시절 모두가 밖에 나가 공을 차거나, '콜 오브 듀티' 최신판 게임을 하거나, 친구들과 어울려 노는 동안, 당신은 집에 틀어박혀 소설이나 시, 혹은 일기를 썼을 것이다. 글을 써야만 한다는 내면의 목소리에 이끌려 시작한 일이었겠지만 진심으로 즐기기도 했을 것이다. 활자로는 어디로든 떠날 수 있고 당신만 오롯이 이해하는 비밀을 은근슬쩍 드러낼 수도 있었을 테니까. 한편으로는 당신의 글을 세상에 보이기가 겁났을 것이다. 평

---

[*] 불안은 경력이 쌓여도 가시지 않는다. 다만 불안해하는 이유가 달라질 뿐이다. 베테랑 작가는 새 작품을 쓰기 시작할 때마다 '이 이야기로 500쪽을 어떻게 채우지?' 하고 걱정하지만, 쓰다 보면 어느새 '이 이야기를 어떻게 500쪽 안에 끝내지?' 하고 고민하게 된다.

[**] 그나마 이 책을 만나 다행이지 않은가?

소 당신은 글에 담긴 생각을 입 밖으로 꺼낸 적이 거의 없었다. 당신은 머릿속에 여섯 가지 생각이 떠다니면 그중 한두 개만 겨우 말하는 사람이었다. 사람들은 그런 당신을 보며 자기 세계 안에만 갇혀 산다고 걱정했을 것이다. 물론 일리가 있는 걱정이었다. 그러나 당신에게는 진짜 세계보다 머릿속에 꾸며놓은 세계가 훨씬 더 재밌었을 것이다.

대학에 가서는 세상의 외연이 넓어지면서 삶이 바뀌는 경험을 했을 것이다. 이전까지는 시키는 대로 수업을 듣고 시험을 보면서 남의 명령대로 움직였다. 앞에 놓인 선택지는 몇 안 되었고 그마저도 스스로 통제할 수 없었다. 매일 주는 대로 먹어야 했다. 그러다 갑자기 눈앞에 성대한 뷔페가 차려졌다. 다양한 맛과 질감과 색깔의 향연이 펼쳐졌고, 상상 이상으로 풍부한 가능성을 만났다. 짜릿한 해방감을 느끼면서도 겁이 나고 조금은 혼란스러웠을 것이다. 부모와 지도 교수가 요구하는 저쪽 세계로 가면 과학, 법, 회계 분야에서 안정적인 일자리를 보장받을 수 있었다. 그러나 당신은 창의적인 글쓰기를 알려주고 단편 소설과 연극, 드라마 대본 작법을 알려주는 이쪽 세계에 마음이 동했다. 머리는 저기로 가야 한다는 것을 알지만, 마음은 자꾸만 이쪽으로 기울었다. 당연히…… 그게 회계학 강의는 아니었을 것이다.[*]

대학에 갈 형편이 되지 않아 닥치는 대로 일하며 비정규직으

---

[*] 회계사를 깎아내리려는 의도는 없다. 회계사도 마땅히 존중받아야 하는 직업이다. 내가 이 말을 덧붙이는 이유는 이것이 분명하고 타당한 사실이기 때문이며, 내 재산을 관리하는 사람들이 행여 이걸 읽고 기분이 상할까 노파심이 들기 때문이다. 나는 회계 감사를 받고 싶지 않다.

로 살아가고 있는지도 모르겠다. 돈을 벌기 위해 들쑥날쑥한 노동 시간을 견디고, 언제라도 해고될 수 있다는 불안을 안고 산다. 상황이 불안정하다 보니, 미치광이 여왕의 경주를 뛰는 앨리스처럼, 숨 고를 새도 없이 밤낮으로 계속 달린다. 그래야 겨우 현 상태를 유지할 수 있다. 일과 수면, 절망을 빼고는 무엇도 할 여유가 생기지 않는다. 하지만, 당신은 피로한 몸을 이끌고 이른 아침에, 근무 대기 시간에, 혹은 점심시간에 작은 노트를 꺼내 몇몇 문장과 대사를, 또는 플롯을, 이런저런 묘사와 생각을 끄적인다. 당신은 그런 창조적인 저항 덕분에 정신없는 나날을 버티고 잠시나마 행복을 느낀다.

또는 처음부터 대학에 갈 생각이 없었거나, 대학 전공과는 무관한 삶을 살고 있는지도 모르겠다. 건설 노동자나 솜씨 좋은 목수일 수도, 사진작가이거나 뮤지션일 수도, 자영업자이거나 의료업계 종사자일 수도 있다. 또는 현실에 좀처럼 발을 붙이지 못해 방황하는 중일 수도 있다. 어떤 상태이건 간에, 당신 안에 세상을 뒤흔들 이야기가 있다는 깊은 확신이 흔들린 적은 없을 것이다.[**]

마지막으로, 나이를 꽤 먹은 후에야 세상에 이야기를 내보이고 싶은 꿈을 품게 된 사람도 있을 것이다. 당신은 이미 안정적인 직업을 가졌고 책임질 가족도 있다. 세월은 점점 더 빠르게 흘러만 간다. 밀려드는 일을 처리하고 어딘가에 정착하느라 젊

[**] 대학에 가지 않는다고 작가로 성공하지 못하는 것은 아니다. 레이 브래드버리, 트루먼 커포티, 마야 안젤루, 잭 케루악, 윌리엄 포크너가 그 증거다.

었을 때는 예술가를 꿈꾼 적도 없었다. 그런데 산전수전을 다 겪은 지금의 당신은, 안정을 찾았고 생각도 더 단단해졌다. 표현하는 법을 몰라서, 또는 주변 사람들에게 비웃음을 살까 봐 말하지 못했던 것들을 이제는 말하고 싶어졌다. 너무 늦은 것 같다는 조바심이 들지만, 글을 쓰고 싶은 욕구도 덩달아 강력해져 늦게 글을 쓰기 시작한 작가들을 찾아보고, 제임스 미치너, 셔우드 앤더슨, 로라 잉걸스 와일더, 헬렌 디윗, 찰스 부코스키, 레이먼드 챈들러 같은 이름을 확인한 뒤 안심한다. 언젠가는 자신의 이름이 그들과 나란히 놓이기를 꿈꾼다. 늦게 출발해 목표 지점까지 갈 힘도 재능도 시간도 모두 부족하지 않을까 걱정도 되지만, 정말 간절히 원한다면⋯⋯ 시도해 볼 필요는 있다고 다짐한다.

이렇게 살고 있는 당신에게 들려주고픈 말이 많다.

이제 본격적으로 시작해보자.

#3. 글쓰기를 위한 글쓰기 수업

작곡가이자 풍자가였던 톰 레러는 "인생은 하수구와 같다. 거기서 뭘 건지느냐는 그 안에 뭘 집어넣느냐에 달렸다"라고 말했다. 대학의 문예 창작 수업도 다르지 않다. 물론 그런 수업에서 가르치는 글쓰기 원리, 은유와 직유, 윤문법, 소설과 시 창작법 등은 여러모로 쓸모가 있다. 사고 능력은 언어 능력과 떼어놓을 수 없기에, 언어로 깔끔하고 창조적이게 표현하는 법을 익히면 그만큼 정신도 명민해지고 단단해진다.

문제는 그런 입문 수업이 작가 지망생의 잠재력을 제한하고 심지어는 망가트릴 수 있다는 것이다. 저마다 개성 있는 목소리를 표현하도록 어떻게 글을 쓰고 있는지 살피는 것이 아니라 무조건 이렇게 쓰라고 강요하는 수업에서 좋은 결과를 기대하기는 힘들다. 창의적인 학생일수록 틀에 박힌 문체를 따르라고 강요받으면 주춤하고 몸을 사리게 된다. 자신이 진짜 하고픈 방식을 포기하고 선생님이 시키는 대로 해야 하나 고민에 빠지기도 한다. 그러다 의욕과 흥미를 잃고 못된 버릇을 익히는 작가들이 허다하다. 글쓰기 수업은 글쓰기에 대한 고정관념을 없애주어야지 더 얹어주어서는 곤란하다.

좋은 글쓰기란 작가의 자연스러운 목소리를 종이에 옮겨 적는 것에서부터 시작한다. 정교하게 다듬는 것은 그다음에 할 일이다. 이 사실은 SF 작가 아이작 아시모프가 출판 에이전트와 나눴다는 대화에서 잘 드러난다. 시행착오를 겪던 젊은 아시모프가 하루는 아주 낙심하여 글쓰기에 대한 고민을 털어놓았다. 요약하자면 그의 고민은 플롯을 구상하고 캐릭터를 만드는 것이 아니라, 자신의 이야기를 문학다운 말로 옮기는 것이었다.

에이전트는 말없이 고개를 끄덕였다. 다른 작가들에게서 늘 듣던 고민이었다. 그가 입을 열었다. "아이작 씨, '아침이 되어 해가 밝았다'라는 문장을 헤밍웨이라면 어떻게 쓸 것 같아요?"

"모르겠는데요." 아시모프는 대답이 궁금했다. "어떻게 쓰는데요?"

"'아침이 되어 해가 밝았다.' 그냥 말하듯이. 그게 다예요."

그냥 말하듯이. 너무나도 단순명료한 말이건만 어떤 작가들은 그걸 깨우치기까지 수십 년을 허비한다.

창조적인 글쓰기를 가르치려면 학생들의 자유로운 표현을 격려해야 한다. 늘 침묵을 강요당하던 아이들이 새로운 목표 의식과 의지를 가지고서 기대 이상의 잠재력을 보일 때 그걸 지켜보는 기쁨은 상당하다. 하지만 엄격한 분위기에서는 그런 기쁨이 순식간에 사그라든다. 가르치는 사람이 개인적으로 선호하는 글쓰기 방식만 유일한 해답으로 제시하며 자유분방한 학생들을 벌주고, 비위를 맞추려 기계처럼 흉내내는 학생들만 인정해준다면, 여러모로 문제가 된다. 창작물에 점수를 매기는 것이 철저히 주관의 영역이라는 점에서 더욱 그렇다. 역사나 수학 시험 채점이 잘못됐으면 학과에 이의를 제기하면 그만이다. 그러나 순전히 가르치는 사람의 취향 때문에 창작물이 좋은 평가를 받지 못한 거라면, 제삼자가 개입해봤자 별 소득이 없다.

대학 때 들었던 문예 창작 수업의 교수는 여성을 차별하는 사람이었다. 특히 자기 말을 고분고분 따르지 않고 할 말을 하는 여자 학생들을 싫어했던 것 같다. 여자보다 남자 학생들에게 점수가 후했고 수업 때도 남녀를 대하는 태도가 달랐다. 남학생에게는 이름도 자주 호명하고 격려도 아끼지 않았지만, 여학생에게는 고압적이고 신경질적이었으며, 평가도 과하다 싶을 만큼 박했다.

하루는 학생들이 제출한 과제를 품평하던 날이었다. 교수가 한 여학생을 심하게 몰아붙이기 시작했는데 내가 봐도 너무 가혹하고 부적절했다. 교수는 여학생에게 폭언을 퍼부으면서 그걸 즐기는 눈치였다. 학생이 선생인 자신의 말을 되받아치거나, 그의 행동을 문제 삼지 못하리란 것을 잘 알았기 때문이다. 끝내 학생은 울음을 터트렸다.

그때 강의실 뒤편에서 단호하고 차가운 목소리가 들렸다.

"망할˚, 헛소리 좀 그만하시죠."

놀랍게도 내 입에서 나온 소리였다.

화가 나 얼굴이 붉어진 교수가 나를 강의실 밖으로 불렀다.

"그러죠, 뭐." 나는 그를 따라나섰다.

교수는 내가 폭력을 행사해 퇴학당하게끔 내 화를 슬슬 북돋을 작정인 듯했다. 하지만 나는 그 미끼를 물지 않았고, 끝까지 주머니에 손을 찔러넣은 채, 교수인 당신이 잘못했으니 학생에게 사과하라고 요구했다.

내 요구를 거부한 교수는 도리어 나를 곤란하게 만들려고 학과에 이 문제를 보고했다. 그러나 학과는 섣부르게 개입하지 않았다. 영화로도 만들어진 연극 〈맨 오브 라만차〉의 명대사처럼, 학과는 "필요하다면 서로를 죽이되 소란만은 일으키지 말라"는 태도로 일관했다.

그날 사건이 있기 전까지 나는 그 수업에서 늘 좋은 평가를 받았었다. 그런데 이후로 과제 성적이 D 아니면 D 마이너스로 뚝 떨어졌다. 아마도 교수는 F를 주고 싶었겠지만, 그랬다가 내가 항의하기라도 하면 문제가 커질 것을 우려했던 것 같다.

마지막 수업 날 강의실을 나서려는데 교수가 내 앞을 가로막더니 다 들리게 말했다. "스트라진스키 군, 자네는 절대 작가가 될 수 없네. 재능이 없거든."

훗날 작품 활동을 시작했을 때 나는 잊지 않고 그 교수의 연구실로 내 작품 원고를 꼬박꼬박 보냈다. 그를 골려주고 싶은 마음

---

* 여기서는 '망할'이라고 순화했으나 실제로는 더 심했다. 순화한 이유는 이 책을 무사히 출간하기 위해서였다. 그날 내가 내뱉은 말을 다른 선생님 앞에서 써본 적은 단 한 번도 없다.

에서였다.[**] 답은 오지 않았다. 작품 수가 많아진 후로는 결국 그 짓을 관뒀다. 그러다 몇 년이 지나서 그가 세상을 떠났다는 소식을 접했다. 조의는 표해야겠다 싶어 그가 묻힌 묘지를 찾아갔다. 행여 그가 무덤에서 벌떡 일어나는 불상사가 일어나지 않게, 그의 심장이 있을 법한 곳에 내 원고로 둘둘 싼 연필 한 자루를 푹 꽂아 넣었다.

뭐 뒤끝이 있어서 그런 건 아니고.

이런저런 일을 겪고도 나는 계속해서 문예 창작 수업을 기웃거렸다. 개관 수업을 듣기도 하고, 소설처럼 특정 양식만 다루는 수업도 들었다. 그 시절 나는 어쨌거나 수업에서 배워야 작가가 되는 법을 가장 잘 터득할 수 있다고 믿었다. 샌디에이고 주립대학교에서 수강한 단편 창작 수업을 끝으로, 나는 내가 엉뚱한 길로 가고 있었음을 깨달았다. 김은국Richard E. Kim 교수의 수업을 재밌게 들었던 나는 다음 학기가 되었을 때 그의 소설 작문 수업을 냉큼 신청했다. 그런데 첫날 강의실에 들어가자마자 교수가 나를 복도로 끌고 나갔다.

"자네한테 더 가르칠 게 없네. 내가 아는 건 다 알려줬어. 이제 자네가 내 강의에서 배울 내용이 더 없다는 말일세. 이제는 스스로 글을 쓰면서 답을 찾아가는 수밖에 없어. 그거야말로 진정한 글쓰기 수업이지."

[**]   내 친구였던 할란 엘리슨도 알고 보니 비슷한 경험을 했다. 그도 글쓰기 선생에게 밉보여 고생했고, 나중에 나와 같은 방법으로 선생에게 복수했다고 한다. 이유 역시 똑같았다. 우리는 순전히 우리 자신의 재미를 위해 그 짓을 한 것이다. 나는 그에게 사실 우리가 "출생의 비밀을 나눠 가진 쌍둥이" 아니냐고 넌지시 말했다. 이후 며칠 동안 엘리슨은 내 전화를 받지 않았다.

이 말을 끝으로 그는 나를 수업에서 내쫓았다.

그 교수는 날 위해 최선의 선택을 내린 셈이다. 그리고 그 선택은 옳았다. 글쓰기는 결국 혼자 배우는 것이다. 글쓰기 수업의 의의는 많은 작품을 창작해 선생과 동기들에게 그걸 보여주고 평가받는 것에 있다. 수업에서 이루어지는 품평은 작가로 성장하는 데 중요한 구실을 한다. 보조 바퀴를 달고 달리듯이 평온하게 강의만 들어서는 아무 소용이 없다. 목표 지점까지 가려면, 사심 없이 평가해줄 동기들과 선생 앞에 먼저 서보아야 한다. 가까운 친구와 가족에게 의견을 묻는 것과는 비교할 수도 없게 도움이 된다. 친구와 가족은 아무리 솔직해진다 한들 대부분은 진짜 속내를 털어놓지 않는다. 게다가 당신의 글이 어디서 길을 잃었는지를 정확한 용어로 짚어줄 만큼 글쓰기에 조예가 있지도 않다.

스무 명쯤 되는 사람들 앞에서 자기 글을 평가받는다니, 가뜩이나 자기 확신이 부족한 초보 작가에게는 떨리는 순간이 아닐 수 없다. 하지만 평가자들이 건설적인 비평을 하려고 노력만 한다면, 긍정적이고 고무적인 평가 환경을 만들 수 있다. 일부러 듣기 좋은 말만 골라 하라는 것이 아니라, 공정하고 정확하게 평가하라는 얘기다. 당신 마음에 들지 않는다고 누군가의 글을 형편없다고 말하면 곤란하다. 문학을 받아들이는 감각은 저마다 다르다. 내 눈에 별로인 작품이 대중에게는 좋은 평가를 받기도 한다. 주관적인 평가는 어차피 큰 도움이 되지 않는 데다 평가받는 사람에게 진짜 문제를 제대로 알려주지 못한다. 평가받는 사람의 입장에서는 '그냥 싫다는데 어쩌겠어. 내 글에는 문제가 없어. 저건 저 사람 의견일 뿐이고 내 생각은 달라' 하고 넘겨버리기 쉽다. 따라서 평가자는 다짜고짜 별로라고 말하기보다 어떤 부분이 왜 마음에 들지 않는지 설명할 수 있어야 한다. 구체적으로 어떤 부분이 걸리는가? 문법에 문제가 있나? 주인공이 매력적이지 않나? 플롯이 어색한가? 결말이 허무맹랑한가? 정확하고 객관적으로 평가해야 사람보다 작품 자체에 더 집중할 수 있다.

건설적인 비평은 이래야 한다. "고민한 흔적이 많이 보이네요. 멋진 대목도 많고요. 일단 주변 인물들이 마음에 들고, 문체도 흡입력이 있어요. 그런데 주인공의 동기가 조금 약하게 느껴져요. 당신, 아니 정확히는 작품 속 주인공 말에 따르면, 죽은 남동생의 원수를 갚으려고 이 모든 살인을 저질렀다는 건데, 남동생이 죽는 장면이 나오지도 않고 주인공과 남동생의 관계 묘사도 빠져 있어요. 주인공이 어쩌다 복수의 사신이 되었는지 독자를 이해시키려면 주인공과 남동생의 관계를 더 다뤄야 한다고 봐요. 주인공이 그걸 그냥 말로만 풀어버리니 밋밋해요. 왜 그런 행동을 하는지 독자가 공감할 수 있게 인과관계를 확실히 보여주면 좋겠어요. 아마 당신도 머릿속에 그런 장면을 구상해 놓았겠죠. 지금은 그게 이야기 배경으로만 깔려 있는데 아예 전면으로 빼면 어떨까요? 이야기 서두에 풀어도 되고, 처음에 강한 인상을 주려는 거면 과거 서사는 액션 장면 사이에 주인공이 회상하는 식으로 넣어도 되고요. 내 의견은 이래요. 다른 학생들은 주인공과 남동생의 관계가 이미 충분히 설명되어서 더 강조할 필요가 없다고 생각할지도 모르겠네요."

다른 사람의 글을 공정히 평가하는 것은 중요하다. 언젠가는 당신의 글도 평가받게 되기 때문이다. 당신이 문제없이 처신했으면 다른 사람들도 똑같이 행동할 테지만, 그게 아니면 사람들이 당신의 글을 곱게 봐줄 리 없다. 요약하자면, 몇 배로 후회할 바보짓은 하지 말자는 거다.

평가받을 때는 논리적이고 정당한 지적을 겸허히 받아들일 줄 알아야 한다. 플롯에서 A 지점과 C 지점이 충돌한다거나, 특정 직업군의 주인공이 비현실적으로 행동한다거나, 용어 사용과 배경 조사가 미흡하다고 지적받았으면, 오히려 고마워해야 한다. 작품을 그대로 제출했거나 출간했으면 받았을 크나큰 망신을 덕분에 모면했으니 말이다. 다만 이 인물에 애정이 가지 않는다는 식의 평가를 꼭 작가 개인의 잘못으로 받아들일 필요는 없다. 그것은 이 평가자가 그 인물과 그의 역할에 이입하지 못해 생긴 문제일 뿐이다. 물론, 작가가 놓치는 부분도 더러 있다. 대개 그런 문제는 작품을 가까이에서 보는 작가 눈에는 잘 띄지 않는다. 따라서 무언가를 지적받았으면 무시하려고만 하지 말고, 이유를 물은 다음 작가 자신의 의도를 왜곡하지 않는 선에서 인물의 설득력을 키우려고 고민해야 한다. 고민 끝에 인물 설정을 바꾸지 않기로 했더라도 그 선택을 스스로 변호할 수 있어야 한다.

대학 안팎 어디서든 글쓰기 수업은 귀중한 성장의 기회가 된다. 하지만 대학 수업은 물론 학위와 무관한 일반 글쓰기 강좌도 글 쓰는 사람의 시야를 편협하게 좁힐 수 있다. 어떻게 써야 좋은 반응을 얻는지에 대한 관념을 스스로 강화해버릴 수 있기 때문이다. 글쓰기 수업 참가자들이 무얼 좋아하고 싫어하는지를 알고 나면, 저도 모르게 그들의 감성과 취향에 맞춰 쓰려고 한다. 그런 문제가 발생하지 않으려면, 가르치는 사람이 꾸준히 활력을 불어넣는 것이 중요하다. 색다른 의견을 던져 변화를 주고, 너무 익숙한 환경이 되지 않게 계속 새로운 시도를 해야 한다.

장기간 진행되는 수업이라 하더라도 평가 집단의 구성원이 1년 넘게 그대로여서는 안 된다. 한 강좌에 참석한 지 1년이 지났으면 참신한 의견을 얻을 수 있는 수업을 새로 물색하는 것이 좋다. 아니면 잠시 혼자 창작하며 배운 것들을 숙성시킨 후에 다시 나가기를 권한다.

글쓰기 수업은 건설적이지만 누군가에게는 잔인하기도 하다. 글을 잘 쓰는 작가는 인정을 받고 성장 중인 작가는 기술을 한층 더 발전시키게 되지만, 상대적으로 재능이 없고 멋만 내는 작가라면 수업에서 처참히 박살이 나고 만다. 가혹하게 들리겠지만, 작가로서 진짜 재능과 가능성을 보인 사람들에게 초점을 맞추려면 어쩔 수 없다.

누군가를 '재능 없고 멋만 내는' 작가라고 잘못 낙인찍는 거면? 그 억울한 심정을 나도 이해한다. 일리 있는 지적이기도 하다. 재능 있는 작가들도 처음에는 혹평을 받아 절치부심한 끝에 성공을 거두는 경우가 많다. 하지만, 더 다듬어져야 할 초보 작가와 번뜩이는 글을 평생 못 쓸 사람은 처음부터 확연히 차이가 난다. 매정해 보여도 그 둘을 구분해야 한다. 수업에 드는 시간과 자원을 효율적으로 쓰려면 부득이하게 그런 과정이 필요하다. 또 가끔은 냉정하게 마음을 먹고 진실을 알려줄 필요도 있다.

자네는 스스로 작가라고 말하지. 나도 그렇게 생각하고 싶지만, 당장 자네가 쓴 글만 보아서는 그걸 믿기가 힘들어. 솔직히 말해 다른 학생들과 수준 차이가 나. 이 수업이 자네에게 맞지 않는지도 모르겠군. 내 말이 틀렸다고 생각한다면, 한번 입증해 보기를 바라네. 기술을 갈고닦아서 지금보다 더 훌륭하고 깊이 있는 글을 써보라는 거야. 나도 내가 틀렸다고 인정하는 날이 오면 좋겠어.

작가로 살아간다는 것은 고달프다. 훈련 과정에서 안 좋은 평가를 받았다고 포기할 정도면, 훨씬 더 살벌한 이후 과정을 절대 버틸 수 없다. 하지만 글을 써야만 하는 사람이라면 악착같이 버틸 것이다. 다른 선택지가 없기 때문이다. 그런 사람에게는 글쓰기가 DNA처럼 존재의 일부를 이룬다. 아무리 쳐내려 해도 그는 더 강해져서 돌아와 당신이 틀렸다는 것을 기어코 증명해낼 것이다.

글쓰기 수업은 유치원도 아니고 상담소도 아니다. 작가 지망생들이 자신의 글쓰기 기술과 상상력을 지키고자 검투사처럼 갑옷을 두르고 싸우는 원형 경기장이다.

그러니 검과 방패로 무장하고 뛰어들기를.

#4.   **글은 다듬을수록 좋다**

미켈란젤로, 레오나르도 다빈치, 혹은 어느 유명 조각가가 말했다고 전해지는, 출처가 불분명하고 내용도 저마다 조금씩 다른 명언이 하나 있다. 이 명언은 창작 과정을 기가 막히게 설명해준다고 하여 작가를 비롯한 예술가들 입에 자주 오르내린다.

"내가 대리석 덩어리 앞에 앉는 순간, 이미 조각상은 그 안에 완성된 상태로 존재한다. 나는 거기서 불필요한 부분을 깎아내기만 하면 된다." 다른 버전도 있다. "말 조각상을 만들려면, 대리석 덩어리를 가져와 말이 아닌 부분을 깎아내기만 하면 된다."

이 명언은 분명 창작 과정을 잘 설명해주지만 핵심을 놓치고 있다. 아름다운 대리석 조각상에만 초점을 맞추느라, 말 조각상이 되지 못해 사방으로 깎여 나간 대리석 파편과 부스러기 더미를 간과하고 있으니 말이다.

이야기를 한번 풀어낸 다음부터는 불필요한 부분을 쳐내는 다듬기 과정이 가장 중요하다. 날마다 조금씩 말을 다듬고, 문법을 바로잡고, 의미를 정제하여, 날것의 재료를 멋지고 세련된 작품으로 변신시켜야 한다.

그런데 바로 이 지점에서 포기하는 초보 작가가 생각보다 많다.

작가는 누구나, 특히 초보 작가라면 더더욱이, 고칠 필요 없이 완벽한 작품을 한 번에 써낼 수 있다고 믿는다. 처음부터 글이 완벽해서 그 모습 그대로 영원해야 한다고 생각한다. 그래서 "스토리가 너무 길다"거나 "중간 부분이 처진다" 같은 평가를 받으면 신성 모독을 당한 듯이 분해하고, 자신의 글은 그야말로 신성불가침하기에 결코 손대서는 안 된다고 더욱 굳게 확신한다.

나는 그게 어떤 심정인지 아주 잘 안다.

내가 바로 그런 바보였으니까.

고등학교 기술 시간에 목공을 배운 사람은 알겠지만, 나무판자를 잘라다 못 박은 다음 그걸 수납장이라고 우길 수는 없다. 나무 표면이 매끈해질 때까지 사포질을 하고, 조각들을 섬세하게 짜 맞춰 단단히 고정시킨 뒤, 목재용 오일을 발라 마감까지 해야 보기 좋고 만지기도 좋은 가구가 탄생한다. 글쓰기도 마찬가지다. 작가는 자기 작품의 첫 줄을 읽은 독자가 자연스럽게 빠져들어 시간도 잊은 채 끝까지 완독해주기를 바란다. '손에서 내려놓을 수가 없었어요. …… 첫 장을 펼친 후로 다시 정신을 차려보니 거의 자정이더라고요. …… 정말 술술 읽혀요.' 작가는 작품을 발표할 때 이런 반응을 기대한다.

내가 글을 다듬는 방법은 간단하다. 처음에는 주제에 관해 할 수 있는 말을 모조리 원고에 적는다. 그다음에는 열심히 사포질해 하고 싶은 말을 추린다. 다시 사포질하면서는 해야 하는 말만 남긴다.

(참고로 위 문단의 첫 문장은 "누군가가 글 다듬는 법을 내게 묻는다면 내가 해줄 말은……"으로 시작했다. 그러나 다듬는 과정에서 이 문장을 고쳤다. 굳이 명분을 세울 이유가 없는데 명분을 갖다 붙이려는 것 같았기 때문이다. 바로 앞의 문장도 다듬는 과정에서 달라졌다. 처음에는 "굳이 어떠한 명분을"이라고 표현했으나 '어떠한'이 부정적인 의미를 함의하는 듯하여 삭제했다.)

나는 작가들이 손으로 쓴 원고를 좋아한다. 글을 쓰는 순간에 그들이 어떤 생각을 했는지가 보이기 때문이다. 문장을 곱씹은 흔적도 엿볼 수 있는데, 대부분이 뭔가를 덧붙이기보다 덜어낸 흔적이다. 작가가 작품에서 걷어낸 부분은 남긴 부분만큼이나 중요할 때가 많다. (앞 문장은 원래 "많은 경우에, 작가가 작품에서 걷어낸 부분은"이라고 쓰였다. 그러나 문장 구조에 군더더기 구절이 덧붙는 게 싫어 '많은 경우에'를 '때가 많다'로 풀어 썼다. 쉼표가 적을수록 문장이 매끄럽게 읽히므로 쉼표도 지웠다. 자, 친절한 독자들이여, 저 문장에 불필요한 구절과 쉼표가 있었다는 것을 눈치나 채셨는지? 아마 아닐 것이다. 그래도 이제는 모두가 저 문장의 과거를 기억할 것이다.)

초고는 이야기의 모든 요소를 쑤셔넣은 상자와 같다. 그래서 대부분이 수다스럽고 과하게 느껴진다. 자신이 하려는 말을 독자가 정확히 이해하기를 바라는 마음에서 작가는 모든 것을 필요 이상으로 자세히 설명하려 든다. 자세히 묘사해야 하는 부분을 너무 장황하게 그리는 것뿐만 아니라, 작가 스스로 중요하다고 생각하는 사실관계를 여러 번 반복해 쓸데없는 군더더기를 만들기도 한다. 또 그 군더더기를 반복한다. 혹시나 모르고 지나치는 독자가 있을까 싶어 똑같은 말을 표현만 살짝 바꿔가며 여러 번 반복하는 것은 물론이다.

그렇게 작가들은 반복에 반복을 더한다.

글을 다듬으라고 해서 작가의 목소리나 스타일을 포기하라는 뜻은 아니다. 오히려 어수선한 부분을 잘라내야 작가의 목소리와 스타일이 살아난다. 무선 신호의 잡음을 없애야 목소리를 더 선명하게 녹음할 수 있는 것과 같은 이치다. (초고에서는 내 논지를 강조하고자 이 문단 끝에 "방해 요소를 줄이자는 것이다"라는 문장을 썼다가 지웠다. 여기서 자명한 사실을 반복해 진술하는 것은 지금 내가 말하려는 요점을 배신하는 짓이니까.)

물론 수정 과정에는 고통이 따른다. 나는 이 책 원고를 출판사에 보내기 전에 다섯 번 퇴고했다. 문장 하나하나, 단어 하나하나, 쉼표 하나하나를 사포질하면서 글을 명확하게 다듬었다. 나중에는 너무 괴로워서 뒷마당으로 뛰쳐나가 크게 소리를 지르고 싶은 심정이었지만, 정말 그랬다가는 경찰에 신고당할 것 같아 충동을 억누르고 초콜릿을 실컷 집어 먹었다. 초콜릿이야말로 만병치료제이다. 반대로 말하는 사람이 있더라고 현혹되지 말기를.

원고를 고칠 때 유념해야 할 부분이 몇 가지 있다. (원래 문장은 "원고를 고치려고 자리에 앉았을 때"였으나 행동을 구체적으로 묘사할 이유가 없기에 다듬었다. 게다가 내가 뭐라고 남의 자세를 왈가왈부하겠는가? 이제 보니 바로 앞 문장의 '게다가' 역시 빼도 좋을 것 같다. 하지만 이렇게 수정본을 또 수정하려 들면 끝이 없는 데다 어떤 작품이건 간에 약간의 불완전함은 있어야 하지 않을까?)

자주 언급되는 글다듬기 규칙 중에 단편 소설의 첫 단락이나 첫 페이지, 장편 소설의 첫 장을 없애도 작품에 크게 해가 되지 않는다면 삭제하는 편이 좋다는 말이 있다. 이 무자비한 규칙이 언제나 유효한지는 잘 모르겠으나, 그 의도는 분명 일리가 있다.

글의 물꼬를 틀 때 작가 스스로 글쓰기에 명분을 부여하고 독자에게도 읽을 이유를 알리려고 신경을 쓰다 보면, 도입부가 진짜 요점의 주위를 뱅뱅 도는 듯한 느낌을 주기 쉽다. 문장과 문단을 구성할 때도 마찬가지다. "늘 생각하던 사실이지만 캔자스시티에서 성장하기란 험난하다"라고 하기보다 "캔자스시티에서 성장하기란 험난하다"라고 단도직입적으로 말하는 것이 낫다. 작가 스스로도, 작가가 창조한 인물들도, 무언가를 발화할 때 그 자격을 증명하거나 누군가의 허락을 구할 필요는 없다. 경험을 통해 캔자스시티에서 성장하기가 험난하다는 것을 알았으면, 굳이 자기 생각임을 밝히면서까지 그걸 진술하지 않아도 된다. 그 이야기를 한다는 것 자체가 자기 생각이란 뜻이니까.

(이 규칙에도 예외는 있다. 자기 의견에 확신이 없는 인물이라면, 자신이 하려는 말이 주관적인 생각일 뿐이라는 단서를 덧붙여 말할 수 있다. 이런 식으로 인물의 성격이 드러나기도 한다. 이런 경우가 아닌 이상 요점은 단도직입적으로 전달하는 것이 가장 좋다.)

도입부를 다듬어 정말 필요한 부분만 남겼으면, 세 가지 원칙인 '압축', '결합', '붕괴'를 유념해 나머지 부분을 살필 차례다.

압축: 이 장에서 내가 하고 있는 것처럼, 문단 하나하나를 사포질해 다듬고 진짜 요점이 분명해지도록 불필요한 말을 삭제한다.

결합: 한 장면에 한 가지 정보만 넣으려는 작가는 보나 마나 초보인 티가 난다. 한 장면에서 인물 A가 인물 B와 대화하며 결정적 단서를 얻고, 그다음 장면에서 인물 C의 전화를 받아 또 다른 진실을 알게 되는 식으로 얼개를 짜면, 사건이 순차적으로 진행되어 이해하기는 쉬우나 구조적으로 매력이 떨어진다. 반면 인물 A가 인물 B에게서 정보를 얻어내려 하는 도중에 인물 C의 전화를 받게 되고, 그 틈을 타서 인물 B가 달아나려 한다고 장면을 결합한다면 어떨지 생각해보자. 장면 하나하나를 더욱 알차게 연출할 수 있고, 자연스럽게 갈등 구조가 만들어져 상황이 명료해진다.

붕괴: 장면 혹은 장 전체여도 괜찮으니 크게 중요하지 않은 부분은 과감히 덜어내라. 스무 쪽짜리 장에서 중요한 대목이 단 한 군데뿐이라면 그 부분만 다른 장에 집어넣고 나머지는 통째로 날려도 상관없다. 지우는 것이 가능한 부분은 지워야 마땅하다. 마찬가지로, 두 인물이 거의 같은 역할을 수행하고 있다면 그 둘을 붕괴시켜 새로운 인물로 만들어도 좋다. 사실상 똑같은 두 인물을 내세워 스포트라이트를 분산시키고 작품의 귀한 지면을 할애하느니, 단 한 명의 독특한 인물을 창조하자는 것이다.

군더더기 하나 없이 핵심만 남도록 글을 다듬고 또 다듬어야 한다. 시간을 많이 들일수록 좋다. 빨리 끝내기보다 제대로 끝내는 것이 중요하다.

이 요점을 보충할 일화가 하나 떠오른다. 유명 작가이자 드라마 작가로도 활동했던 노먼 코윈이 세상을 떠나기 전, 나는 오래도록 그와 우정을 나눴었다. 노먼은 미국의 대표 시인 칼 샌드버그와 가까운 사이였는데, 언어를 사랑했던 두 작가는 자주 어울리며 작품 이야기를 나눴다고 한다. 한번은 노먼이 캘리포니아주 셔먼오크스에 있는 자신의 게스트하우스에 샌드버그를 초대했고, 샌드버그는 그곳에서 한 달을 머물렀다.

그때를 떠올리며 노먼은 이렇게 말했다.

"하루는 아침을 먹으려는데 칼이 계속 주머니를 뒤적거리는 걸세. 찾는 게 나오지 않자 커피 테이블에다 주머니 속 물건을 죄다 꺼내기 시작했지. 잔돈을 비우는 사람처럼 말이야. 그런데 주머니에서 민들레 홀씨처럼 포슬포슬한 종이 뭉치가 나오더군. 얼마나 오래된 건지 가늠도 되지 않았어. 어떤 건 거의 바스러지기 직전이었고. 연필로 끄적인 흔적이 있길래 자세히 들여다보니 칼이 쓴 시가 아니겠어? 그래서 내가 읽어 봐도 되냐고 물었지. 그랬더니 그러라고 하더군.

아주 보석 같은 시들이었어. 그래서 내가 칼에게 말했지.

– 맙소사, 정말 훌륭한데요. 이걸 언제 쓴 거죠?

그러자 칼이 말하더군.

– 뭐, 몇 개는 10년쯤 됐으려나요. 12년, 14년 전에 쓴 것도 있고.

왜 발표하지 않았어요?

－아직 완성하지 못했거든요.

칼은 이렇게 말한 다음에 종이 뭉치를 도로 주머니에 집어넣었다네."

정말 완성했다고 느낄 때가 진정한 완성의 순간이다.

자기가 쓴 글을 다듬을 때는 최대한 객관성을 지켜야 한다. 남의 글을 고친다고 생각하거나, 지면이 제한된 잡지에 싣기 위해 분량을 20퍼센트 덜어내야 한다고 가정하는 것도 좋은 방법이다. 덜어내고 또 덜어내라. 이만하면 된 것 같을 때는 페이지마다 열 단어씩 삭제할 단어를 골라보자. 틀림없이 군더더기가 있을 것이다. 그다음에는 페이지마다 다섯 단어씩 삭제할 단어를 또 골라보자.

단 하나의 군더더기 단어도 보이지 않을 만큼 글을 다듬었으면, 남은 단계는 하나다.

보통 글을 쓸 때 머릿속에 가장 먼저 떠오르는 단어를 선택하는 경향이 있는데, 그런 단어는 정확한 단어 옆에 놓인 유사어일 확률이 높다. 언뜻 정확해 보이는 데다 사전을 찾아볼 여유도 없이 글을 쓰다 보면, 그런 단어를 그냥 넘기기 쉽다. 하지만 글쓰기는 하려는 말을 정확히 전달하는 행위여야 한다.

방 안에서 퀴퀴한 냄새가 난다고 표현할 것인가? 오래된 나무와 페인트 냄새가 풍긴다고 말하려 했던 것은 아닌가?

주인공은 결단력이 있는 것인가, 아니면 무모한 것인가?

그는 '부러지기 쉬운brittle' 사람인가, 아니면 '부서지기 쉬운frangible' 사람인가? 두 단어는 비슷하지만 다르다. 어감상 전자는 단단한 물체가 툭 동강이 나는 것에 가깝고, 후자는 쉽게 갈라지고 바스러지는 물체를 표현할 때 더 적합하다. 새 분필로 칠판에 글씨를 쓸 때 분필 끝이 갈리면서 가루가 날리는 것을 표현하려면 후자가 더 적절하다. 두 단어의 차이는 미묘하지만 분명하다.

어떤 독자는 그 단어를 모를 수도 있다. 하지만 그런 사람들을 위해 인터넷 검색사이트가 존재하니, 작가가 미리 걱정할 필요는 없다. 작가는 막중한 사명감을 가지고서 자신의 의도와 정확히 일치하는 단어를 구사해야 한다. 조심스럽게 프랑스 단어를 인용하자면, 기발한 말bon mot과 정확한 말mot juste은 엄연히 다르다. 재기발랄함과 아이러니를 곁들인 기발한 말은 주류 영화에도 자주 등장한다. 그래서인지 우리는 자의식 과잉과 부자연스러움을 감수하면서까지 기발한 말에 집착한다. 한편 정확한 말은 더할 나위 없이 적확하고 적절한 단어를 가리킨다. 인물의 특성을 자세히 묘사하려는 경우가 아니라면 기발한 말보다 정확한 말을 지향하는 것이 바람직하다. 단어 하나만 정확히 고르면 거의 정확한 단어를 여러 개 갖다 쓰는 것과 동일한 서사적 무게를 표현할 수 있다. 나사 풀린 느낌의 글을 쓰더라도 작가는 치밀해야 한다. 취권은 언뜻 대충하는 것 같아도 동작을 정확히 마스터하기까지 수년이 걸린다고 한다. 이와 같은 이치로, 등장인물이 글과 말에 서툴지언정 작가는 고도의 정밀함을 발휘해야 그 인물의 대사가 진짜처럼 느껴질 수 있다.

다듬은 원고는 총알 같아야 한다. 간결하되 알차고 타이트해야 한다. 여유가 있다면 원고를 일주일 정도 서랍에 묵혔다가 다시 꺼낸 다음, 글을 너무 덜어내 의미가 오히려 모호해지지는 않았는지 최종 검토하는 것이 이상적이다. 글다듬기는 과잉과 밋밋함 사이에서 균형을 찾아가는 싸움이다. 글이 너무 넘쳐도 안되지만, 너무 빈약해도 의미 전달이 힘들어진다.

작가이자 영화감독인 내 친구는 시나리오를 작업할 때 모호한 부분이 하나도 없게 대화와 배경 묘사를 자세히 쓰는 편이었는데, 막상 촬영을 끝내고 편집에 들어가면 "너무 뻔하다"는 이유로 그런 디테일을 거의 다 들어냈다. 모든 맥락을 알고 있는 그에게는 당연히 뻔했겠지만, 시나리오를 읽지 않은 관객의 사정은 달랐다. 결과적으로 친구의 영화는 모호하고 불친절하다는 혹평을 받았다. 친구는 그제야 자신의 잘못을 깨쳐 편집 철학을 바꿨다.

시나리오건 소설이건, 모든 이야기는 그걸 쓰고 서른 번쯤 다듬어 모든 맥락을 파악하고 있는 작가와 그렇지 않은 독자 모두에게 명료해야 한다. 최종 검토 단계에서는 이 점을 유념해 살짝 모호한 부분이 있으면 의미가 확실해지도록 설명을 덧붙여야 한다.

이 모든 작업을 마쳐야 비로소 글다듬기를 마쳤다고 말할 수 있다.

하지만 장담하건대, 1년 후에 원고를 다시 보면 고치고 싶은 부분이 여기저기서 튀어나올 것이다.

캐릭터와 세계관 만들기

SF의 황금기라 불리던 1950년대에도 일반 독자에게 SF는 여전히 따분한 장르였다. 거창한 공상과 기술 이야기만 나오는 데다 생생한 캐릭터보다 플롯이 더 부각된다는 이유에서였다. 우람한 체격의 남자 주인공은 아스팔트처럼 딱딱해 속을 알 수 없었고, 무조건 백인이었다. 여성 캐릭터는 아예 등장하지 않거나, 나오더라도 이렇다 할 역할이 없었다. 이야기 자체도 기술에 초점이 맞춰져 재미와는 거리가 멀었다. 1960년대에 접어들면서 한결 역동적인 캐릭터 중심의 SF 작품이 연달아 나왔고 이른바 '뉴 웨이브 SF'가 유행했으나, 잠시뿐이었다. 일탈을 꿈꾼 작가들은 SF의 신전에서 바로 추방되었다. 그렇게 SF 장르는 다시 무미건조한 스토리텔링으로 후퇴했고, 오늘날까지도 대부분이 그런 방식을 고집하고 있다. 판타지 소설 《해리 포터》만큼 팬들을 끌어모은 SF 작품이 거의 없는 것도 이해가 간다.[*]

젊은 시절 SF 장르에 첫발을 내디뎠을 때 나 역시 거창한 공상과 기술, 플롯에만 잔뜩 신경을 썼다. 글쓰기란 당연히 그래야 한다고 생각했다. 그렇게 믿은 결과, 내 글은 어디서부터 손대야 할지 막막할 정도로 엉망이었다. 수년이 지나서야 나는 장르와 매체를 불문하고 사람들이 기대하는 것은 화려한 기술과 기발한 발상이 아니라, 매력적인 캐릭터라는 사실을 깨달았다. 한 작품에서 우리가 가장 애정(또는 반대의 감정)을 쏟고 오래도록 기억하는 요소는 결국 캐릭터다.

《모비 딕》에 등장하는 고래잡이 기술은 금방 잊혀도, 퀴퀘그와 에이허브 선장은 잊히지 않는다.

〈카사블랑카〉의 배경인 독일 치하 프랑스의 상황을 전부 기억하기는 어려워도, 릭과 일자, 시뇨르 페라리는 우리 마음속에 두고두고 남는다.

〈유주얼 서스펙트〉를 보고 뇌리에 남는 것은 부패 경찰과 결탁한 '뉴욕 제일 택시 회사'가 아니라 고바야시와 딘 키튼, 그리고 카이저 소제다.

모든 작품의 성패는 캐릭터에 달렸다. 아무리 상황이 흥미진진하고, 긴장감이 넘치고, 음악이 전율을 일으키고, 특수 효과가 휘황찬란하더라도, 그 중심에 사람의 마음을 빼앗는 인상적이

---

[*] SF가 각광받게 된 것은 (아주) 최근의 일이다. 다양한 작가들이 등장해 기존의 한계를 깨부수는 캐릭터들을 그려낸 것이 새롭고 다양해진 독자층에게 좋은 반응을 얻은 덕분이다.

고 매력적인 캐릭터가 없으면 아무 소용이 없다. 셰익스피어가 말한 대로 "백치가 지껄이는 시끄럽고 정신 사나우며 무의미한 이야기"만 남을 뿐이다. 작품의 캐릭터는 존재 자체로 흡입력이 있어야 하며, 주변 캐릭터들과 역동적이고 흥미로운 관계를 맺어야 한다. 그래야 그들끼리는 물론 작가인 우리 또한 그들과 관계를 맺으며 이야기를 좀 더 극적이고 친밀하게 만들 수 있다.

몇 년 전 제임스 카메론 감독**과 워너 브라더스 프로젝트를 함께 진행한 적이 있다. 정말이지 재능이 출중한 사람이라 함께 일해 즐거웠고 많은 것을 배웠다. 한번은 그가 이런 말을 했다. "SF 작품이라고 하면 낯선 환경에서 익숙한 인물상을 보여주는 것이 관건이라고 생각했어요. 그런데 20년이 지난 지금에 와서 보니 그게 아니더군요. 낯선 환경에서 익숙한 관계를 보여줘야 해요." 캐릭터들 간의 뚜렷한 관계성은 독자나 관객을 이야기 속으로 빠져들게 하는 디딤돌과 같다. 이를테면 영화 〈터미네이터 2〉는 아버지와 아들의 이야기로, 영화 〈에일리언〉은 어머니와 딸의 이야기로 읽힐 수 있다. 미래 로봇, 우주선, 외계인 같은 설정에 시큰둥한 독자나 관객도 익숙한 관계에는 반응하기 마련이며, 그런 반응을 이끌어낸 것만으로도 작가의 임무는 반쯤 달성한 셈이다.

나 역시 마블 스튜디오와 영화 〈토르: 천둥의 신〉을 작업할 때 전투 장면과 특수 효과, 아스가르드***의 구현 못지않게 아버지

** 영화 〈타이타닉〉, 〈터미네이터〉, 〈아바타〉의 감독.

*** 마블 시네마틱 유니버스에서 토르와 아스가르드 신들의 고향으로 나오는 세계의 지명.

의 애정을 갈구하는 두 아들의 관계를 표현하는 데 공을 들였다. 그럴싸한 비주얼이 아니라 그들의 관계가 이야기 중심에 와야 했다.

카메오 출연차 〈토르: 천둥의 신〉 세트장에 갔다가 만난 케네스 브래너 감독*은 셰익스피어 작품에 정통한 사람이었기에 토르와 로키 형제의 경쟁 관계를 중심으로 영화를 이해했고, 그 관계성이 마음에 들어 연출을 결심했노라고 내게 말했다. (참고로 나의 카메오 연기는 끔찍했다. 앞으로는 무슨 일이 있어도 카메라 앞에 서고 싶지 않다.)

어디서부터 손대야 할지 막막할 정도로 엉망이던 내 글이 무려 케네스 감독에게 칭찬받는 날이 올 수 있었던 건 캐릭터를 열심히 형상화한 덕분이었다. 캐릭터는 플롯의 부차적인 요소가 아니다. 캐릭터가 곧 플롯이다. 캐릭터를 구체적으로 만들수록 이야기가 유기적으로 흘러간다. 이야기 내부에서부터 이야기를 끌고 갈 수 있기 때문이다.

이는 그리 놀라운 일이 아니다. 제일 친한 친구가 한밤중에 깜깜한 거실로 나왔다가 테이블에 정강이를 부딪쳤다고 상상해보자. 친구를 잘 아는 당신은 그가 무슨 말을 어떻게 할지 정확히 알고 있다. 곰곰이 생각하거나 머리를 쥐어뜯지 않아도, 그 장면이 자연스럽게 그려질 것이다. 글을 쓸 때도 그래야 한다. 캐릭터를 구체적으로 형상화해두면, 그가 어떤 상황에 처하건 작가

---

* 영국 출신의 배우 겸 영화감독. 영화 〈토르: 천둥의 신〉을 연출했으며, 셰익스피어 전문 배우로서의 경험을 토대로 셰익스피어 극을 영화화한 작품에 다수 참여했다.

는 그의 행동을 술술 묘사할 수 있다.

등장인물을 살아 있는 사람처럼 생생하게 만들어 놓으면 글쓰기 과정이 묘하게 협력의 형태를 띠게 된다. 물아일체의 경지에 이르러 이야기 흐름에 몸을 맡기게 된달까. 왈츠 무도회장과 비교하면 개념이 더 명확해질 듯하다. 무도회장 한쪽에 무용 학교를 막 졸업한 사람이 있다. 분명 실력은 출중하지만, 머릿속으로 '하나, 둘, 셋' '하나, 둘, 셋' 하고 계산하는 게 훤히 보인다. 반대쪽에는 프레드 아스테어**가 있다. 그는 그저 음악에 몸을 맡길 뿐이다.

춤을 추려고 노력하는 것과 춤추기는 다르다.

글을 쓰려고 노력하는 것과 글쓰기 역시 다르다.

내면의 음악과 하나가 될 수 있으려면 일단 그 음악에 맞춰 춤출 인물을 창조하는 것이 우선이다.

인물을 매력적으로 구축하는 것은 내면에서 외면을 상상하는 방식이어야지 외면에서 내면을 상상하는 방식, 즉 플롯이라는 퍼즐 안에서 인물이 어떻게 행동하고 어떤 역할을 수행하는지에 집중한다고 해서 성공하지 않는다. 이야기가 점진적으로 전개되는 연속물을 쓰는 경우라면 더욱더 그렇다. 내면에서 외면을 상상하는 방식으로 인물을 구축하려면, 이야기에 추진력을 더할 지극히 논리적이면서 핵심적인 질문을 연달아 던질 필요가 있다. 이를테면 이런 질문들. 내가 만든 인물은 대체 어떤 사람이지? 무엇을 위해 움직이며 그걸 위해 무엇까지 감수할까?

** 미국의 배우이자 전설적인 무용가로 뮤지컬계와 영화계를 넘나들며 왕성히 활동했다.

다른 인물은 그를 막으려고 무엇까지 감행할까? 그 이유는?

가장 먼저 찾아야 할 답은 당신이 만든 인물이 어떤 사람인가 하는 것이다.

씨앗을 심은 흙에 빨간 색소를 뿌리면 빨갛게 물든 꽃줄기가 자란다. 마찬가지로 인간도 나고 자란 토양의 산물이다. 따라서 인물을 만들 때 가장 먼저 고민할 지점은 그 인물의 출신 배경이다. (이제 그 인물을 임의로 '테일러'라고 부르겠다. 매번 그 인물이라고 부르고 싶지 않기 때문이다.) 테일러를 대서양 연안 출신이라고만 설정해서는 부족하다. 대서양 연안은 플로리다 최상단부터 캐나다 접경 지역까지를 의미하기 때문이다. 구체적으로 지역을 정해야 한다. 사소하고 개인적인 디테일까지 헤아려야 비로소 매력적인 인물이 탄생한다.

좋아, 이제부터 테일러는 뉴욕 출신이다.

여전히 부족하다. 같은 뉴욕이라도 맨해튼 출신과 브롱크스 출신은 확연히 다르다.

그럼 맨해튼의 미드타운에서 왔다고 하겠다.

아직 멀었다. 미드타운의 어느 동네?

장난하는 건가?

지금 내가 장난하는 것 같은지?

장난칠 때 당신이 어떤 모습인지 보여주면 대답하지.

딴 길로 새지 말고 얼른 동네나 정하도록.

그럼…… 29번 스트리트 8번 애비뉴에서 나고 자랐다면?

이제 좀 흥미로워졌다.

흥미롭다니?

다양한 인종이 모여 사는 뉴욕 맨해튼 중에서도 당신이 고른 지역은 인종 공동체를 중심으로 다문화가 형성된 동네다. 코리아타운이 가까워 미국에 갓 도착한 한국계와 중국계 이민자들이 많이 정착하는 곳이기도 하다. 조금만 올라가면 가먼트 디스트릭트와 다이아몬드 디스트릭트가 나온다. 테일러는 그 일대에서 정통파와 개혁파 유대교도들, 이스라엘계 사람들, 그리고 그들의 고객인 패션업계 사람들과 사업가들을 숱하게 보았을 것이다. 동쪽으로는 리틀 브라질이라고 하는 동네가 나온다. 즉 테일러는 특정 구역에 퍼져 사는 이민자들을 어쩌다 한 번씩 마주친 것이 아니라, 여러 이민자 집단이 서로를 돕는 다문화 공동체 안에서 자랐다. 그곳의 가족 같은 분위기는 문화가 비교적 획일된 동네들과는 확실히 달랐을 것이다.

그러니까 외국 문화를 보는 시각이 브롱크스 출신보다 더 개방적이란 소리군.

그럴 가능성이 크다. 다문화를 접한다고 무조건 개방적으로 자라는 것은 아니지만, 적어도 폐쇄적이지는 않을 것이다. 또 영어에 서툰 사람들을 많이 만났을 테니 편의를 위해 몇몇 외국어를 토막으로 익혔을 것이다. 이를테면 히브리어와 이디시어, 또 약간의 한글 같은…….

그게 뭐지?

한국인들이 쓰는 글자 아닌가. 혹시 구글도 없는 세상에 살고 있는지? 여하튼 본론으로 다시 돌아가서, 테일러의 세계는 여기서 끝이 아니다. 그가 사는 동네에서 서쪽으로 가면 최상류층이 모여 사는 첼시가 나온다. 유행을 선도하며 모든 것이 고급스럽고 비싼 동네. 빅 머니의 세계.

그것참, 종잡을 수 없는 환경이다. 왼쪽과 오른쪽에 전혀 딴판인 세계가 있다니……. 아마 테일러는 둘 중 어느 세계와 더 가까운지 늘 고민했을 것이다.

이제 말이 좀 통하는 듯하다. 중요한 정보는 또 있다. 당신이 고른 지역은 허드슨강 부두와 그 근처 쇼핑몰과도 가깝다. 어릴 적 테일러는 이리저리 쏘다니다가 부둣가에 들러 세계 방방곡곡을 오가는 큰 배들을 한참 구경했을 것이다.

그럴싸한데…….

그렇다면, 당신의 테일러는 어떤 사람이지?

테일러는 어느 환경에건 잘 녹아든다. 적어도 그런 척을 하는 데 능하다. 어설프게나마 4개 국어를 할 줄 안다. 어린 시절 주변 동네에서 길을 잃거나 문제가 생기면 그곳 주민들에게 도움을 요청해야 했기에 일종의 생존 수단으로 외국어를 익혔다. 그가 나고 자란 세계의 일부는 사회적 지위와 비싼 자동차에만 관심을 쏟고 남에게는 일말의 관심도 없는 부자들의 세계이지만, 또 다른 일부는 가난해도 큰 꿈을 꾸며 서로 돕고 사는 사람들의 세계이다. 테일러는 양쪽 세계의 명과 암을 모두 알고 있기에 어느 곳에도 소속감을 느끼지 못한다. 테일러는 산만하지만 똑똑하고……

똑똑한지는 어떻게 확신하지?

테일러가 몇 개 국어를 한다고 했더라?

이해했다.

배들이 어디로 가는 건지, 그 세계 끝에는 뭐가 있을지 궁금해 하던 테일러는 세상을 탐험하고 싶다는 꿈을 품게 된다. 개척 정신으로 똘똘 뭉친 공동체와 함께 자란 덕에 가족을 중요하게 생각하고 서로 돕고 사는 것을 당연하게 여긴다. 어쩌면 그게 테일러의 직업과도 연관이 있을 것이다. 경찰이 되는 것은 너무 뻔하니 금융 쪽에서 일하거나 통역가가 된다는 설정도 괜찮겠다. 아니면 국무부에서 일하게 된다거나…… 잠깐, 유엔 건물이 그 근처에 있지 않은가? 대학에 진학해 유엔에서 인턴을 나고 국제관계 전문가가 되는 그림도 좋겠다. CIA 요원으로도 제격이다. 아무 데서도 소속감을 느끼지 못하고 세계 곳곳을 여행하고 싶어 하니까. 테일러가 자신의 정체성을 탐구할 수 있는 직업이었으면 한다.

약간 도움을 주자면, 지금 우리는 캐릭터 개발에 초점을 맞추고 있다. 테일러가 이타적인 삶을 결심한 계기가 된 주변 인물이나 사건이 있지 않을까? 아니면, 지금의 테일러가 있기까지 중요한 역할을 한 인물이 있다거나?

테일러가 열세 살일 때, 학교 수업을 마치고 혼자 리틀 브라질로 놀러 갔다가 세 불량배에게 둘러싸여 돈을 뜯길 위험에 처한다. 바로 그때 레스토랑에서 웬 남자가 등장해 테일러와 그들 사이를 가로막는다. 이스터섬의 모아이 석상을 연상시키는 거구의 남자는 불량배들을 무섭게 내려다본다. 혹은 불량배 중 하나가 덤벼들자 길바닥에서 그를 강하게 제압한다.

그 사건이 테일러에게 어떤 영향을 미쳤을까?

테일러는 고마운 나머지 불량배들에게 뜯길 뻔한 돈을 성의

의 표시로 남자에게 건넨다. 남자는 물론 사양하지만, 테일러가 그렇게 행동했다는 것을 기특하게 여긴다. 이후로 남자는 테일러를 가까이서 보살피며 멘토 역할을 하고, 자신이 어디서 왔으며 왜 그곳을 떠났는지, 미국에서 이루고픈 꿈이 무엇인지를 테일러에게 털어놓는다. 남자와의 관계는 테일러의 미래에 큰 영향을 끼친다.

그게 바로 빨갛게 물든 꽃줄기인 것이다. 빨간 색소를 뿌린 땅에 빨갛게 물든 꽃줄기가 자라듯, 캐릭터가 개발되고 있다.

진부한 표현이지만 정확히 그런 셈이다.

또 다른 접점이라거나 전체 이야기와 연결될 부분은 더 없나?

방금 인터넷 검색을 하다 흥미로운 사실을 알았다. 브라질에 다이아몬드 광산이 많다고 한다. 어쩌면 테일러의 멘토가 된 남자가 다이아몬드 디스트릭트 사람들과 얽혀 있을지도 모른다.

좋다. 아무것도 없던 상태에서 벌써 인물이 둘이나 탄생했다. 테일러가 어떤 사람이며 어디서 나고 자랐는지를 고민한 끝에, 테일러의 직업 후보가 좁혀졌고, 다이아몬드 디스트릭트 사람들과 모종의 관계가 있는 듯한 브라질 출신 이민자와 테일러의 우정이 만들어졌다. 훗날 테일러가 CIA나 국무부에서 일하게 된다고 가정했을 때, 이러한 배경이 전체 이야기와 어떻게 맞물릴까?

어느 날 그 남자에게서 전화가 걸려오는데, 남자는 어렸을 적 테일러가 불량배들에게 둘러싸였을 때처럼 겁에 질린 채로 도움을 요청한다. 테일러가 그가 있는 곳으로 갔을 때 그는 이미 살해당한 후다. 그의 주머니에서 딱 봐도 불법으로 구한 다이아몬드가 한 움큼 나온다.

그때 테일러의 심정은?

자신의 친구가 왜 살해당했는지 진실을 파헤치리라 결심할 것이다.

그 브라질 남자는 불법으로 미국에 들어온 것인가?

확답하기는 어려우나 몰래 국경을 넘은 것은 맞다.

테일러가 미국에 밀입국한 남자에 관한 사건을 단독 수사하는 것을 보고 국무부 또는 CIA 사람들은 어떻게 반응할까?

당연히 반대할 것이다.

그렇다면 그들에게 방해꾼 역할을 맡기면 되겠다. 테일러의 친구를 죽인 범인 역시 악당 역할을 맡아야 할 테고.

그렇다.

반대에 부딪힌 테일러가 단념하게 될까?

절대 아니다. 그 남자는 테일러에게 아버지와 같은 존재였다. 무슨 일이 있어도 진실을 밝히려 할 것이다.

정리하자면, 지금 이건 살해당한 친구에게 무슨 일이 벌어졌는지 파헤치려는 정부 요원의 이야기다. 주인공은 상부의 반대를 무릅쓰고서 다이아몬드 암매매가 벌어지는 어두운 돈의 세계로 뛰어든다. 조사를 위해 미국 뉴욕을 누비고 브라질과 그밖에 다른 나라까지도 직접 방문한다. 위협을 가하는 악당도 문제지만 주인공을 만류하려는 주변 사람들도 걸림돌이 된다. 주인공 테일러는 일자리와 생명을 위협받는 위기를 넘기면서 용케 사건의 진상에 다가선다. 그 이유가 상부의 명령을 받아서라면 그럴싸하지만 매력적이지는 않다. 하지만, 이 이야기에서 테일러는 친구와의 우정이라는 개인적인 이유로 자극을 받아 행동한다. 즉 이 이야기는 캐릭터로부터 시작해 캐릭터를 중심으로 전개된다.

그렇다. 게다가 두 인물 모두 내면에서 외면을 상상하는 방식으로 완성되었다. 그렇지 않은가?

이제 당신은 주인공이 어떤 사람인지, 무엇을 위해 움직이며 그걸 위해 무엇까지 감수할지를 알았고, 다른 인물이 그를 막으려고 무엇까지 감행할지도 어느 정도 감을 잡았다. 등장인물끼리 맺는 관계와 액션 장면에 대한 아이디어도 몇 개 건졌으니 글쓰기에 착수하기가 한결 수월해졌다. 굉장한 점은 이 모든 것이 인물의 출신지를 콕 집어 고르는 것에서부터 시작되었다는 사실이다. 그 선택에서부터 주인공이 어떤 환경에서 컸는지가 분명해졌고, 어른이 된 주인공의 현재와 미래가 어떻게 달라질지도 윤곽이 잡혔다. 지극히 논리적인 질문을 몇 개 던졌을 뿐인데, 이 모든 것이 탄생한 것이다. 이렇게 길모퉁이에서 전 세계로 확장되는 이야기를 얼마나 다양하게 만들 수 있을지 한번 상상해보라.

이제 슬슬 대화를 마치려나 본데?

그렇다.

좋다. 그럼 이만 나가봐도 좋다.

내가?

당신은 이 대화를 하려고 내가 만든 캐릭터 아닌가.

무슨 소리. 내가 당신을 만들었다.

잠깐, 당신에게 그런 자아가 있을 리 없는데? 당신이 사는 세상의 하늘은 무슨 색이지?

파란색이다.

……정말로?

그걸 왜 묻지? 그쪽 세상의 하늘은 어떻길래?

주황색이다. 고리도 보이고. 이 이야기는 나중에 하도록 하자.

그러자.

작가가 창조하는 캐릭터의 범위는 발화하는 인물에만 국한되지 않는다. 인물이 살아가는 세계도 넓게 보아 캐릭터다. 판타지, 호러, SF 장르물을 쓸 때는 더더욱 그렇다. 세계를 창조할 때도 인간 캐릭터를 구상할 때와 마찬가지로 내면에서 외면을 상상하는 방식으로 구축해야 하며, 고도의 정확성과 일관성을 유지해야 한다. 지극히 논리적인 질문을 던지는 방식이 이때에도 유효하다.

아무 특징도 없이 텅 빈 행성에서부터 출발해보자. 아무것도 없는 캔버스를 이제 우리가 채워 나가야 한다. 이 행성은 뜨거울까, 차가울까? 뜨겁다고 해보자. 건조할까, 습할까? 건조한 쪽을 택하겠다. 뜨겁고 건조한 이 행성은 붉은색을 띠며, 작은 물가가 드문드문 형성되어 있고, 녹지도 생물체가 겨우 살아갈 만큼만 존재한다. 이런 환경에서 살아남도록 진화한 생물체는 대체로 어떤 모습일까? 모르긴 몰라도 아주 강인할 것이다. 엄청난 열기를 견딜 만큼 피부가 두껍고, 물을 마시지 않고도 오래 버틸 수 있을 것이다. 갓 태어난 아이들에게는 너무 척박한 환경이므로, 새끼를 어미의(혹은 아비의) 육아낭에 넣어 가능한 한 오래 보호할 수 있는 유대목 생물체가 진화 과정에서 자연스럽게 살아남았을 것이다. 이들은 서늘한 온도와 적당한 습도를 유지하기 위해 땅을 파고 들어가거나 평평한 석조 구조물을 지어 그 안에서 생활한다.

자원이 턱없이 부족한 이 행성 주민들은 비옥한 땅을 확보하기 위해 수없이 전쟁을 벌여야 한다. 이 말인즉슨, 전사들과 생명 유지 기술자들이 높은 지위를 인정받는다는 뜻이다. 한편 계속되는 전쟁과 오랜 가뭄을 견뎌야 하는 이 행성에는 틀림없이 종교적 요소가 존재할 것이다. 이들의 신앙에서 기우제와 같은 의식은 특히 중요할 수밖에 없다. 모두가 어려서부터 무기를 다루도록 훈련받는데, 여러 무기 중에서도 가장 흔한 것은 칼이다. 연료나 총알 같은 소모품이 필요 없기 때문이다. 잦은 전쟁으로 인해 지배 구조는 공화국보다 봉건 국가에 가깝게 발달할 것이다.

지금까지의 설정대로라면 이 행성 주민들의 의복은 어떤 모습이어야 할까? 건조하고 혹독한 기후에 맞게 천보다는 가죽이나 질긴 직물로 옷을 지어 입을 것 같다. 불필요하게 몸을 감싸면 더위를 견디기 어려우므로 민소매에다 짧은 바지를 선호할 수도 있겠다. 이런 식으로 머리를 굴리다 보면, 창조되는 세계의 모든 면면이 일관성을 갖추게 된다. 의복은 주민의 신체적 특징과도, 행성 환경과도 잘 어우러진다. 정치 체계는 행성의 역사와 이어진다. 주요 무기의 종류는 다음에 도래할 사회의 형태와 연관이 있다. 신앙 체계 역시 나름의 타당성을 지닌다. 이 작업을 잘 해두면 독자나 관객이 작품의 세계와 인물들을 잠깐 보기만 해도 단번에 이해하게 된다. (〈바빌론 5〉를 본 시청자라면, 정확히 위와 같은 방식으로 나안Narn 행성*과 그곳 주민들이 만들어졌다는 것을 눈치챘으리라.)

작품의 배경을 창조해 문장으로 옮길 때 중요한 것은 일관성과 현실성이다. 지구 바깥의 외계 행성뿐 아니라 현실 세계를 묘사할 때도 마찬가지다. 만약 이야기 배경이 한여름 나이로비의 어느 마을이라면, 독자가 그곳의 숨 막히는 더위를 일관되게 감지해야 한다. 그것을 직접적으로 서술할 필요는 없다. 차가운 맥주잔에 맺힌 물방울, 등골을 타고 흘러내리는 땀줄기, 더위에 지쳐 축 늘어진 개를 언급하면서 자연스럽게 드러내면 된다. 배경의 질감은 일일이 설명하지 않더라도 살아 움직이는 인물처럼 생생히 표현되어야 한다.

"신은 디테일에 있다"고들 하는데 그런 미세한 부분을 볼 수 있으려면 오랜 조사와 고민이 필수다. 넷플릭스 시리즈 〈센스8〉 시나리오 작업에 앞서 나를 포함한 제작진과 작가진은 촬영지로 점찍은 곳을 돌아다니며 사전 조사를 했다. 샌프란시스코, 시카고, 멕시코시티, 런던, 베를린, 아이슬란드, 뭄바이, 나이로비, 서울까지 모두 다녔다. 그리고 되도록 오래 머물면서 현지에서 생활하는 감각을 익혔다. 마크 트웨인은 이렇게 말했다. "고양이 꼬리를 잡아보아야만 배울 수 있는 것이 있다"고. 체험을 통해서만 알게 되는 것들이 있기에, 우리는 아이슬란드의 유전학 연구소에 직접 방문했고, 런던의 지하 클럽들을 다녔으며, 뭄바이의

---

*　〈바빌론 5〉에 주요 종족으로 등장하는 나안족의 거주 행성.

식당 사장을 만나 현지 요식업의 현황을 전해 들었다. 한번은 뭄바이 외곽으로 나가 찌그러진 판잣집이 즐비한 빈민가를 지나며 그곳 사람들의 끔찍한 생활 환경을 두 눈으로 목격했다. 공동 총괄제작자였던 라나 워쇼스키가 날 잡아끌더니 말했다.

"집 안에 침대는 없어도 텔레비전이 한 대씩은 있네."

"그야 침대는 현실에 머물게 하지만 텔레비전은 현실 바깥으로 나가게 해주니까."

나는 이렇게 대답했다.

나의 이 말은 며칠 후 라나가 건넨 대본에 고스란히 대사로 쓰였다.

다시 말하지만, 중요한 것은 디테일이다.

독자가 당신의 소설을 펼치고 제작자가 당신의 시나리오를 집어 들었을 때, 작품의 세계 속으로 빨려 들어가 매력적이고 입체적이며 현실적인 캐릭터들과 함께 노는 듯한 느낌을 받아야 한다. 그들에게 진짜 같고 진실된 느낌을 줄 수만 있다면, 당신의 작품은 경력이 엇비슷한 작가들의 작품 중에서 단연 돋보일 것이다.

이제 이 책에서 가장 중요할 수도 있는 메시지를 전하고자 한다. 이 장의 내용을 몽땅 잊더라도, 지금 이 메시지만 기억한다면 당신은 작가로 살아남을 수 있다.

흔히들 초보 작가는 다른 작가에게 자리를 뺏길까 봐 전전긍긍한다. 경쟁을 걱정하는 것이다.

그런데 아무도 말해주지 않는 비밀이 있다. 경쟁은…… 없다는 것을.

드라마와 책을 만들며 여러 작가와 일해봤고, 글쓰기를 가르쳤으며, 글쓰기 대회 심사위원으로 여러 작품을 평가해본 사람으로서 장담하건대, 초보 작가의 90퍼센트는 형편없다. 재능이 형편없다는 소리가 아니다. 가진 재능을 유의미하게 써먹기 위해 해야 할 일을 하지 않아 문제라는 것이다. 많은 초보 작가가 상상력을 글로 옮기는 데 최소한의 노력만 들여놓고 온 세상이 들썩이기를 바라는 희망에 부풀어 작품을 내놓는다. 숱하게 거절당한 후에야 비로소 갈 길이 멀다는 것을 직시한다.

이 글을 읽는 초보 작가 중에 숙련된 기술을 제대로 써먹을 줄 아는 사람이 있다면, 이른바 '경쟁'에서 수 광년은 앞서 있다고 볼 수 있다. 원고에 프로 수준으로 디테일을 담아내고 공들여 만든 캐릭터와 세계관을 보일 수 있는 작가라면, 그의 예술과 글쓰기 기술은 어둠 속에서도 빛을 발할 것이다.

당신은 다른 작가들과 경쟁하는 것이 아니다.

당신의 경쟁자는 언제나 당신 자신이다.

뮤즈와 만난다는 것

사람들은 작가라고 하면 존 키츠, 조지 고든 바이런, (퍼시와 메리) 셸리 같은 19세기 영국 작가들의 고상함을 떠올린다. 고풍스러운 소파에 앉아 한 손으로 이마를 짚은 채 다른 한 손으로 글을 쓰다 이따금 고뇌하는 눈으로 천장을 올려다보며 신비한 뮤즈가 찾아오기를 기다리는 그런 사람들. 에드거 앨런 포, 조지 버나드 쇼, 빅토르 위고, 아르튀르 랭보, 새뮤얼 테일러 콜리지 같은 대작가의 존재감 덕에, 엄숙하고 고뇌하는 작가의 이미지는 더욱 굳어졌다.

물론 작가라면 누구나 글이 쓰이지 않아 천장을 올려다보며 괴로워할 때가 있고 이왕이면 그런 고민을 멋들어진 소파에서 하고 싶어 한다. 하지만 작가를 꿈꾸면서 허구한 날 뮤즈만을 기다리고 있다면, 틀림없이 뭔가 잘못된 것이다.

이후 장에서 글쓰기 시간을 확보하는 것의 필요성을 따로 논하겠지만, 글쓰기 계획보다 선행되어야 할 것은 마음 다잡기다. 몇 달이나 몇 년에 한 편씩 시를 쓰고 싶은 거라면, 계속 뮤즈를 기다려도 좋다. 그러나 작가를 직업으로 삼을 생각이면 마음을 달리 먹어야 한다. 편집자나 제작자가 마감일을 준다는 것은 그 안에 원고를 넘기라는 뜻이다. 마감일을 어겨 놓고 "영감이 떠오르질 않아서요"라고 변명했다가는 화만 키우는 꼴이다.

뮤즈를 기다리는 심리에는 자신이 끄적이는 문장보다 뮤즈가 가져다줄 영감이 비교도 안 되게 완벽하리라는 기대가 숨어 있다. 하지만, 앞서 말했듯이 초고는 완벽하지 않아도 되며 일단 엉성하게나마 말들을 적어 모으는 데 목적이 있다. 일단 뭐라도 쓴 다음에 열심히 고치면 된다. 그러니 억지로라도 첫 문장을 쓰자. 못 봐주겠다고 생각이 들어도 고치면 그만이다. 아무것도 쓰지 않아서 무엇도 바로잡거나 검토할 수 없으면 그게 더 문제다. 일단 첫 문장을 쓰고 나면 어렵지 않게 다음 문장을 이어갈 수 있다. 글이 쓰이지 않더라도 책상을 떠나지는 말자. 계획한 시간만큼은 자리를 지켜야 한다. 그러다 보면 짜증이 나고 지루해서라도 뭔가를 쓰게 된다.

초고가 나무랄 데 없이 완벽할 필요는 없다. 초고는 존재하기만 하면 된다.

첫 문장을 썼으나 거기서 막혀 다음 문장이 좀처럼 떠오르지 않는다면, 잠시 연습 삼아 다른 주제로 글을 써도 좋다. 그날 있었던 일이나 저녁에 할 일, 바다를 처음 보았을 때의 느낌 등을 적으면서 글쓰기 펌프에 마중물을 붓는 것이다. 그러고 난 다음에 써야 하는 글로 되돌아가자. 목표는 글쓰기를 궤도에 올리는 것이다. 글은 한 번 물꼬를 트면 계속 쓰게 되어 있다.

꾸준히 운동하면 몸에 근육이 붙는 것처럼, 글도 계속 쓰다 보면 글쓰기 근육이 생긴다. 처음에는 근육통에 시달리겠지만, 점차 익숙해지면서 어느새 책상 앞에만 앉으면 에너지가 솟구칠 것이다. 몸에 엔도르핀이 돌면서 '어제도 귀찮았지만 결국 해냈고, 결과도 꽤 만족스러웠으니 오늘도 할 수 있을 거야. 어제보다 이야기를 더 진전시킬지도 모르지' 하고 기대감이 생길 것이다. 글을 쓸수록 글쓰기 욕구는 커지기 마련이다. 운동하는 사람이 운동에 중독된다고 말하는 것과 같은 이치다.

하루 분량의 글쓰기를 마무리할 때는 마지막 문장을 미완으로 남기는 것을 유념하자. 문장을 중간까지만 쓰고 거기서 멈추면 다음 날 첫 문장을 끄집어내느라 고생하지 않아도 된다. 첫 문장을 어떻게 끝낼지 이미 아는 상태에서 작업을 시작하는 것이니 말이다. 아마 그 문장은 밤새 당신의 머릿속을 굴러다니며 얼른 완전해지기를 기다릴 것이다. 그리고 날이 밝아 당신이 글쓰기를 시작하는 순간, 그 문장은 기꺼이 다음에 올 문장을 위한 마중물이 되어줄 것이다.

진짜 관건은 비장하기보다 여유롭고 차분하게 쓰는 법을 스스로 찾아내는 것이다. 이 교훈은 삶을 살아가는 데에도 유효하다. 몇 년 전, 두 번째 소설을 발표하기 앞서 전문 사진사를 고용해 내 집에서 사진 촬영을 한 적이 있다. 그전까지 쓰던 사진들 속 내 얼굴은 어딘가 용의자스러운 분위기를 풍겼다. 이 세상에는 카메라의 총애를 받는 사람과 미움을 받는 사람, 그리고 카메라로 하여금 화장실에 틀어박혀 밤새 울게 만드는 사람이 있다. 단언컨대 나는 마지막 유형이다.

사진사가 한 시간이나 애를 썼는데도 나는 카메라 앞에서 굳은 표정을 풀지 못했다. "그냥 평소대로 행동하세요." 사진사는 거듭 이렇게 말했지만, 평소 내 모습이 어떤지 알 길이 없던 나는 작가 분위기를 물씬 풍기는 검은색 가죽 재킷과 셔츠 차림으로 책상 앞에 앉아 엄숙하고 진지한 표정을 지으려고만 노력했다. 그게 진짜 내 모습인 척을 하면서. 카메라 셔터가 찰칵거릴 때마다 두 눈에 검은 벽이 내려왔다 올라가기를 반복했다.

답답해하던 사진사가 갑자기 문밖으로 나갔다. "여기 그대로 계세요." 이곳은 내 집이며 어차피 어디 나갈 계획도 없다고 대꾸하고 싶었으나, 사진사의 표정으로 보아 그렇게 말했다가는 큰일이 날 것 같아 참았다.

이윽고 사진사가 자기 차에서 어린이용 알파벳 블록과 장난감을 한 상자 가져왔다. "이걸 갖고 놀아 보세요." 그러면서 장난감을 바닥에 쏟았다.

나는 사진사를 빤히 보다가 바닥에 흐트러진 장난감을 쓱 보고, 다시 그를 보았다. "바닥에 앉아서요?"

"네."

"그리고 블록을…… 갖고 놀라는 거죠?"

"장난감도요."

"내가 꽤 유명한 작가인 건 알죠?"

그가 미간을 구겼다. "얼른 바닥에 앉으세요."

나는 시키는 대로 바닥에 앉았다.

그는 맞은편 카펫 바닥에 앉아 자신의 다리 위에 카메라를 올려놓았다. "이제 시작하세요."

'너무 없어 보이는데…'라고 말하고 싶었으나, 고도로 발달한 자기보호 본능이 내 입을 틀어막았다. 나는 마지못해 장난감을 만지작거렸다.

곧바로 사진을 찍을 줄 알았는데 웬일인지 사진사는 가만히 앉아만 있었다. 나는 나만 볼 수 있게 알파벳 블록으로 비속어를 조합하기 시작했다. 그러다 한 손으로 턱을 쥔 자세로 옆에 놓인 공룡과 자동차 장난감을 살폈다. 그리고 공룡을 태운 자동차가 블록 장벽으로 돌진하는 장면을 연출했다. 비속어를 싫어하는 공룡이 자동차에 올라타 블록으로 조합된 비속어를 부순다고 치면 대형 충돌 사고가 벌어질 테고, 그럼 구급차나 그걸 대신할 무언가를…….

"조!" 그 순간 사진사가 내 이름을 불렀다.

내가 고개를 들었다.

찰칵!

앞에 사람이 있다는 것도 잠시 잊었던 나는 허리를 곧게 펴며 물었다. "이제 촬영을 시작하는 건가요?"

"아뇨, 다 끝났어요. 방금 선생님은 제가 이 방에 들어오고 나서 처음으로 무방비 상태였어요. 카메라에 어떻게 보일지, 앉은 자세가 어떤지만 생각하던 선생님이 처음으로 편하게 있는 모습을 드디어 카메라에 담았네요."

이 말을 끝으로 사진사는 장난감을 주워 담고 돌아갔다.

그날의 결과물로 나온 사진이 이제껏 내가 찍은 사진 중 최고인지는 모르겠지만, 가장 나다운 것은 분명하다. 사진을 찍는 순간에 대해 생각하는 것이 아니라 그저 그 순간에 충실한 내 진짜 모습이 담겼으니 말이다.

글쓰기 충동도 바로 이런 식으로 작동한다.

뮤즈는 대단히 신성한 분위기를 풍기지만, 실은 우리 머릿속 한쪽 구석에서 무엇을 어떻게 쓰라고 가만히 속삭이는 목소리에 지나지 않는다. 그 목소리는 밖으로 나와 우리를 돕고 함께 놀고 싶어 하지만, 십중팔구는 시끄럽고 요란한 의식에 의해 억지로 끌려 나왔다가 샐쭉해져 다시 숨어버릴 때가 많다. 스트레스와 근심 걱정에 시달릴 때 우리가 우리답지 않듯이 뮤즈도 주변 상태에 영향을 받는다. 초고를 완벽히 써야 한다는 강박에서 벗어나 자유롭게 이것저것을 실험해보자. 우스꽝스러운 것이어도 좋으니 내면의 뮤즈가 안심하고 나와 마음껏 놀 수 있게 환경을 만들자는 것이다.

가끔은 진짜 자신의 모습을 찾기 위해 현실 속 자신과 거리를 둬야 할 때도 있다.

이 사실에 눈을 뜬 작가들은 내면의 창조적 영감이 의식을 비집고 나올 수 있게 방법을 궁리한다. 극단적으로는 약물이나 술에 의존하기도 하는데, 이는 약물 남용으로 고생하는 예술가가 많은 이유이기도 하다. 어떤 작가들은 명상하고, 음악을 듣고, 공원을 산책한다. 선반에 진열한 만화 피규어를 하나씩 꺼내 보는 작가도 있다. 선반을 청소하기 위해서라고는 하지만 내심 피규어가 자아내는 향수가 의식을 말랑말랑한 중립 상태로 만들어 그 사이로 무의식이 영감을 가지고 나와주기를 바라는 것이다.

이렇게 스스로 방목하는 시간은 중요하다. 내면의 창의성은 수조에 담긴 물과 같아서 주기적으로 물을 채워주어야 탈이 생기지 않는다. 창의성의 수조에 물을 보충하려면 예술과 음악 그리고 아름다운 것에 심취할 시간을 스스로에게 허락해야 한다. 본받을 점이 많은 선배 작가들의 책을 골라 읽으면서 참신한 글쓰기 방법을 배우려는 태도도 좋지만, 때로는 순전히 재미를 위해 책을 읽기도 해야 한다. 많이 읽을수록 더 잘 쓰게 된다. 나는 글을 쓰다 막힐 때면 재미 삼아 다른 책을 집어 들거나 음악을 듣는다. 일부러라도 다양한 장르를 즐기는데, 언제 어디서 영감이 번쩍일지 모르기 때문이다. 컨트리 음악부터 힙합, 일렉트로 스윙, 록, 클래식, 재즈, 팝, 몽골 메탈, 포크, 데스 메탈, 하우스, 트랜스, 댄스, 요즘에는 케이팝까지 가리지 않고 듣는다. 내 플레이리스트에 저장된 5,000여 곡은 장르도 형태도 다양하다. 음악을 듣다 보면 글을 쓰느라 괴로웠던 마음이 낯선 세상으로 옮겨 간다.

뮤즈가 가져다주는 영감에서 필요한 것을 취했으면, 뮤즈를 적절히 보살피고 배 불리는 것으로 보답해야 한다. 영화 〈시에라 마드레의 보물〉에서 험프리 보가트가 열연한 주인공과 다른 인물들이 산속 금광에서 금을 실컷 캔 뒤에 하산하려고 하자, 월터 휴스턴이 연기한 인물이 이렇게 말한다. "이 산을 되돌려 놓아야 해." 산이 금을 내주었으니 예의를 갖춰 그 산을 원래대로 돌려놓아야 한다는 것이다.

영화 속 인물들은 마지못해 그의 말을 따른다.

마찬가지로 우리도 금을 가져다준 내면의 뮤즈를 온전한 상태로 돌려놓아야 한다.

무의식에 숨겨진 영감이 의식의 소음을 피해 우리에게 도달할 놀라운 방법이 하나 더 있다. 말했듯이 무의식은 글을 쓰는 우리를 돕고 싶어 한다. 그런 무의식이 의식보다 우위를 점하는 순간이 존재하는데, 바로 우리가 잠들 때다. 그 시간을 현명하게 이용해보자.

막 잠들려고 하는 몽롱한 순간에 글을 쓰다 막힌 부분을 떠올린다. 전부 다 꺼낼 필요 없이 가장 풀리지 않는 문제 하나만 떠올려야 한다. 당장 해답을 찾으려 고민해봤자 잠만 설칠 뿐이다. 머릿속에 문젯거리를 떠올린 뒤, 당신의 의식이 그걸 요란하게 물고 늘어지기 전에 얼른 잠들기만 하면 된다.

잠에 빠져드는 순간, 장난감을 낚아채는 고양이처럼 당신의 무의식이 문젯거리를 와락 움켜쥘 것이다. 창의적이며 건설적인 놀잇감을 발견한 셈이다. 그렇게 무의식은 밤새 그걸 갖고 놀면서 나름의 해답을 찾아낸다.

다음 날 비몽사몽으로 눈이 떠졌을 때, 머릿속을 더듬으며 밤새 뮤즈가 남기고 간 선물을 찾아보자. 십중팔구는 어떤 형태로든 뮤즈의 선물이 당신을 기다리고 있을 것이다. 호들갑을 떨며 달려들었다가는 선물이 겁을 먹고 도망칠 수 있으니 조심하기를.

많은 작가가 글쓰기의 진정한 원천을 외부에서만 찾으려고 한다. 뮤즈라는 외부의 존재를 만들어서 그 존재가 자신들을 구원하기만 기다리는 것이다. 하지만 뮤즈는 곧 자기 자신이다. 글쓰기는 훈련인 동시에 놀이여야 하며, 우리는 즐겁게 새로운 시도를 하면서 내면에 숨은 뮤즈가 어떠한 검열도, 통제도, 의심도 받지 않으며 자유롭게 속삭이도록 해야 한다. 유리처럼 투명해져서 내면의 말들과 영감이 막힘없이 바깥으로 흘러나오게 해야 한다. 그래야 더 나은 글을 쓸 수 있다.

물론 쉽지 않은 일이다. 인간은 본래 이성적인 존재이며, 의식이 강요하는 엄격함과 무의식이 사랑하는 창조적 무질서 사이에서 균형을 잡기란 원체 힘들기 때문이다.

오스카 와일드는 이렇게 말했다.

사랑은 와락 붙들면 시들어버리고
살짝 붙들면 날아가버린다
내가 사랑을 붙들고 있는지
놓치고 있는지 어찌 알까?

번뜩이는 영감을 통제 가능한 재료로 바꾸려고 뮤즈를 너무 꽉 붙들게 되면, 뮤즈는 숨이 막혀 시들해지고 만다. 반대로 너무 건성으로 다루면 멀리 날아가버린다. 자신의 가치를 모르는 사람 곁에 머물려는 뮤즈는 없다.

하지만 뮤즈를 하염없이 기다리기만 하는 것과 뮤즈의 방문을 두드리는 것 사이의 균형 감각을 익히는 순간, 순식간에 놀라운 일이 펼쳐질 것이다.

#7. 당신은 아이디어를 팔 수 없다

나는 하루가 멀다 하고 이런 메일을 받는다. 굉장한 영화/드라마/소설/단편 아이디어가 있습니다. 구매할 의향이 있나요? 스튜디오/방송사/출판사와 연결해줄 수는 없나요? …… 제 아이디어를 갖다 쓰시고 수익을 5 대 5로 나누실래요?

오늘 아침에는 이런 제안도 받았다. 제 아이디어 패키지를 함께 작업할 사람을 구하고 있는데 관심 있으세요?

내 답은 '아니요'다.

당신의 아이디어를 원하는 사람은 없다.

(아이디어 패키지가 뭔지도 나는 모르겠다. 원고를 상자에 넣어 팔기라도 하나? 스테이플러로 찍어서? 제 아이디어를 6종 세트로 팔고 있습니다. 자연분해 종이로 만든 12종 세트와 16종 세트도 묶

어서 팔아요.)

통일장 이론이나 초광속 여행의 퍼즐을 푼 게 아니라면(혹시 그런 사람이 있다면 연락을 달라. 기꺼이 수입을 5 대 5로 나눌 의향이 있다), 어떤 아이디어건 대단한 가치를 인정받기는 힘들다. 한 가지 아이디어를 열 명의 작가에게 주면 열한 가지 이야기가 되어 돌아온다. 즉 중요한 것은 아이디어의 집행이다(물론 그 집행이 처형이어서는 안 된다). 그리고 그 일은 전적으로 글을 쓰는 작가의 몫이다.

냉전 시대의 미 공군 전략폭격기 부대가 귀환 명령을 듣지 못해 안전지대를 넘어 소련 영토에 폭탄을 투하한 결과, 핵폭발 참사가 벌어진다는 아이디어가 있다고 해보자. 누군가는 이 아이디어를 바탕으로 진지하고 숨 막히는 캐릭터 드라마를 만들 것이다. 헨리 폰다가 열연한 영화 〈핵전략 사령부〉가 그 결과물이다. 한편 같은 해 피터 셀러스를 주인공으로 내세워 개봉한 영화 〈닥터 스트레인지러브: 나는 어떻게 걱정을 관두고 폭탄을 사랑하게 되었는가〉는 영화 역사상 최고의 다크 코미디 작품 중 하나로 평가받는다. (두 영화를 제작한 스튜디오끼리 법정 싸움을 벌일 만큼) 유사한 설정과 아이디어에서 출발했으나, 전혀 다른 창작물이 탄생한 것이다.

재능은 타고난 것인 동시에 훈련의 산물이며, 독특한 관점을 덧입어 예리해지고, 탁월해지기 위한 혹독한 헌신과 강인한 의지가 뒷받침되어야만이 빛을 발한다.˚ 노래를 잘 부르는 사람은 많다. 그러나 니나 시몬과 폴 사이먼, 아레사 프랭클린, 프랭크 시나트라, 재니스 조플린은 그중에서도 독보적이다. 수없이 들었던 노래도 그들의 해석을 거치면 상상을 뛰어넘는 걸작으로 변신한다.

작가도 가수와 같은, 그러나 좀 더 조용한 행위예술가이다. 하고 싶은 이야기를 어떻게 해석해 얼마나 잘 전달하느냐가 작가의 성공을 좌우한다. 아이디어는 그 과정의 전부가 아니라 시작일 뿐이다. 이 세상에서 최고로 기발한 아이디어가 있다고 해보자. 영화 스튜디오나 출판사가 그것만 가지고 뭘 할 수 있겠는가? 아이디어를 출판하거나 촬영할 수 있는 것도 아닌데 말이다. 방송 진행자가 "어제 누군가 굉장한 아이디어가 떠올랐다며 찾아왔는데요. 한번 들어보시죠" 하고 말한 뒤, 반쪽짜리 아이디어를 읊는 장면을 단 한 번이라도 본 적이 있는가? 아이디어란 그 자체로는 쓸모가 없다. 설령 누군가 당신의 아이디어를 돈 주고 샀더라도(현실에서 그런 일은 일어나지 않겠지만), 결국 그 아이디어는 다시 다른 작가의 손을 거쳐야 쓸모 있어진다. 아이디어를 해석하는 방식은 작가마다 천차만별이니 처음 아이디어를 던진 당신에게만 목맬 이유가 과연 있을까?

지금도 많은 작가가 누구도 생각하지 못한 아이디어를 떠올렸다고 좋아하지만, 기나긴 인류 역사를 돌아보면 다른 작가가 그와 비슷한 아이디어를 먼저 떠올렸을 가능성이 매우 크다. 태양 아래 새로운 것은 없다거나 모든 예술이 지난 것들의 재해석이라고 주장하려는 것은 아니다. 그런 식의 이해는 표절과 과도

---

*　이와 유사한 맥락에서 고대 그리스 철학은 "기회가 주어진 삶 속에서 탁월함을 발휘하며 활력 있게 사는 것"을 행복이라고 정의한다.

한 샘플링을 정당화하는 변명으로 악용되어 어차피 새로운 아이디어는 없으니 아무거나 가져와 마음대로 써도 된다는 오해를 만든다. 아이디어와 아이디어를 표현한다는 것은 근본적으로 다르다. 아이디어는 일반적이고 포괄적이지만, 아이디어를 표현한다는 것은 작가 고유의 것이자 시대와 문화 맥락에 따라 달라진다. (이에 대한 논의는 2부 '작가의 벽에 관한 소고'편에서 더 자세히 다룰 것이다.)

아이디어가 참신하게 느껴진다면 그건 아이디어의 해석이 참신하기 때문이다. 당신만의 독특한 재능을 발휘해 완성한 창작물이야말로 전에 없던 참신함이라 할 수 있다. 그 작품은 당신이 존재하기에 비로소 탄생한 것이다.

독특한 해석이 빠진 미완의 아이디어는 작가 대부분이 원치 않을뿐더러 작가에게 위험 요소가 되기 일쑤다. 그런 아이디어를 작가에게 일방적으로 내미는 것은 더욱더 문제가 된다. 작가가 자신의 작품 세계관을 바탕으로 무언가를 썼다가 그 창작물이 온라인에 떠도는 팬 픽션 또는 그가 활동한다고 알려진 온라인 포럼의 게시글과 비슷하다는 이유로 거액의 소송에 휘말리는 경우가 더러 있다. 이에 적지 않은 수의 작가들이 자신의 작품에서 파생한 아이디어와 이야기를 팬들이 온라인에 함부로 게시하지 못하도록 무관용 방침을 고수하고 있다. 나의 경우는 내 작품 세계관을 놓고 2차 창작을 하고 싶으면 내 눈에 띄지 말라는 것이 유일한 요구사항이다. 하지만, 이 '아이디어 제안 금지' 규칙을 수없이 당부했음에도, 몇몇 사람은 여전히 자신들의 아이디어와 이야기를 보란 듯 온라인에 올린다. 그게 내게 유용할 거라거나(그렇지 않다), 자기 경력에 도움이 되리라는(그렇지 않다) 착각, 또는 말 그대로 병적이라고밖에는 표현할 수 없는 심리에서 비롯된 행동이다.

내가 제작에 참여한 작품 중에 시즌 1을 넘기지 못한 드라마가 하나 있는데, 나는 그 드라마에 완벽한 결말 아이디어를 제안하겠다는 한 남자에게 수년간 시달린 경험이 있다. 물론 그가 그 결말을 실현할 방도는 없었다. 거기까지 도달하려면 중간 시즌이 제작돼야 했으니 말이다. 그런데도 남자는 내게 아이디어를 알리지 못해 안달이었다. 처음에는 페이스북을 통해 내게 접근했다. 나는 그의 글을 읽지도 않고 바로 차단했다. 그러자 남자는 새 계정을 만들었고, 나는 또다시 그를 차단해야 했다. 그다음부터는 내 이메일로 연락이 왔다. 나는 역시나 차단으로 응수했다. 이메일 주소를 바꿔가며 내게 접근하던 남자는 결국 내 비서에게 저지당했고, 그 일로 내 비서에게 모욕적인 말을 퍼부었다.

내 작품 세계관을 배경으로 이야기를 만들었으니 읽고 좋게 평가해달라는 사람이 온라인에서 나를 따라다닌 적도 있다. 나는 그때도 거절한 뒤 그를 차단했다. 그는 계정을 여러 번 바꿔가며 끈질기게 접근을 시도했다.

나는 그런 식으로 들이미는 글을 단 한 편도 읽지 않았고, 앞으로도 단연코 읽을 생각이 없다. 누군가 나를 따라다니며 괴롭히는 게 불쾌한 데다, 싫다고 거부할 권리가 내게도 있기 때문이다. (언제나 남자인 그들은 상대가 드라마 작가이건 누구건 간에 '싫다'는 반응을 쉽사리 받아들이지 못하는 유형인 듯하다.)

이런 일은 내가 드라마 작가로 일하는 동안 늘 있어 왔다. 내가 만든 세계를 배경으로 아이디어와 이야기를 구상했으니 나더러 그걸 봐달라고 접근하는 사람은 앞으로도 사라지지 않을 것 같다. 거절당하면 누군가는 실망하고 돌아서겠지만, 몇몇은 좀처럼 받아들이질 못한다. 나는 온라인에서 두 차례, 오프라인에서 한 차례, 그런 사람들에게 시달린 끝에 사설탐정을 찾아가 조사를 의뢰했다. 그리고 그들의 가족에게 연락해 겨우 그들을 막을 수 있었다. (한 사람은 회사 컴퓨터로 내게 접근한 것으로 밝혀져 그가 일하는 회사로 연락해야 했다.) 하지만 내가 시달린 시간과 허비한 돈, 소모해야 했던 감정은 끝내 보상받지 못했다.

작가가 원치 않게 남의 아이디어와 맞닥뜨려 당하는 피해를 합리적으로 방지할 방법이 있기는 하다. 〈바빌론 5〉를 제작하던 시절, 내가 드나들던 온라인 포럼에 어느 팬이 내 드라마에 관한 아이디어를 올린 적이 있다. 그런데 하필 그게 내가 막 집필을 마친 대본과 유사했다. 내가 그의 게시물에 접근 가능하다는 사실이 소송의 근거가 될 수 있었기에, 일단 해당 대본의 촬영 일정을 중단시킨 뒤 게시물을 올린 사람을 만나 상황을 알리고 양도 계약서에 서명을 받아냈다. 만약 양도 계약을 맺지 못했으면 해당 대본은 혹시 모를 불상사를 대비해 폐기됐을 것이다. 너무 유난을 떤다고 생각할 수도 있지만, 특정 작가의 작품 세계관에서 파생한 아이디어 또는 팬 픽션으로 인해 벌어진 표절 소송이 얼마나 많은지 알게 되면 생각이 달라질 것이다.

작가가 요구하지 않았는데 아이디어를 불쑥 보내는 것은 혹평을 퍼붓는 것 다음으로 무례하고 끔찍한 행동이다. 비서가 내

우편함을 꾸준히 확인하는 것은 이런 이유에서다. 우편물에서 아이디어 제안서가 발견되면 비서가 그걸 다시 봉인해 빨간 잉크로 '수신 거부 - 다시 보내지 마세요'라는 문구를 적어 돌려보낸다. 발신인이 "공짜로 드릴게요"라거나 "양도 계약서에 서명할게요"라고 해봤자 소용없다. 뭘 하든 화만 돋우니 그냥 보내지 말기를.

작가들이 평생을 바쳐 경력과 명성을 쌓는 것은 자신에게 의미 있고 중요한 것을 이야기할 힘과 자유를 얻기 위해서다. 다른 누군가의 이야기를 대신 말하기 위해서가 아니다. 작가는 남의 아이디어를 원치 않으며, 고소당할 위험을 감수하고 싶어 하지도 않는다. 어떤 경우건 작가가 괴롭힘당해야 할 이유도 없다.

아이디어를 양도하거나 온라인에 올리는 행위에 대한 이야기는 이쯤 마무리하고, 아이디어를 돈 받고 파는 이야기로 다시 돌아와 보자. 글쓰기 강의를 할 때마다, 드라마 대본을 작업한 경험이 전혀 없는 사람이 지난 여섯 달간 혼자 파일럿 대본을 완성했다며 그걸 방송사에 어떻게 팔지 조언을 구하는 일이 적어도 한 번씩은 있다.

그럴 때마다 나는 가슴 아픈 진실을 말할 수밖에 없다. 영영 팔리지 않을 글을 쓰느라 지난 여섯 달을 허비했노라고 말이다. 사람들은 내 말을 못 들은 체하면서 경력이 없는 초보 작가가 파일럿 대본을 팔았다는 이야기를 증거로 내민다. 그러나 그런 일은 소문으로만 무성한 유니콘일 뿐, 현실에서는 눈을 씻고 봐도 찾을 수 없다. 소문의 진상을 열심히 파헤치다 보면, 그 초보 작가가 유명 작가의 자식이었다거나 약간의 경력이 있었다는 사실이 드러나기도 한다. 발표한 작품도 없고 경험도 없는 생초보 작가가 파일럿 대본을 팔 가능성은 없다. 그런 일은 그냥 일어나지 않는다.

이유는 다음과 같다.

앞서 말했듯이 아이디어란 그 자체로는 쓸모없으며 그걸 잘 표현해야 가치가 생긴다. 드라마 아이디어도 마찬가지인데 한 가지 조건이 더 붙는다. 아이디어를 표현하는 작가가 드라마를 제작하는 사람과 대부분 동일 인물이라는 점이다. 작가가 그 정도의 권위를 가졌다는 것은, 방송사나 스튜디오가 스토리텔러로서 그 사람의 성장을 지켜봐 왔으며 노련한 제작자로서 그를 신뢰한다는 뜻이기도 하다. 그만큼의 경험을 쌓으려면 프리랜서 작가에서부터 보조 작가, 스토리 에디터를 거쳐, 공동 제작자, 제작자, 총괄 제작자 자리까지 차근차근 올라가는 수밖에 없다. 그래야 자기 프로그램을 만들 영향력이 생기고, 방송사들도 그 작가의 스토리텔링 방식을 이해하고 신뢰해준다.

불공정하고 편협한 것 아니냐고 반발심이 든다면, 한번 이렇게 생각해보자. 뉴욕에서 멜버른으로 가는 비행기를 탄다고 할 때, 조종석에 누가 앉아 있어야 마음이 놓일까? 한 명은 같은 길을 수백 시간 비행한 경험이 있고, 다른 한 명은 다음 주 목요일에 비행 학교에 갓 입학할 사람이다. 후자를 생각할 때 내심 드는 불안을 방송사와 스트리밍 업체도 익히 알고 있기에, 글쓰기 경력이 없는 사람에게 수백만 달러를 주면서 작품을 맡기지 않는 것이다. 혹시 그 사람이 촬영 도중에 포기하고 손을 떼버리지는 않을까 못내 불안한 것이다. 무엇을 쓰느냐 못지않게 신뢰를 주느냐도 중요하다.

작품을 팔 능력을 가진 기성 작가나 제작자를 설득해 협업할 기회를 따내기도 극도로 힘들다. (그 사람이 당신의 친구라면 가능성이야 있겠지만, 친구와의 협업은 얼마 안 가 서로 얼굴을 붉히는 것으로 끝나기 쉽다.) 드라마 집필은 흔치 않은 기회이자 막대한 보수를 가져다주는 선물이다. 하지만 뭐 하나만 삐끗해도 금세 망가지고 만다. 혼자 힘으로 작품을 팔 수 있는 작가나 제작자가 굳이 뭐하러 무명작가의 협업 제안을 받아들이겠는가? 언제 어디서 사고를 칠지 모르는 초보 작가와 일하기 위해 방송사를 설득해야 하고(그래도 방송사는 여간해서 넘어가지 않을 것이다), 심지어 혼자 가질 돈을 절반으로 나누기까지 해야 하는데?

그들은 그런 선택을 하지 않을 것이다.

그런 일은 정말 일어나지 않는다.

과거에도, 현재에도, 미래에도 마찬가지다.

드라마를 써서 팔고 싶으면, 다른 누군가가 만드는 작품을 보조하는 것에서부터 출발하라. 그러면서 작업물을 통해 당신만의 특별한 관점을 증명하고, 제작과 글쓰기 기술을 익히자. 차근차근 단계를 밟아 성장하다 보면, 방송사와 스튜디오가 당신이 어떤 방식으로 일하는 작가인지를 이해하고 거기에 적응할 것이다. 그 단계에 이르러서야 파일럿 대본을 팔아 당신만의 작품을 만들 기회가 찾아온다.

다시 말하지만, 아이디어만으로는 부족하다. 독창적인 해석과 노력, 작품으로 만들려는 의지가 모자란 아이디어는, 뭐 하나 진득이 붙들지 못하고 심미안도 부족한 사람들이 떠드는 말에 지

나지 않는다. 아이디어는 작가의 해석을 거쳐 이야기로 만들어
져야 의미가 있다. 그 아이디어를 대본이나 소설 등으로 승화시
키려는 노력도 빼놓을 수 없이 중요하다.

하지만, 거듭 말하건대, 초광속 여행의 비밀을 알아낸 사람이
있으면 주저하지 말고 내게 연락을 주기를.

#8. 상어 조심!

이 책을 집필하기 전 글쓰기에 관한 책들을 훑으면서 어떤 주제가 다뤄졌고 다뤄지지 않았는지를 조사했다. 대부분 균형이 잘 잡힌 책들이었지만, 몇몇은 도로시 파커*의 표현대로 "살짝 내던질 게 아니라 온 힘을 다해 내동댕이칠 책"이었다.

놀랍게도, 어떤 의도에서건 초보 작가를 등쳐먹는 사람들에 대한 경고는 어디에도 나와 있지 않았다. 초보 작가를 겨냥한 사기는 너무 빈번히, 또 너무 쉽게 일어나고 있기에 반드시 다뤄야 할 주제인데도 말이다. 이 책이 이제야 이 주제를 꺼낸 것은 독자들을 처음부터 겁주지 않기 위해서였다.

---

*   20세기 미국의 작가로 위트 있는 독설과 풍자로 유명했다.

영화 제작사 MGM을 설립해 운영한 어빙 솔버그는 이렇게 말했다. "자고로 작가는 할리우드에서 가장 중요한 사람들이지만 그 사실을 절대 알려서는 안 된다"라고. 시나리오가 없으면 감독부터 배우, 의상 제작팀까지 할 일을 잃는다. 영화업계 바깥도 상황은 다르지 않다. 글이 없으면 출판사와 잡지사는 물론 블로거와 게임 디자이너까지 순식간에 일자리를 잃는다. 모든 건 글로부터 시작되며, 모두가 그 사실을 알고 있다.

안타깝게도, 바로 이런 이유로 인해 작가들은 자칭 에이전트, 제작자, 출판인 행세를 하는 온갖 사기꾼과 얽히게 된다. 뒷받침할 경력 하나 없으면서 그럴싸한 직책을 내세워 간판을 달고, 명함을 찍고, 웹사이트를 만드는 건 정말 아무나 할 수 있다. 대개 그런 사람은 재능 없는 아마추어여서 재능 있는 사람을 착취해야만 자신들이 사칭하는 사람이 될 수 있다. 그리고 그 사실을 스스로도 잘 알고 있다. 그들에게 당신 같은 작가는 돈을 벌어다 줄 유일한 도구이기에, 그들은 무슨 수를 써서라도 당신을 꼬드기려 들 것이다. 힘 있는 사람들과의 인맥을 과시하며 당신 눈앞에 기회라는 미끼를 달랑거리는 것이 대표 수법이다. 그렇게 그들은 순진하고 열정이 넘치며 아직 경험이 부족한 초보 작가를 꾀어 돈 한 푼 주지 않고 일을 시키거나 '나중에' 보상하겠다는 말로 대충 퉁친다. 원하는 걸 얻어내려고 오랜 시간 일을 시켜놓고, 작가가 아주 약간의 보상만 요구해도 도리어 자신들이 불쾌해하며, 그중 말주변이 좋은 사람들은 듣기 좋은 말로 위기를 얼렁뚱땅 모면한다. 일단 계속 써요. 유니버설 쪽에 아는 사람이 있는데, 그 양반이 당신 시나리오를 기대하고 있대요. 확실히 팔릴 겁니다. 우리가 잘 설득해서 그쪽이 넘어오면, 그때부터는 우리가 하고 싶은 대로 다 할 수 있다니까요.

물론, 스튜디오 사람을 실제로 만날 가능성은 없다. 애초에 사기꾼이 자랑한 인맥이 거짓이니 말이다. 그렇게 모든 '기회'는 물거품이 되고 만다. 며칠, 몇 주, 몇 달씩 매달린 프로젝트가 공중 분해되고 나면, 고된 노동의 대가는 오롯이 작가 자신이 감당해야 한다. 사기꾼에게 전화를 걸고 문자를 남기며 보상과 미래에 대한 확답을 요구하지만, 아무 소용도 없다.

바다에서 헤엄치는 것은 흥미진진하며 세상과 우리 자신을 더 잘 이해하게 해준다. 그러나 이성적으로 따져 보면, 바닷속으로 들어가는 순간 우리는 자연의 먹이 사슬에 편입된다. 이와 마찬가지로 글로 먹고사는 작가가 되기로 한 순간부터 우리는 먹이 사슬의 일부가 되어 눈 깜짝할 사이에 상어 떼에 둘러싸인다.

확실한 기회라며 무보수로 또는 푼돈만 주고 글을 쓰도록 꾀는 사람이 있다면, 이것저것 따질 필요 없이 얼굴에 한 방을 먹여도 좋다.

과거에 몇 번 밝힌 적 있는 일화를 여기서 더 자세히 풀어보고자 한다. 대학 마지막 학기를 앞둔 여름 방학에 나는 글쓰기에 매진해 영화 시나리오와 몇 편의 드라마 대본 시안을 완성하고, 가능하면 소설 구상에도 착수하기로 계획을 세웠다. 그해 여름은 글쓰기에 집중할 수 있게 내가 스스로에게 선물한 시간이었다. 3년여 동안 궁핍하게 살면서 지역 신문사들에 글을 팔아 받은 원고비를 악착같이 모은 성과였다. 당시 내가 돈으로 살 수 있는 시간은 딱 그만큼이었다.

그런데 그 시간을 제대로 보내기도 전에, 자칭 '제작자'란 사람이 내 앞에 나타났다. 그는 내 글을 몇 편 보았다며 자신이 준비하는 장편 영화에 내 글이 제격일 것 같다고 했다. 그가 준비한다는 작품은 범죄 영화였는데 대략적인 아이디어로만 존재했다. 작가가 없으니 당연했다. 그는 주변의 유력 관계자들이 자신의 프로젝트에 큰 기대를 걸고 있으며, 시나리오만 제대로 나오면 곧바로 촬영에 들어갈 거라고 장담했다. 영화의 출발점은 원래가 시나리오이니 정말이지 하나 마나 한 소리였다.

그해 여름 개인 작업을 하며 경력을 다음 단계로 끌어올릴 계획이었던 나는 망설였다. 하지만 제작자란 사람은 쉽게 물러서지 않았고, 그렇게 나와 몇 번 밀고 당기기를 한 끝에 계약서를 내밀었다. '진심인가 본데?' 하는 생각이 들었다. 시나리오 계약서를 본 적도 없고 그게 뭔지도 몰랐던 내 눈에는 그가 내민 계약서가 진짜처럼 보였다. 미국 작가조합의 최저 원고료에 따라 시나리오 계약금은 (내 기억이 정확하다면) 2만 3,000달러로 책정되었다. 이는 당시 내가 글을 팔아 벌던 연 수입의 열 배는 되는 돈이었다.

정확히 말해 그는 내 시나리오를 직접 사겠다고 한 것이 아니라, 자신이 영화 스튜디오에 자기 프로젝트를 팔아 돈을 벌면 그것의 일부를 내게 떼어주겠다고 제안한 것이었다. 너무 도박인 것 같아 망설이자 그가 계약서에 조항을 하나 추가했다. 만일 프로젝트가 팔리지 않을 시에는 내게 미사용 원고료로 1,000달러를 주겠다는 것이었다. (하지만 그는 어차피 팔리게 되어 있으니 안심하라고 했다.)

합당하다는 생각이 들어 냉큼 계약에 서명했고, 나는 그해 여름 내내 개인 작업은 뒷전으로 미룬 채 그의 영화 시나리오 작업에 매달렸다. 내가 원고를 써서 보내면 그가 의견을 몇 개 첨부해 되돌려주었고, 그걸 내가 다시 원고에 반영하는 식이었다. 그렇게 몇 주가 흐르면서 시나리오가 차츰 완성되었다. 그가 안다는 사람들에 대해 내가 물을 때마다 그는 다들 '아주 기대하고 있다'라는 모호한 말로 어물쩍 넘어갔고, 그들에게 보일 원고를 언제까지 완성할 수 있겠느냐고 도리어 나를 채근했다.

새 학기가 시작되기 며칠 전에야 최종 원고를 완성했다. 여름에 쓰려고 모아둔 돈을 어느새 다 써버려 친구들에게 돈을 빌려 집세를 내야 했고 캘리포니아주 정부에 학자금을 대출받아 학비를 댔다. 하지만 원고를 넘겼으니 마음은 후련했다. 내 시나리오를 돈 주고 사서 영화를 만들겠다는 사람들이 있다니. 2만 3,000달러를 손에 넣는 건 시간문제가 아닌가!

몇 주가 지나고, 몇 달이 지났다. 내게는 한 푼도 떨어지지 않았다. 제작자란 사람에게 전화를 걸어도 묵묵부답이었다. 1년이 흘러 생활고가 극에 달했을 무렵, 나는 그에게 미사용 원고료를 요구했다. 프로젝트가 팔리지 않아 영화로 나오지 않았으니 1,000달러를 받는 게 당연하지 않은가?

하지만 그는 이렇게 대답했다. "조, 그건 곤란해요. 계약서를 보면 프로젝트 판매를 위한 노력을 중단했을 시에 미사용 원고료를 지급한다고 되어 있잖아요? 난 아직 최선을 다해 노력 중이에요."*

안 그래도 빠듯하던 그 시절 돈을 날린 대가는 혹독했다. 하지만, 개인 작업을 위한 시간을 허비한 것이 훨씬 더 뼈아팠다. 계획한 대로 개인 작업에 집중했더라면 경력을 더 빨리 발전시킬 수 있었을 것이다. 흔히 오지 않는 그런 기회를 나는 허무하게 날려버렸다. 작가에게 필요한 자원은 시간과 에너지, 내면의 상상력이 전부이건만, 그 셋을 전부 잃은 그해 여름은 정말이지 고통스러웠다.

쓸쓸한 경험은 이게 다가 아니다.

로스앤젤레스에 도착한 지 얼마 되지 않았을 때, 나는 내 시나리오가 제작자 눈에 띄기를 바라며 에이전트들에게 샘플 원고를 열심히 돌렸다. 얼마 후 한 에이전트에게서 연락이 왔다. 당시 나는 그녀를 신디라고 불렀으나 알고 보니 그것도 가명이었다. 베벌리힐스의 커피숍에서 처음 만난 신디는 내 샘플 원고를 마음에 들어 했고, 관계자들에게 내 원고를 대신 홍보해주겠다고 제안했다. 샘플 원고가 많을수록 성공 확률이 크다는 신디의 말에, 나는 최대한 많이 보내겠노라고 약속했다. 신디는 내게 명함을 건네며 볼에 가볍게 입을 맞춘 뒤 앞으로 서로에게 좋은 파트너로 잘 지내보자고 덕담했다. 돌이켜 생각해보면, 그 명함에 적힌 주소를 유심히 봤어야 했다. 하지만 그때 나는 상식적인 의심은커녕 돈과 유명세를 얻게 되리라는 기대에만 잔뜩 부풀어 있었다.

지푸라기도 잡고 싶었던 나는 무려 2년 가까이 신디에게 대본

---

* 이 통화를 한 지 40년이 흐른 지금까지도 나는 원고료를 받지 못했다. 그는 아직도 프로젝트를 팔려고 '최선을 다해 노력 중'이라고 주장한다.

시안을 보내며 신디가 안다는 스토리 에디터와 스튜디오 관계자와의 미팅을 기다렸다. 하지만 아무 일도 일어나지 않았다. 신디의 사무실로 전화를 걸면 자동 응답기로 넘어가기 일쑤였다. 신디는 뒤늦게 전화를 걸어와서는 미팅이 잡히지 않는 것이 자기 탓은 아니지 않냐고 했다.

"내가 할 수 있는 건 대본을 돌리는 게 다예요. 미팅 요청이 없다는 건 당신 글이 아직 부족하다는 뜻이죠."

일리 있는 말이었다. 누구보다 자신에게 엄격하던 나는 그 말에 수긍하고 하던 일을 계속했다.

미팅 한 번 못 한 채 시간은 흐르고, 신디에게서 전화가 오는 날도 뜸해졌다. 결국 나는 베벌리힐스에 있는 신디의 사무실을 찾아가 그녀와 직접 대면하기로 했다. 그런데 명함에 적힌 주소로 가보니 사무실은 없고 고급 가게들과 소규모 식당 두어 개뿐이었다. 나는 그제야 명함 속 주소지가 실은 우편함이었다는 것을 알았다. 내가 2년 가까이 대본 시안을 보냈던 베벌리힐스 사무실은 처음부터 존재하지 않았던 것이다.

애써 평정심을 되찾고 신디에게 전화를 걸었으나, 역시 자동 응답기로 넘어갔다. 나는 아무렇지 않은 척을 하며 내일 웨스트 할리우드에 갈 일이 생겼으니 함께 점심이나 먹자며 미끼를 던졌다. 그날 오후 늦게 신디에게서 알았다는 응답이 왔다.

다음 날 식당에 들어선 신디는 내 표정을 보자마자 얼굴에 웃음기가 가셨다. 내가 어제 베벌리힐스에 갔다고 하자 그녀는 마지못해 진실을 털어놓았다. 애초부터 사무실은 없었으며, 에이전트로 일을 시작한 지도 얼마 되지 않았다고 했다. 에이전트로 성공하려면 고객이 있어야 하는데 자신이 초짜인 걸 알면 누가 계약하려 하겠느냐며, 내게 자신의 처지를 숨긴 이유를 변명하기까지 했다.

신디는 내 작품에 관심을 보일 법한 사람들을 알지 못했고, 당연히 스토리 에디터나 스튜디오 관계자와의 만남을 주선할 능력도 없었다. 그런데도 신디는 잘못을 인정하기는커녕 더 잘, 더 많이 쓰지 못한 내게 책임을 돌렸다.

나는 분노했다.

"뭐 그렇게 깐깐하게 굴어요? 솔직히 당신도 이 바닥에서 초짜잖아요. 당신도 기회를 잡으려고 안달이면서. 나랑 뭐가 그리 다른데요? 우린 한배를 탔어요." 신디가 말했다.

이 말에 살짝 넘어갈 뻔했으나 결국 나는 폭발하고 말았다. 에이전트의 존재 이유는 고객과 바이어를 중개하는 데 있다. 그런데 신디는 힘 있는 바이어들의 세상 바깥에 있었다. 아니, 그 세상 주차장조차 기웃거리지 못했다. 나는 계약을 파기하며 그동안 내가 보낸 작업물을 전부 돌려보내라고 경고한 뒤 자리를 박차고 나갔다. 안타깝게도, 내가 작업한 대본 시안은 당시 방영되던 드라마들을 염두에 둔 작업물이었기에 그 드라마들이 종영된 후로는 아무런 쓸모가 없었다. 즉 처음부터 다시 시작해야 한다는 뜻이었다.

이런 경험은 나만 겪는 것이 아니며, 옛날에만 일어나던 것도 아니다.

지금 이 순간도 누군가는 이런 일을 당하고 있다.

몇 해 전, 자칭 제작자란 사람이 내 친구 딸에게 접근한 일이 있었다. 제작자는 (전형적이게도) 자기 아이디어로 드라마 시리즈를 기획 중이며 그걸 유튜브, 아니면 지금은 폐업한 온라인 단편 스트리밍 사이트 퀴비Quibi에 팔 계획이라고 했다. 그는 작품의 판매 가능성을 확실히 보장할 수 있으려면(사기꾼들은 보장하는 걸 참 좋아한다), 친구의 딸이 한 시즌의 대본을 통째로 완성해야 한다고 주장했다. 10분짜리 에피소드 대본을 15편 써내라는 것이었다. 150분이면 180쪽 분량에 달하는데, 그걸 공짜로 요구한 셈이다. 걱정하지 마세요. 팔리는 순간 우리는 대박 나는 겁니다.

그렇게 친구의 딸은 반년에 걸쳐 다섯 차례 원고 초안을 보냈다. 원고를 보낼 때마다 제작자란 사람의 의견과 아이디어를 반영해 거의 처음부터 다시 뜯어고쳐야 했다. 180쪽짜리 원고를 다섯 번 완성했으니 총 900쪽짜리 원고를 작업한 셈이다. 투자자들에게 제안할 때 도움이 될 거라며 제작자가 요구한 시놉시스와 시리즈 바이블 작업도 내 친구 딸의 몫이었다. 그 아이는 아르바이트까지 관두며 글쓰기에만 전념했다. 식비를 아끼려 일주일에 두 번 정도는 끼니를 거르기까지 했다.

하지만 프로젝트는 결국 흐지부지 끝났다. 제작자란 사람이 자랑하던 인맥은 전부 다 거짓이었고, 드라마는 팔리지 않았다. 당연히 친구의 딸은 한 푼도 받지 못했다. 가장 큰 문제는 반년간 매달린 글을 어디다 팔 수도 없게 되었다는 것이다. 초기에 어그러지는 프로젝트가 대개 그렇듯 계약서가 있는 건 아니었으나, 제작자란 사람의 아이디어가 대본에 들어가 있어 그가 마음만 먹으면 대본의 소유권을 주장할 수 있기 때문이었다. 친구의 딸을 상담한 변호사에 따르면, 제작자란 사람이 대본의 지분 절반을 가지고 있으며 그 지분을 이용해 소송을 걸면 대본 사용을 무기한으로 막을 수도 있었다. 900쪽이면 장편 소설 두 권, 아니면 영화 각본 7.5편, 17시간짜리 드라마 대본, 마흔다섯 편의 단편 소설에 맞먹는 분량이다. 그걸 허망하게 날려버린 것이다.

이런 일이 지금도 매일 일어나고 있다.

창작자를 위한 웹사이트를 만들고 있어요. 큰돈을 벌 수 있을 것 같은데 지금 당장은 콘텐츠가 부족하네요. 그래서 말인데, 기사 몇 개만 무료로 넘겨줄 수 있나요? 나중에 성공하면 잊지 않고 갚을게요.

형이 대형 출판사에서 일하는데 베스트셀러로 만들 스릴러 작품을 찾고 있대요. 나한테 이야기 소재가 있긴 한데 그걸 원고로 써줄 작가가 필요해요. 원고를 형한테 넘기면 계약은 따 놓은 당상이에요.

저예산 영화를 제작 중인데 대본에 문제가 있어요. 당신이 맡아 다시 써주면 영화제 기간에 투자를 받아서 원고료를 드릴게요.

아직 돈은 없지만 단편 영화 시리즈 제작비를 크라우드펀딩으로 모을까 해요. 계획한 대로 잘 풀리면 돈이 꽤 들어올 거예요. 그런데 일단 투자자들에게 돌릴 대본이 필요해요. 맞아요, 당신한테 위험 부담이 있죠. 그런데 그건 나한테도 마찬가지예요.

이쪽 업계에서 마지막 말은 특히 자주 들어봤을 것이다. 나도 위험을 감수하니 당신도 감수하지 그래요? 이렇게 말하는 제작자가 실제로 많다. 하지만 제작자가 위험을 감수하는 건 그 사람이 마땅히 감당할 일이다. 작가가 할 일은 글을 쓰고 돈을 받는 것이다. 위험을 함께 감수하자는 말은 주유소에 들어가서 "저기요. 제가 지금 오스틴에 면접을 보러 가는 길인데 그게 잘 풀리면 돈을 엄청 벌 거예요. 그래서 말인데, 지금 기름을 공짜로 넣어주면 나중에 갚을게요"라고 말하는 것과 똑같다.

작가는 순진하며 열정적이다. 자신의 글로 인생이 바뀌는 창대한 꿈을 굳게 믿는 사람들이다 보니, 누군가 다가와 장밋빛 성공을 약속하면 그걸 철석같이 믿고 싶어 한다. 따라서 작가라면 몇 가지 상식적인 행동으로 스스로를 보호해야 한다. 당신이 그런 행동을 했을 때 불쾌해하거나 방어적으로 반응하다 내빼는 상대라면, 십중팔구 당신을 착취하려던 사람이다. 이제 내가 하는 말을 상어 퇴치제쯤으로 생각하고 명심하자.

먼저 나름의 사전 조사를 하는 것이 가장 중요하다. 상대에게 구체적으로 제안할 것을 요구하고, 알아낸 정보를 재차 검토해야 한다. 상대가 어떤 직책을 맡고 있으며 어느 스튜디오와 이야기 중인지를 알았으면 인터넷에 그 정보를 직접 검색해보기를. 요즘은 소셜미디어와 연예 뉴스가 24시간 가동하고 있으니, 어디서든 원하는 정보를 찾을 수 있다.

유명한 사람을 알고 있다고 과시하거든 이름을 정확히 대라고 요구해보자. 불쾌해하면서 "저기, 날 못 믿겠으면 관둬요. 이거 하겠다는 사람 널렸으니까" 하고 반응한다면 그게 바로 당신을 착취하려 했다는 증거다. 그렇게 쉽게 작가를 갈아치울 수 있다는 것은, 그들이 작가로서 당신이 가진 자질을 높이 평가했다기보다 당신의 순진함을 이용하려 했다는 뜻이다. 그들이 원하는 건 쉽게 속아 넘어가는 사람이다. 당신이 아니면 더 만만한 상대를 찾아 떠날 것이다.

전문 에이전트, 제작자, 출판인, 매니저라면 자신들의 말을 뒷받침할 증거를 기꺼이 내놓을 것이다. 자신들 업종에 먹칠을 하고 다니는 사기꾼이 많다는 것을 그들 스스로 잘 알고 있기 때문이다. 그들은 신분을 증명하라는 요구를 받으면 오히려 당신이 일을 철저히 한다고 생각할 것이다. 서로서로 확인하는 건 이 업계에서 지극히 자연스러운 일이다. 영화나 드라마 제작자도 스태프나 배우를 고용할 때 무조건 그와 최근에 일했던 사람들에게 그의 평판을 묻는다. 나 역시 그런 질문을 해봤고, 받아도 봤으며, 평판의 대상이 되어도 봤다. 에이전트, 출판인, 제작자 모두 자기들끼리 연락을 주고받으며 당신을 믿어도 되는지 알아본다. 당신 역시 그렇게 행동하더라도 전혀 이상하지 않다는 뜻이다.

만약 의심스러운 상대가 당신을 설득하기 위해 어떤 관계자의 이름을 입에 올렸다고 해서 곧장 그 관계자에게 연락해 "혹시 ○○ 씨를 아나요?" 하고 묻지는 말자. 그렇게 노골적으로 나가면 모두에게 모양새가 좋지 않다. 누군가의 신원을 확인하려는 의도는 일단 숨긴 채, 당신을 소개하는 척 연락해보자. 이를테면 "안녕하세요. 어제 트레이더 빅스에서 술을 마시다 ○○ 씨를 만났거든요. 들어보니, 곧 우리가 함께 일하게 될 듯해서 ○○ 씨의 권유로 인사차 전화 드려요. 맞아요, 참 좋은 사람이더군요. 작업물은 다음 달쯤에 보여 드릴게요. 시간을 너무 뺏을 순 없죠. 어쨌거나 인사 한번 드리고 싶었어요. 그럼 남은 하루 잘 보내세요" 같은 식으로 말이다.

당신이 진짜 인사차 전화를 건 게 아님을 수화기 너머 상대가 눈치채더라도 괜찮다. 이 판에서는 다들 그렇게 하고 있다. 상대는 당신이 할 일을 제대로 한다는 것을 알게 되고, 당신은 필요한 정보를 얻게 되니, 어느 쪽도 손해를 보지 않는다.

원고 작성이 됐든 양도가 됐든, 두 사람 사이에 계약 서류가 오갈 때도 원칙은 변함없다. 법률 지식이 없으면 상대에게 해당 계약에 관해 변호사 자문을 구하겠다고 말하자. (연예 산업 계약에 관한 정보는 미국 작가조합 사이트www.wga.org에서 확인할 수 있다.) 상대가 싫은 내색을 보이거나, 지금 당장 계약하자고 밀어붙이거나, 아예 계약을 없던 일로 하려 들거나, '날 못 믿겠으면……' 수법을 꺼내거든, 얼른 발을 빼자.

마지막으로, (모든 관계가 그렇듯) 잘못되기 전에 미리 알아보고 예방해야 한다. 상대방의 사업체를 직접 방문해보고 그와 직접 만나 식사도 해보길 권한다. 그가 어떤 사람인지 파악하고 관계를 다져라. 물론 집 안에만 박혀 사는 대다수 작가에게 이는 쉽지 않은 일이다. 그래도 반드시 필요한 일이다.

결론은 다음과 같다. 실제로 같이 일을 해보거나 신원을 확실히 알기 전까지는 누가 어떤 말을 하더라도 절대 믿지 말자. 건강한 의심의 감각을 키워야 한다. 매사를 삐딱하게 보며 불신하라는 말이 아니다. 프로페셔널한 태도로 신중하게 희망을 품으라는 뜻이다. 뭔가 미심쩍다 싶으면 그 직감을 믿고 당신의 시간과 재능, 에너지를 아껴라. 당신을 아껴줄 사람은 당신뿐이다.

다른 누군가의 꿈을 대신 좇느라 찬란한 여름을 허비하지 말기를.

그런 순간은 자주 오지 않는다.

캐릭터의 목소리 듣기

《애틀랜틱》과의 인터뷰에서 스티븐 킹은 말했다. "고등학교 2학년 학생들에게 《드라큘라》를 가르치던 때가 생각나네요. '이 책의 목소리들이 얼마나 다양한지 한번 보렴! 스토커*는 복화술 사야! 너무 좋아!' 하고 외쳤었죠."

어떤 형태의 픽션이건, 그 안에서 각각의 인물은 개성이 뚜렷해 확실히 구분되어야 한다. 인물 이름을 지우고 봐도 누가 발화자인지를 알 수 있어야 한다. 스티븐 킹이 극찬한 대로 《드라큘라》는 발화자가 아주 잘 드러나는 작품인데, 서간체 소설인 덕이 크다. 이야기가 편지, 일기, 전보, 일지 등 다양한 형식을 통해

---

*   《드라큘라》를 쓴 영국 빅토리아 시대의 소설가 '브램 스토커'를 가리킨다.

전개되는 데다 각 형식마다 다른 목소리와 스타일, 사고방식을 보여준다. 이렇게 인물마다 다양하게 인상적인 목소리를 창조해내는 것을 초보 작가들은 유독 어려워한다. 초보 작가가 만들어낸 인물은 대부분 거기서 거기인 경우가 많고, 특히 작가 자신과 비슷해지기가 쉽다. 익숙하게 가공할 수 있는 목소리가 작가 자신의 것뿐이기 때문이다.

인물들이 엇비슷해 서로 구분되지 않으면 서사 자체가 밋밋해지고 재미없어진다. 어떤 사람이 목소리를 키우지도 어조를 바꾸지도 않으면서 단조롭게만 말한다면, 듣는 사람은 당연히 흥미를 잃는다. 픽션도 마찬가지다. 모든 인물이 똑같은 목소리로만 말하면 서사가 단조로워져 독자가 디테일한 부분에 집중을 못하고 최악의 경우에는 아예 읽기를 그만두게 된다.

사회학을 전공하던 대학 시절, 통계학 관련 수업을 들은 적이 있다. 그것도 하필 아침 여덟 시라는 사악한 시간에 시작하는 수업이었고, 머리 색도 옷도 목소리도 죄다 칙칙한 잿빛인 남자 교수가 강사였다. 교수는 높낮이가 전혀 없는 목소리로 좀처럼 끝나지 않는 긴 문장을 웅얼거렸다. 그걸 듣는 학생들은 하나둘 잠에 빠져들었다. 나도 예외가 아니었다. 교수가 여느 때처럼 치명적이게 단조로운 목소리로 강의를 이어가던 어느 날, 열심히 졸던 나는 그만 책상과 함께 고꾸라지고 말았다. (불안정한 책상은 고등학교 때부터 내게 골칫거리였다.) 무거운 눈꺼풀과 사투를 벌이던 나는 정신을 차리고 보니 책상 밑에 깔려 있었다.

"자네, 괜찮은가?" 책상 밑에서 엉금엉금 기어 나오던 나를 보며 교수가 물었다. "이게 무슨 일인가?"

나는 차마 "교수님 목소리를 듣고 어떻게 안 졸아요"라고 대꾸할 수 없어서 "아…… 미끄러졌어요"라고 둘러댔다.

초보 작가는 인물을 구상할 때 자신에게 익숙해 쉽게 모방할 수 있는 친구, 가족, 또는 주변인을 참고하는 경우가 많다. 하지만 이 방법에는 세 가지 문제가 있다.

첫째, 무의 상태에서 인물을 창조할 수 있어야 진정한 작가라 할 수 있다. 시작하는 단계에서 친구나 가족의 특징을 참고하는 것은 괜찮지만, 그게 습관으로 고착되면 제힘으로 인물을 만드는 법을 터득할 수 없다. 또한, 우리가 알고 지내는 사람들은 대부분 똑같은 사회·인종·지역의 역사를 공유하기 때문에, 그 유사성으로 인해 서로 비슷하다는 인상을 주기 쉽다. (작품의 등장인물들이 모두 같은 문화를 향유하거나, 한 집안 또는 사회집단의 일원일 경우, 글쓰기가 단순해질 것 같지만 오히려 더 복잡해질 수 있다. 문화를 공유하는 인물들이 저마다 독특한 목소리를 내도록 만드는 것은 생각보다 훨씬 어렵다. 테네시 윌리엄스의 《뜨거운 양철 지붕 위의 고양이》가 탁월한 이유가 여기에 있다. 이 작품의 등장인물들은 아주 가까이에서 함께 자랐으나 전혀 다른 목소리를 낸다.)

둘째, 실제 지인을 바탕으로 가상 인물을 만들고 심지어 그중 몇몇을 부정적이거나 모욕적으로 묘사한다면 해당 지인이 반길 리 없다. 둘의 우정이 끝나는 것은 물론이고, 싸움이 붙거나 고소당할 수도 있다.

셋째, 가상 인물의 바탕이 된 실존 인물을 아는 것은 안전선이 되어주는 동시에 창의력을 제한하는 한계선이 되기도 한다. 만일 가상 인물이 현실의 실존 인물이 하지 않을 법한 행동을 해야 하는 상황이 오면, 우리 머릿속에서 저절로 제동이 걸린다. 어찌저찌해서 그 장면을 완성하더라도 그걸 읽는 독자는 쉽사리 설득당하지 않을 것이다. 그걸 쓴 작가부터 설득당하지 않았을 테니까.

실존 인물을 바탕으로 가상 인물을 만드는 것은 보조 바퀴를 단 자전거 타기와 같다. 처음에는 균형 감각을 익히는 데 도움이 되지만, 언젠가는 보조 바퀴를 떼고 달릴 수 있어야 비로소 자전거를 탄다고 말할 수 있다. 아직 그 단계에 이르지 못했다면, 다음과 같은 방법을 권한다. (누군가는 이걸 속임수라고 부르겠지만, 효과는 확실하니 한번 말해보려 한다.) 가상 인물을 텔레비전이나 영화에 나오는 배우로 바꿔 생각해보는 것이다.

지미 스튜어트는 톰 크루즈와 다르고, 톰 크루즈는 스티브 카렐과 다르며, 스티브 카렐은 윌 스미스와 다르다. 우리는 이 배우들을 익히 알고 있기에 이러한 상황이면 이 배우가 이렇게 말하리라는 것을 직감으로 안다. 이제 그 직감을 유용하게 써먹을 차례다. 당신이 구상한 인물에게 그와 가장 유사한 배우의 이름을 붙여보자. 가상의 인물과 배우가 합쳐진 이미지가 자연스레 대화에 녹아들고, 어느새 각 인물이 저마다 다른 목소리를 내기 시작할 것이다. 글을 다 쓰고 나면 배우의 이름을 인물의 작중 이름으로 바꾸기만 하면 된다. 뭐하러 그러나 싶겠지만, 막 글을 쓰기 시작한 작가들에게는 잠시나마 유용할 것이다. 그래도 결국에는 혼자만의 힘으로 인물을 만들 수 있어야 한다. 꼼수에 너무 오래 의존하다가는 글쓰기의 재미도 참신함도 잃는다.

인물에 어울리는 이름을 잘 고르기만 해도 인물의 목소리가 뚜렷해진다. 인물 이름이 아무 특징도 없이 밋밋한 대본을 나는 여태껏 수없이 봐왔다. 밥, 짐, 세라, 톰…… 너무 평범해서 헷갈리기 쉬운 데다 독자에게 아무 인상도 주지 못한다. 인물 이름부터 무미건조하면 작가가 쓰는 글도 시시해지고, 독자 역시 그걸 시시하다고 인식한다. 칼, 일라이자, 스텔라, 졸라, 스탠리, 버트, 니코*라고만 해도 인물의 인상이 한결 선명해진다. 이름이 엘리자베스인 인물이 가족더러 자신을 '리즈'**라고 부르지 말라고 요구한다면, 그것만으로 성격이 드러난다. 인물 이름은 그럴싸하면서 흥미를 자극하고 의미까지 전달해야 한다. 또 각각의 인종 배경과도 어울려야 한다. 우리는 다양한 문화가 어우러진 세상을 살고 있다. 그에 맞춰 인물의 다양성을 넓힌다면 그만큼 작품도 풍성해질 것이다.

이와 비슷한 맥락에서, 대화와 인물의 개성을 살리는 방법이 하나 더 있다. 이야기 분위기와 상반되거나 그걸 보완해주는 공간을 작품 배경으로 삼는 것이다. HBO에서 방영한 드라마 〈트루 디텍티브〉 시즌 1은 하워드 러브크래프트 작품의 영향을 크게 받았다. 러브크래프트 소설 대부분이 뉴잉글랜드를 배경으로 하고 있으니, 그 설정을 그대로 따오는 게 아마 가장 쉬운 방법이었을 것이다. 실제로 그동안 여러 영화감독들이 그와 같은 선택을 내렸다. 하지만 이 드라마 제작진은 루이지애나의 늪지

---

*　제발 부탁하건대, 외계 생명체 이름을 지을 때는 독자와 배우가 목덜미를 잡고 쓰러지는 일이 없도록 적당한 이름을 선택해주면 좋겠다. '엔프트르쉬드프'가 제법 외계인다운 이름인 것은 사실이나, 수백 쪽에 걸쳐 이런 이름이 등장하는 것은 제네바 협약 위반에 준하는 범죄 행위다. 나라도 가만 있지 않을 것이다.

**　'엘리자베스' 이름의 애칭.

대를 배경으로 골랐다. 그 결과, 색다른 분위기를 만드는 데 성공했고, 인물들에게 좀 더 풍부한 역사와 언어, 지역 특유의 억양과 어휘를 덧입힐 수 있었다.

아내와 이혼을 앞둔 남편이 바람을 피우다 살해당하는 가정극을 예로 들어보자. 배경이 맨해튼의 펜트하우스인지, 미시시피 델타 지역의 오두막인지, 위스콘신의 시골집인지에 따라 이야기는 완전히 달라진다. 여러 가능성을 놓고 신중히 고민해 현명하게 선택하고, 사전 조사를 통해 지역 특유의 분위기를 살려야 한다. 작가는 뭐든 맛보고 그걸 흡수하는 스펀지와 같다. 아칸소를 배경으로 작품을 구상하고 있다면, 그곳 사람들의 억양과 어휘와 말씨가 글에 자연스레 묻어나도록 아칸소가 배경인책을 읽고 영화를 보며 조사해야 한다.

다만 인물이 쓰는 사투리와 억양을 표현하려고 오타를 시각적으로 이용할 필요까지는 없다. 이를테면 "그래서 내가 싱클레어 장군에게 당신은 전쟁에 대해 아무것도 모른다고 말했어요"라는 말을 "An'ah said to him, ah said General Sinclair, you dun' know the furst thing 'bout how t'fight a battle"이라고 쓰지 않아도 된다는 뜻이다. 의외로 많은 초보 작가가 이런 시도를 한다. 괜히 오타를 내서 우스꽝스럽게 만드느니 적합한 어휘와 문법, 문장을 구사해 인물의 목소리를 살리는 게 낫다. 오타나 비속어는 반드시 필요한 경우에만 쓰고, 인물의 태도와 말투, 문장 구조로 그 인물의 성격을 드러내자.

어쩌면 가장 중요할 수도 있는 마지막 조언은, 인물의 목소리를 만들 때 그 과정에 당신 혼자만 있는 게 아니라는 점을 기억하라는 것이다. 당신 곁에는 언제라도 끼어들어 인물의 목소리에 구체성을 부여하고 싶어 하는 협력자가 늘 존재한다. 그 존재란, 당연히 독자를 가리킨다. 당신의 글이 독자 머릿속에 그림을 그려 넣는 순간, 독자는 인물의 억양과 말씨, 발음과 목소리를 제 나름대로 상상하며 나머지 공백을 채운다.

다음과 같은 대사가 있다고 치자. "좀 귀찮아지겠군." 이것만으로는 별다른 특색 없이 밋밋하게 느껴진다.

하지만 이 대사를 '보러가드 햄프턴'이라는 이름의 18세기 남부 신사가 말한다고 상상해보자. (살짝 과장하긴 했으나 양해 바란다.) 그 인물을 머릿속으로 상상한 후에 그의 목소리로 위의 대사를 읊어보자.

확연히 다르게 들릴 것이다.

이번에는 '데번 테일러'라고 하는 영국 정보기관 MI6 요원이 발화자라고 상상해보자. 느낌이 또 달라진다.

마피아가 자동차 트렁크에 실린 사람을 내려다보며 하는 말이라면.

수녀원장이 갓 들어온 수녀에게 하는 말이라면.

소련 심문관의 입에서 나온 말이라면.

문장 구조가 똑같더라도 인물이 어떤 사람인지를 알면 그 문장을 읽는 독자 머릿속의 목소리가 달라지게 되어 있다. 머릿속에서 저절로 목소리의 말씨가 조정된다. 위에서는 일부러 차이가 극명히 드러나게 예시를 들긴 했으나, 인물 간 차이가 미묘하더라도 독자는 그걸 감지한다.

현명한 작가는 부자연스럽고 잘못된 방식으로 인물의 목소리를 만들기보다 독자의 능력을 믿고 독자가 직접 인물의 목소리를 듣도록 유도한다. 인물이 자신의 목소리를 찾아가는 과정이 자연스러워질수록 작가가 자신의 목소리를 찾아가는 과정도 훨씬 수월해진다.

#10.

무조건 끝을 볼 것

한 장소에서 수년간 강의를 하다 보면 반복해 만나게 되는 사람들과 주제, 그리고 질문이 있다. 에이전트는 어떻게 구해요? 글을 어떻게 시작해야 할까요? 화장실은 어디 있나요? 이곳 직원이세요? 왜 쳐다보시죠? 그리고 마지막으로 어김없이 등장하는 질문이 하나 있다. 초보 작가에게 가장 하고 싶은 조언이 뭔가요?

마지막 질문에 나는 언제나 이렇게 대답한다. "끝을 내야 합니다. 무슨 글이건 시작했으면 무조건 끝을 보세요."

(내가 이 소리를 생각보다 많이 하고 다녔던 것 같다. 2018년 9월 19일, 작가 니콜 듀벅이 트위터에 글을 하나 올렸다. "2000년대 초 코믹콘에 갔을 때 스트라진스키가 패널로 참석한 행사에 갔었다. 그

날 그는 '끝을 내라'고 조언했는데, 나는 그 말에 헉하고 숨을 들이켰다. 그가 정확히 날 가리키며 내 속내까지 꿰뚫어 보듯 '그 글을 무조건 끝내라'고 했기 때문이다('그 글'은 1막에서 막혀버린 영화 시나리오였다). 내가 들은 최고의 조언이었다." 결국 니콜은 그 글을 끝냈고, 이후로 드라마 대본을 여러 편 집필한 작가가 되었다.)

작가 로버트 하인라인은 글쓰기의 네 가지 핵심 원칙으로 1. 반드시 쓸 것 2. 반드시 완성할 것 3. 반드시 시장에 내놓을 것 4. 팔릴 때까지 시장에 둘 것을 꼽았다.

이 원칙을 따르지 않으면 결국 이 남자와 같은 운명에 처하게 될 것이다.

나는 로스앤젤레스 SF 컨벤션('로스콘')에 연사로 자주 초청을 받는다. 그런데 그 행사에 갈 때마다, 무려 10년 동안 맨 앞줄 똑같은 좌석에 앉는 남자를 만났다. 그는 맨 앞에 앉았다는 특권을 이용해 글쓰기에 관한 질문을 수시로 던졌다. 어떤 질문은 난감하리만치 모호했고, 또 어떤 질문은 그가 작업 중인 글에 관한 것이어서 그걸 읽은 적 없는 나로서는 대답하기가 어려웠다. 그래도 나는 최선을 다해 답변했다.

몇 번은 그를 따로 불러서 질의응답 시간을 독차지하려 하지 말고 다른 사람들도 질문할 수 있게 배려해달라고 부탁했다. 가까이 있다고 해서 자격이 더 생기는 건 아니라고 말이다. 그때마다 남자는 알았다고 했으나 번번이 그 약속을 깨트렸다. 그와 마지막으로 일대일 대화를 한 날, 나는 그에게 그간 내 대답으로 도움을 받기는 했느냐고 물었다.

"글쎄요. 아직 그 원고를 완성하지 못해서요." 그는 이렇게 대답했다.

그 원고, 그 원고라니? 설마 지금껏 원고 하나만 붙들고 있던 건 아니겠지?

하지만 내 예감이 옳았다. 남자는 10년 넘게 소설 한 편을 붙들고 있었던 것이다.

나는 그에게 원고를 어디까지 썼느냐고 물었다.

그는 대충 얼버무리려는 듯 몇 마디를 중얼댔으나 결국 여태껏 한 단어도 쓰지 못했노라고 실토했다.

나는 치솟는 혈압을 애써 억누르면서, 아니 그럼 대체 왜 10년이나 쓸데없는 질문을 했느냐고 물었다. 쓸데없는 질문에 꾸역꾸역 의미를 부여하며 대답해왔건만, 그 조언을 받아 놓고 아무런 글도 쓰지 않았다니. 그러자 그는 자기방어적인 태도로 도리어 성을 냈다. 자신을 몰아세우지 말라는 것이다.

나는 마리아나 해구 밑바닥에서부터 들끓는 듯한 분노의 목소리로 그에게 경고했다. "잘 들어요. 이제 다시는 나한테 질문하지 말아요."

"선생님이 무슨 자격으로……"

"앞으로 당신이 손을 들면 무시할 겁니다. 불쑥 질문하더라도 단칼에 자를 거고요. 그동안 당신 때문에 내 시간을 너무 낭비했어요. 진짜 화가 나는 부분은, 자기 작품과 미래가 걸린 질문을 하려고 온 다른 사람들의 시간까지 당신이 잡아먹었다는 겁니다. 완성된 원고를 가져와 당신이 진지하다는 것을 증명하기 전까지는 앞줄이건 뒷줄이건 앉을 생각도 말아요. 원고를 가져올 게 아니면 당장 내 눈앞에서 사라지란 얘기입니다."

그는 다시 돌아오지 않았다.

이렇게 허세만 떠는 사람을 보면 마음이 착잡하다. 그런 존재 때문에 "나는 작가입니다"라고 진지하게 주장하는 사람까지 애꿎은 피해를 보기 때문이다. 허세만 떠는 사람은 이 장의 주제인 완성을 절대 해내지 못한다. 말만 번지르르하게 할 뿐 끝내 아무것도 쓰지 않는 것이다.

이제 가짜 작가들에 대한 이야기는 한쪽으로 미뤄두고, 초보 작가들이 글을 완성시키지 못하는 몇 가지 이유를 살펴보자.

스타 신드롬

우리가 인스타그램의 시대를 살고 있다는 건 굳이 내 입을(혹은 이 책을, 혹은 친구를, 그게 아니면 친구인 척 당신의 기를 꺾으려는 사람들을) 통하지 않더라도 충분히 알 수 있는 사실이다. 요즘 같은 시대에는 셀카와 스냅챗, 핀터레스트 페이지, 해시태그, 음식 사진, 트위터 유명세, 그리고 중요한 사람이 되고 싶은 욕구 등이 모든 것을 정의하고 구분 짓는다. 재능이 확실한 사람에게는 분명 유리한 세계이지만, 그 재능을 직접 증명하기란 쉽지 않다. 누군가 스스로 배우라고 소개하면 사람들은 곧장 "어디에 출연했는데요?"라고 묻는다. "아무 데도요"라고 대답하는 순간, 그는 거짓말쟁이거나 니콜라스 케이지*로 판명 난다.

스스로 의사라고 소개하는 사람은 학위를 증명해야 인정받는다. 가수면 노래를 불러보라고, 댄서면 춤을 춰보라고, 화가이거나 조각가면 작품을 보여달라고 요구받는다.

반면 "나는 작가입니다"라고 말하는 사람은 "뭐라도 쓰셨어요?"라는 질문에 "아뇨"라고 답하거나, 심지어 불쾌감을 드러내도 사회적으로 용인된다. 작가는 스스로 주장하는 자신의 일을 증명하지 않아도 되는 몇 안 되는 직업이다. 계속 작업 중이에요. …… 써 놓은 거야 많죠. 하지만 아직 성에 차지 않아서요. …… 요즘 스타벅스에서 한창 작업하고 있어요. 저는 영화 시나리오작가이고 제 글은 조만간 순금이 될 거랍니다.

이렇게 말하는 사람들은 자신에게 있지도 않은 재능을 자랑하기도 하는데, 무례하지 않게 그 주장에 반박하기란 참 어렵다. 그 덕에 그들은 주변 지인과 가족 사이에서 약간의 유명세를 떨치기까지 한다. 뭐 하나 완성하지 않고도 작가 대접을 받는 것이 정말 가능한데 뭐하러 고생해가며 글을 쓰려 하겠는가?

평가 공포증

앞과는 정반대되는 유형으로, 진지하게 작가를 꿈꾸며 글쓰기 기술을 연마하지만 아무것도 완성하지 못하는 사람들이 있다. 그들은 무언가를 시작하지만 이내 그걸 제쳐둔 채 다른 일에 손을 대고 그마저도 끝맺지 못한다. 대화 장면이 잘 풀리지 않아서, 캐릭터를 좀 더 다듬어야 해서, 플롯을 압축해야 해서, 시간이 부족해서라고 그들은 변명한다. 물론 모두 일리가 있는 변명

---

* 니콜라스 케이지는 100여 편이 넘는 영화에 출연한 다작 배우이지만, 2010년대에 들어 연달아 흥행에 참패하는 수모를 겪었다.

이지만, 매번 그렇게 변명만 해서는 안 된다. 언젠가는 문제들을 해결해 글을 끝마쳐야 한다. 그럴 수 없다면, 표면 아래 다른 문제가 있다는 뜻이다. 아마 그 문제는 이야기 구성과 무관하게 작가가 느끼는 두려움에서 비롯되었을 가능성이 크다.

모든 예술이 그러하듯, 글쓰기는 지극히 내밀한 방식으로 작가를 세상에 노출시킨다. 자신의 작품이 세상 사람들에게 읽힌다고 생각하면 자신감이 위축되기 마련이다. 작품이 미완일 때는 어느 누구도 "그거 형편없는데" 하고 말할 수 없다. 작품은 완성되어 세상에 발표된 순간에야 비로소 평가 대상이 되고, 그와 함께 작가의 재능에도 값이 매겨진다. 슈뢰딩거의 고양이처럼, 이야기가 상자 속에 미완인 채로 있는 한, 그 이야기와 작가를 놓고 왈가왈부할 수는 없다. 작가가 이야기를 상자 밖으로 꺼내 사람들에게 보여야만이 두 가지 가능성으로 존재하던 것이 하나의 현실로 중첩된다. 뛰어난 작가인지, 아니면 가망 없는 작가인지가 마침내 판가름 나는 것이다.

글을 완성시키지 못하는 이유가 평가에 대한 두려움 때문이라면, 완결된 작품인 걸 숨기는 게 해법이 될 수 있다. "이게 내 작품이야. 다 완성했고 여기서 바뀔 건 없어. 어떻게 생각해?" 하고 물으면 상대의 의견이나 비평을 수용하지 않겠다는 선언과 다름없다. 그러면 상대도 제대로 평가할 이유가 없어지기에, 당신의 재능에 대한 찬반 의사 혹은 호불호를 밝히는 것에 그치고 만다. 초보 작가라면 이런 식의 평가를 특히 피해야 한다.

설령 완성한 작품이라 해도 상대에게는 한두 번 검토한 원고라고 말하는 게 낫다. 다음 수정 작업에 반영하고 싶다며 상대에게 의견을 구하자. "이게 최종본이고 내 재능과 진짜 모습을 전부 쏟아부은 결과물이야. 잘 쓴 것 같아?" 하고 묻는 것보다 더 다양한 반응을 얻을 수 있다.

또 다른 해법은 아무한테도 보이지 않고 일단 글을 매듭짓는 것이다. 원고에 '끝'이라 쓰고, 작업하면서 배운 것들을 정리한 후에 다음 작업으로 넘어가보자. 그렇게 몇몇 프로젝트를 마치고 나서 첫 번째 원고를 다시 읽으면 새로운 시각으로 글을 다듬을 수 있다. 다른 사람에게 의견을 구할 때도 뜸들인 원고라면 부담이 덜하다. 다른 사람에게 그 원고를 건넬 즈음 당신은 이미 다른 작업에 매진하고 있을 테니 예술가로서 정체성이 더 이상 그 작품 하나로만 좌우되지 않기 때문이다.

완벽해야 한다는 불안

가끔은 완성하고픈 욕구가 완벽하고픈 욕구와 충돌하기도 한다. 아직 준비가 덜 되었다고, 더 다듬어야 한다고, 완벽해야 한다고 말하면서, 우리는 평생 끝나지 않을 퇴고의 늪에 빠진다. 이번에는 완벽하게 해내리라 희망에 부풀지만, 완벽한 글에 대한 집착은 좋은 글을 해치는 적과 같다. 완벽함은 결코 충족될 수 없기 때문이다. 우리의 목표는 글을 그럭저럭 괜찮은 수준으로 다듬고, 그다음에는 좋은 수준으로, 마지막으로는 지금 단계에서 할 수 있는 최선을 다한 수준으로 다듬은 뒤 마무리 짓고 다음 작업으로 넘어가는 것이어야 한다. 아무리 공을 들인다 한들, 글을 끝마치지 못하면 그럭저럭 괜찮은 수준조차 되지 못한다. (확실치는 않으나) 다빈치가 말한 대로 "예술은 절대 완성되지 않는다. 포기될 뿐."

완벽해야 한다는 불안이 엄습할 때는 '페르시아 양탄자의 비밀'을 기억하자. 최고의 양탄자 장인들은 다 만든 양탄자에 작은 결점을 하나씩 꼭 집어넣는다고 한다. 완벽한 작품을 만들어 신의 경지에 도달했다가는 신의 눈 밖에 난다고 믿기 때문이다. 그러니까 당신 작품 속의 불완전함은 당신의 개성이자 신의 노여움을 풀어주는 장치다. 달리 말하면, 세상이 허망하게 이른 종말을 맞이하지 않도록 당신이 한몫을 거들 수 있다는 얘기다. 그런 일을 할 수 있는 사람이 얼마나 되겠는가?

무엇을 바라고 무엇이 두렵건 간에, 초보 작가로서 누군가에게 의견을 구할 때는, 당신과 당신 재능이 받을 평가가 일시적이라는 사실을 유념하자. 작품은 특정 순간에 작가가 어떻게 존재하는지를 포착해 보여주는 사진에 가깝지, 그의 전 생애가 담긴 예언서가 아니다. 예술은 예술가와 함께 점진적으로 성장하고 변화한다. 혹평이 반드시 진실인 것도 아니며, 한 번 혹평을 받았다고 해서 우리가 내일, 또 그다음 날에 만들 작품까지 형편없는 것은 아니다. 지금 당신이 만드는 작품의 수준이 성에 차지 않더라도, 그냥 계속 써라. 시간이 흐르면 반드시 나아질 것이다. 그건 당연한 이치이다. 누구나 열 편의 이야기를 썼으면 반드시 처음보다 마지막에 더 나은 글을 쓰게 된다.

하지만 이 모든 건 글을 끝마쳐야 의미 있는 얘기다.

그러니 무조건 끝을 보자.

#11. 언덕과 골짜기를 지났다면 쉬어가기

마음껏 어둡고 암울해지고 거칠어지되, 제발 농담 좀 섞어달라.

—조스 휘던

내가 만드는 건 호러 영화니까 처음부터 끝까지 무서워야 해. 이건 코미디 작품이니까 처음부터 끝까지 쉬지 않고 웃겨야 해.

이런 충동이 드는 것은 지극히 당연하다.

하지만 틀린 생각이다.

독자나 관객이 공포에 질리고, 웃음을 터트리고, 그밖에 다양한 반응을 보이는 것은 일종의 분출이자 카타르시스다. 그런 반응을 이끌어내는 장면은 이를테면 산꼭대기와 같다. 그런데 사방이 온통 산꼭대기면 그런 장면의 진가가 드러나지 않는다. 산꼭대기에서 내려다보이는 경치에 감탄할 수 있으려면 한동안은 산 아래에 머물러야 한다. 조금씩 산을 오르다 마침내 정상에 도달한 순간, 진지하거나 웃긴 감정이 '빵' 터지면서 그간 쌓인 긴장감을 해소하는 카타르시스가 생겨나야 의미가 있다. 그런 다음에는 속도를 늦춰 다시 차근차근 긴장감을 쌓아올려야 한다. 말하자면 잠시 쉬어가는 것이다. 호흡을 가다듬고, 수분을 보충하고, 인생을 논하고, '다리 이름 대기' 놀이도 하고(내가 댈 수 있는 건 네 개뿐이다), 그런 후에야 '빵' 터지는 순간을 다시 만들 수 있다.

글쓰기는 산꼭대기와 골짜기의 연속이며, 순간들 사이의 순간들을 포착하는 행위다. 무서운 장면 다음에 등장인물의 인간적인 모습이 드러나는 장면을 집어넣으면, 먼저 나온 무서운 장면의 효과가 배가된다. 관객 입장에서는 무서운 감정을 추스르는 한편, 인물에게 더욱 몰입하게 되어 앞서 나온 위험 요소가 인물을 해치지 않을까 마음을 쓰게 된다.[*] 무서운 장면 사이에 웃긴 장면이 삽입되면 유머와 공포의 효과 모두 강력해진다.

대비는 반드시 존재해야 한다.

모든 장면이 재밌기만 하면 재미는 사라진다.

모든 장면이 슬프기만 하면 슬픔은 사라진다.

모든 장면이 무섭기만 하면 무서움은 사라진다.

---

[*] 프랑스 영화 평론가들 사이에서 유명한 말이 있다. B급 영화에서는 섹스 뒤에 처벌로서의 죽음이 나오지만, A급 영화에서는 죽음 뒤에 확증으로서의 섹스가 나온다는 것이다. 이 말만 봐도 프랑스 사람들이 섹스와 죽음의 결합을 얼마나 중시하는지가 드러난다.

단 하나의 반응만 유도하려고 하면 이야기가 강렬해지기는커녕 밋밋해지고 만다. 인물도 상황도 단조로움을 못 이겨 빛을 잃는다. 독자나 관객을 계속 잡아두는 최고의 방법은 앞일을 종잡을 수 없게 만드는 것이다. 독자와 관객은 이야기와 인물이 망가지지 않는 선에서 깜짝 놀랄 상황이 일어나기를 기대한다. 한국 영화 〈기생충〉이 극찬을 받으며 아카데미 작품상을 받은 것도 이에 기인한다. 새로운 사실과 관계가 밝혀질 때마다 관객은 산꼭대기와 골짜기를 오가며 예측 불허의 재미를 느끼게 된다.

이야기가 반복적이고 단조롭게 흘러가지 않으려면, 작가가 예상을 뒤엎되 논리적으로 합당한 선택을 계속 내려야 한다.

다른 상황을 예로 들어보자. 드라마 프로듀서의 핵심 업무 중 하나는 바로 캐스팅이다. 캐스팅 디렉터를 비롯한 제작진과 좁은 방에 모여 앉아, 다섯에서 열 명 가까이 되는 배우가 배역 하나를 따내기 위해 똑같은 장면을 연기하는 장면을 줄곧 지켜봐야 한다는 뜻이다. 이 과정은 꽤 괴로운데, 배우들이 하나같이 가장 안전한 선택을 내리기 때문이다. 배역이 나쁜 역할이면 대부분이 한껏 악랄한 모습을 뽐낸다. 코믹한 역할이면 모든 대사를 웃게 처리한다. 안전한 선택을 내린 배우들이 똑같은 대사를 거의 똑같은 방식으로 연기하는 것을 몇 시간씩 지켜보기란 곤욕스럽다.

그러다 의외의 선택을 내린 배우가 나타나는 순간, 기적이 일어난다. 평면적인 악당 캐릭터가 익살맞은 유머나 부성애를 보인다거나, 매번 농담 따먹기만 하던 '코믹 감초' 캐릭터가 상처와 슬픔, 예상치 못한 분노를 드러내는 순간…… 오디션장이 환해지면서 모두의 시선이 그 배우에게 쏠린다. 배역을 따내는 건 십중팔구 바로 그 배우다.

맥락을 벗어나지 않으면서 뜻밖의 놀라움을 주는 글일수록 편집자 또는 제작자의 눈길을 끌 가능성이 크다.

궁금증을 유발하는 상황을 만들고도 이야기의 전제에서 더 나아가지 못해 잠재력을 최대치로 끌어내지 못한 경우도 단조로움의 원인이 된다. 말로 설명하기 어려운 개념이지만, 한 번 이해하고 나면 평생 잊히지 않을 것이다. 꽤 지난 일이긴 하나 내가 경험한 것 중 가장 전형적인 사례를 하나 나눠볼까 한다.

1980년대 중반 NBC에서 앤솔러지 드라마 〈어메이징 스토리〉가 방영되었다. 동명의 잡지를 원작으로 유니버설 스튜디오가 제작한 시리즈물이었다. (이 책을 쓰고 있는 2020년에 새 시즌이 방영되고 있으니, 이 드라마 이야기를 꺼내는 게 생각보다 시기적절한지도 모르겠다.) 같은 시기에 나는 〈환상특급〉을 작업 중이었는데, 고백하자면 당시 두 드라마 사이에 약간의 라이벌 의식이 존재했다. 〈환상특급〉이 쟁쟁한 작가진을 내세운 작품이었다면, 〈어메이징 스토리〉는 시각적 연출에 뛰어난 유명 감독들에게 의존하는 작품이었다.* 하지만 감독과 작가는 엄연히 다르며, 이야기의 발단과 전개, 그리고 결말을 설득력 있게 풀어내는 것은 작가 역량에 달린 일이었다. 결과적으로 그 드라마 속 이야기들의 깊이는 기껏해야 종잇장 정도였다. 어느 기자가 내게 그 드

---

* 〈어메이징 스토리〉의 제작자는 스티븐 스필버그였다. 각 에피소드마다 스필버그를 비롯해 유명 감독들이 연출을 맡았는데, 그중엔 마틴 스콜세지, 클린트 이스트우드도 있었다.

라마를 평가해달라고 하기에 나는 순간 짓궂은 장난기가 동해 "〈어메이징 스토리〉의 문제는 제목답지 못하다는 거죠" 하고 대답했다.

기자는 잠시 그 뜻을 헤아리다 이내 웃음을 터트렸고 내 말을 기사에 실었다. 그 일로 그는 유니버설 스튜디오로부터 항의 전화에 시달렸다고 한다.

〈어메이징 스토리〉의 문제는 각 에피소드마다 이야기가 확장되지 못하고 전제에서 끝나버린다는 것이었다. '도토리를 모아라'편을 보면, 어느 날 난쟁이 요정이 주인공 앞에 나타나 만화책들을 잘 모아두면 나중에 그게 주인공을 살릴 것이라고 예언한다. 30년의 세월이 흘러 (러닝 타임으로 따지면 27분 후에) 궁핍해진 주인공은 그동안 모아둔 만화책 컬렉션을 팔게 되는데, 놀랍게도 그사이에 만화책의 가치가 엄청나게 불어나 큰돈을 벌게 된다. 초반부에 나온 예언대로 이야기가 끝난 것이다.

더 심한 사례는 '유령 열차'편이다. 나이가 지긋한 '오파 글로브'는 하이볼 익스프레스라고 하는 유령 열차가 존재하며, 그 열차를 타면 다른 세계로 갈 수 있다고 믿는다. 러닝 타임 중 무려 22분 동안 그의 친구와 가족은 다른 세계로 이어지는 유령 열차 같은 건 없다고 그를 설득한다. 하지만 오파 글로브는 주장을 굽히지 않는다. 유령 열차는 정말로 존재하며, 그걸 타면 다른 세계로 갈 수 있다는 것이다.

그런데 다들 예상한 대로, 27분째 되는 순간에 유령 열차가 나타나 오파 글로브를 태우고 다른 세계로 떠난다.

이게 끝이다.

이야기는 정말 이렇게 끝이 난다.

전제: 유령 열차가 올 것이다.

결말: 봐, 정말 왔지?

이야기의 전제가 곧 결말이 된 것이다.

언뜻 보기에 발단과 전개 그리고 결말이 있는 것 같아도 이야기가 내내 제자리걸음이거나 전제를 재확인하는 것으로 끝나버릴 수 있다. 기발한 아이디어와 반전 요소, 놀라운 장면과 이미지 등에 영감을 얻는 초보 작가일수록 이런 실수를 범하기 쉽다. 자신이 생각한 것을 단어와 문장으로 써놓고는 그걸 흥미롭게 발전시키는 데에는 실패한다. 그렇다면 그것은 이야기가 아니다. 이야기로 오인된 이야기의 전제일 뿐이다.

작가의 임무는 독자를 낯선 세계로 데려가 이야기 속 인물들과 함께 감정의 높낮이를 탐험하고 예측 불허의 롤러코스터를 타듯이 이야기 흐름을 체험하도록 하는 것이다. 단조롭게 쓰지 말고, 전제를 되풀이하는 결말로 끝내지도, 뻔한 선택에 머물지도 말자.

아무도 예상 못한 선택으로 독자에게 놀라움을 선사하자.

#12.

의도의 문제

영화감독 마이크 니콜스는 말했다. "모든 장면은 세 가지로 나뉜다. 협상하거나 유혹하거나 싸우는 장면으로." 이 말이 맞는지 나는 잘 모르겠다. 이런 분류법을 정당화하려고 사소한 의견 차이까지 싸움으로 치부할 만큼 환원주의적으로 사고해본 적이 없기 때문이다. 그래도 아예 틀린 말은 아니라고 생각한다. 한 걸음 물러서서 큰 맥락을 보면, 아마 니콜스는 의도의 중요성을 말하려 했던 것 같다.

　다들 알고 있겠지만, 소설이건 영화 각본이건 모든 픽션은 장면들로 구성된다. 그런데 초보 작가들은 장면이 플롯을 A 지점에서 B 지점으로 이동시키는 도구 이상의 역할을 한다는 사실을 종종 간과한다. 가곡과 교향곡의 음 하나하나에 제 역할이 있듯이 픽션의 장면도 하나하나가 모두 중요하다. 장면도 그 자체로 이야기이다. 장면에도 시작과 중간, 그리고 끝이 있어야 한다. 미켈란젤로가 다음과 같이 말했듯이. "사소한 것이 완벽함을 만들며, 완벽함은 사소하지 않다."

모든 건 의도에 달렸다.

소설이나 각본을 쓸 때는 일단 인물의 동기를 설정하고 그가 무엇을 원하고 두려워하는지, 또 작가인 당신이 어떤 이야기를 쓰려는 건지 미리 정해두어야 한다. 글쓰기 작업 전체를 관통하는 이 원칙은 사소한 부분을 작업할 때도 똑같이 유효하다. 펜과 종이로(아니면 키보드와 문서 프로그램으로) 장면을 구상할 때, 당신은 전체 서사 속에서 그 장면의 역할은 물론 그 장면 자체의 서사에 대해서도 고민해야 한다.

긴 호흡의 이야기를 쓴다는 것은 눈 덮인 산에서 눈덩이를 굴리는 일과 같다. 디테일이 붙을수록 이야기는 점점 커지고 강력해진다. 그런데 눈이 쌓이지 않은 맨바닥에서 눈덩이를 굴리면 힘겹기도 하거니와 몸집이 불어나기는커녕 다 녹아 없어지고 만다. 이야기나 인물을 이해하는 데 아무 도움도 되지 않고 자리만 차지하는 장면도 비슷한 문제를 일으킨다. 물론, 인물 A와 인물 B의 관계가 발전하려면 둘이 만나는 장면이 먼저 등장해야 한다. 그러나 둘이 단순히 만나거나 말을 섞는 것 이상의 무언가가 장면에 들어가야 한다. '안녕하세요, 만나서 반가워요. 여기서 편하게 지내다 가세요. 필요한 거 있으면 말하고요. 이만 가야겠네요. 잘 있어요.' 이런 대화로만 채워져서는 곤란하다.

장면을 쓸 때 작가는 인물 A가 무엇을 발견하거나 이루고 싶은지 고민해야 한다. 장면이 시작될 때 A가 그걸 모르더라도 상관없다. 확실한 동기가 있어서 바로 행동에 나서도 좋고, 장면이 진행되는 도중에 동기가 생겨서 그 발견의 순간을 독자와 공유해도 좋다. 중요한 건 그렇게 설정하는 의도가 있어야 한다는 것이다. 반대로, 인물 A가 대화에서 밝히고 싶지 않은 게 무엇인지도 미리 정해야 한다. A가 B에게 끌리는 마음을 감추려는 걸까? 아니면 상대를 혐오하는 건가? 낭패를 당한 B를 보며 내심 고소해하고 있나? B가 이야기의 열쇠를 쥔 인물로 밝혀져서 A가 불이익을 당하지 않으려고 속내를 숨기고 있나?

위 질문에 대한 답을 찾았으면, 인물 B와 C를 두고도 똑같은 과정을 되풀이해야 한다. 지금 이 대화에서 그들이 얻고자 하는 건 무엇이며 원치 않는 건 무엇인가? 세상을 뒤흔들 비밀까지는 아니더라도, 눈덩이를 키워줄 이면의 감정이랄지 숨겨진 의도는 반드시 필요하다. 그래야 장면이 정보 덩어리 이상의 의미를 지니게 된다. 인물들이 장면에 어떻게 개입하며 왜 등장하는지, 그 장면에서 무엇을 얻으려 하며 상대방에게 뭘 감추려 하는지, 어떻게 결말에 다다르는지 등을 미리 계획하자. 그래야 장면의 목적성이 뚜렷해지고 극적 긴장감이 생긴다. 그런 요소가 부족한 장면은 삭제하는 게 낫다.

인물의 의도를 유념하며 글을 쓰기만 한다면, 굳이 그 의도를 크게 떠벌릴 필요는 없다. 가만히 꺼내놓거나, 넌지시 암시하거나, 서브텍스트로 남겨두어도 괜찮다는 뜻이다. 모든 대화에는 인물이 말하는 것과 말하지 않는 것, 다른 말을 늘어놓으면서 진짜 말하고 싶어 하는 것이 숨어 있다. 인물이 뭘 하고 다니는지 말하기를 거부한다거나 아는 정보를 감추려는 것도 일종의 의도다. 마이크 니콜스가 말한 대로, 정말 모든 장면마다 일종의 협상과 유혹 또는 싸움 같은 의도가 얽혀 있다고 볼 수도 있다. 인물 A가 인물 B에게 자신이 그의 친자임을 알리려 하거나 커밍아웃을 하려 하지만 인물 B가 그걸 한사코 외면하려 한다면, 둘의 의도가 부딪히면서 극적 갈등이 만들어진다.

극작가 해럴드 핀터의 작품을 읽는 재미 중 하나는, 인물들이 진짜 중요한 이야기만 쏙 빼고 대화를 이어가지만 실은 계속 그 이야기만 하는 데서 온다. 핀터는 침묵의 힘에 관해 글을 쓰면서 이렇게 말했다. "침묵과 말하지 않는 것은, 소통하는 것이 두려워 스스로를 지키려는 자의 끊임없는 회피이자 절박한 후퇴 시도이다. 다른 누군가의 삶에 들어간다는 것은 그만큼 무섭고, 자신의 초라함을 타인에게 드러낸다는 것은 그만큼 공포스럽다."

진실을 직시하지 못하거나 거부하는 인물들은 글에 굉장한 긴장감을 불어넣는다. 얼마 못 가 그중 누군가는 폭발하게 되기 때문이다.

샌디에이고 주립대학교에서 심리학 강의를 수강할 때, 구두끈이 끊어져 긴장증에 빠진 남자의 사례를 배운 적이 있다. 남자가 구두끈 하나 때문에 그렇게 된 것은 물론 아니다. 그동안 그가 겪은 고통과 상실, 낙담이 구두끈이라는 상징으로 나타나 이상 반응을 촉발한 것이다. 구두끈이 끊어진 순간, 남자는 꾹꾹 눌러오던 것을 더는 참을 수 없게 되었다. 여기서 구두끈은 남자의 과거에 대한 메타포이자 서브텍스트로 쓰였다.

인물은 말로써 의도를 드러내지만 갑자기 끊어지는 구두끈처럼 직접적이지 않은 방식으로 속내를 표현할 수도 있다. 이처럼 대화 이면에 인물의 감정과 심리를 녹여냄으로써 실제로 말해 지는 것과 다른 의미를 독자에게 전달할 수 있다.

한 여성이 남편의 내연녀로 의심 가는 여성을 파티에서 만나는 장면을 상상해보자. 여성은 아직 확신할 수 없는 데다 사람들 앞에서 소란을 피우고 싶지도 않아 아무것도 모르는 척을 한다. 하지만 여성이 내연녀에게 건네는 말들(입고 온 옷이 예쁘다, 요즘 만나는 사람이 있느냐, 당신이 여기 와서 모두가 참 기쁘겠다 등)은 여성과 내연녀, 그리고 시청자에게 이중적인 의미로 받아들여진다. 여기에 더해 내연녀까지 똑같이 반응한다고 해보자. 맥락을 모르는 사람이 보면 평범한 대화 같겠지만, 내막을 아는 시청자가 느끼는 긴장감은 굉장하다. 조만간 두 여자 중 하나가 상대 얼굴에 주먹을 날리거나 술을 끼얹지 않을까 조마조마한 심정으로 몰입할 것이다.

이제 연습 삼아 파티 다음 날 아내가 남편과 어젯밤 파티에 관해 이야기하는 장면을 직접 써보자. 아내는 남편의 반응을 떠보려 할 것이고, 남편은 아내가 어디까지 알고 있는지 알아내려 할 것이다. 그러나 어느 누구도 진짜 하고픈 말을 직접 꺼내지는 않을 것이다. 이 장면을 어디까지 확장할 수 있을지 한번 연구해보기를.

아니면, 대판 싸우고 난 커플이 등장하는 장면을 써보자. 둘 중 누구도 싸움 이야기를 꺼내지 않지만, 오가는 말과 눈빛 속에 서운함과 원망이 고스란히 묻어날 것이다.

혹은 자신이 양성애자임을 부모에게 고백할지 망설이는 인물이 저녁 식사 자리에서 이런저런 질문을 던지며 기회를 엿보는 장면을 써보자. 모든 이야기가 그렇듯, 끝도 없이 변주가 가능하다.

배우가 연기하는 인물이건 독자 상상에 맡기는 인물이건 간에, 모든 인물은 물리적인 공간 안에 존재한다. 공간과 물질성, 그리고 장면의 연출 방식에 따라 언어만큼이나 풍부한 의도와 서브텍스트를 전달할 수 있다.

주방에서 젊은 커플이 약간 거리를 둔 채 서 있는 장면을 그려보자. 남자가 "사랑해" 하고 말한다. 간단한 평서문이어서 변주할 구석이 많지 않아 보인다. 과연 그럴까?

남자가 미소를 머금은 채 여자의 머리를 매만지며 말한다. "사랑해." 진심이 더 느껴진다.

이번에는 웃음기 하나 없는 얼굴로 여자의 팔을 꽉 붙들고서 말한다. "사랑해." 남자가 여자를 통제하고 있다는 숨은 의미가 읽힌다. 그는 여자에게 집착하고 있다.

남자가 눈물을 흘린다. "사랑해." 여자는 남자를 떠나려 한다.

혹은 "당연히 사랑하지"라고 변주할 수도 있다. 여기에 남자가 상처받아 슬픔에 잠긴 눈으로 여자를 바라본다는 묘사를 덧붙여 보자. 아니면 여자가 질투 또는 두려움을 느끼고 있다거나, 남자가 관계를 회복하고 싶어 한다는 설정을 가미할 수도 있다.

남자가 웃으며 말한다. "당연히 사랑하지." 남자는 여자보다 우위에 있으면서 그녀의 불안을 모른 체한다.

이번에는 멀찍이 떨어져서 남자가 여자에게 등을 돌린 채, "당연히 사랑하지"라고 말한다면. 이제 곧 누군가는 가슴 아픈 일을 겪게 될 것이다.

장면에 물리적인 디테일을 많이 집어넣어 입체성과 에너지, 서브텍스트를 더할수록 장면의 의도가 살아나고 그만큼 흡입력이 강해진다.

남북전쟁에서 싸운 군인들은 전쟁의 모습을 보지 못했을 것이란 말이 있다. 그들이 보았던 건 작은 일부분, 즉 목숨을 걸고 싸우는 순간에 그들 눈앞에 펼쳐진 몇 피트 땅이 전부였을 테니까. 이야기가 일어나는 장면들도 그만큼 좁다. 물론 이야기는 여기저기로 뻗어나가는 사건들로 채워져 점점 몸집을 불리지만, 그 이야기를 이루는 장면들은 인물이 존재하는 한정된 공간에서 벌어지며 디테일로 채워진다. 이야기란 여러 사건이 모여 의미를 만드는 허구의 구조물이다. 인물들은 자신들 눈에 보이지도 않는 큰 이야기 속에 존재하는 것이 아니라, 그 이야기를 구성하는 장면들 속에 존재한다. 인물들은 그 찰나의 순간을 충실하게 살아가면서 말과 행동, 몸짓, 대사, 숨결로 자신들보다 커다란 무언가를 만들어낸다. 이야기의 전체 구조를 짜는 것만큼이나 장면 하나하나를 정교하게 구상해야 하는 것이 중요한 이유다.

사소한 것이 완벽함을 만들며, 완벽함은 사소하지 않다.

#13. 괴물을 만들기 위해 기억해야 할 3가지

(단언할 수는 없으나) 작가 대부분은 이야기 속 영웅과 자신을 동일시한다. 악당과 동일시하기는 하지만, 등장인물 중에 하필 병원을 통째로 날리고 도끼를 휘두르고 다니는 인물에게 가장 이입하고 있다면, 스스로를 되돌아볼 필요가 있다.

독자와 관객 또한 영웅에 이입하는 경향이 있어서 그가 역경과 불운, 열악한 환경을 극복하기를, 무엇보다 악당과 싸워 승리하기를 바란다.

문제는 악당, 즉 반동인물antagonist이 애초부터 패배하도록 설정되어 영웅보다 똑똑하지도, 능력이 있지도, 뭐 하나 잘나지도 않은 경우가 너무 많다는 것이다. 이런 설정은 여러모로 치명적이다. 설득력 있는 갈등의 부재와 평면적인 캐릭터의 한계로 스토리텔링이 너무 단순해지기 때문이다. 악당이 돌대가리여서 영웅이 이길 게 훤히 보인다면, 독자와 관객은 그 결말을 다 알면서 기다리는 꼴이 된다. 물론 우리는 결국 영웅이 승리하게 되며 선이 악을 이기리라는 것을 짐작하지만, 작품의 재미는 영웅이 위기를 위태롭게 헤쳐나가는 모습을 지켜보는 데서 나온다.

메리 셸리의 《프랑켄슈타인》에는 천재 과학자인 주인공이 나온다. 그는 죽음의 장벽을 뛰어넘어 죽은 육체를 되살리는 비밀에 눈을 뜬다. 그에게 유리한 이 상황에서 이야기가 제대로 작동하려면, 반동인물도 그에 버금가게 똑똑하고 강력해야 한다. 따라서 그가 만든 괴물은 읽고 쓸 줄 아는 존재로 그려지며, 여간해서 물리치기가 어렵다. 이 소설을 원작으로 삼은 영화들 속 괴물이 대부분 무지성적 존재로 나오는 것과 사뭇 다르다.

(잠깐 여담을 하자면, 한때 나는 라디오 방송국 KPFK-FM의 로스앤젤레스 지부에서 〈25시간〉이라는 토크쇼를 5년 정도 진행한 적이 있다. 그러면서 다양한 작가, 배우, 감독, 제작자를 만났다. 초대 게스트 중에는 유니버설 스튜디오의 전성기를 함께하며 〈프랑켄슈타인〉 오리지널 영화 시리즈 제작에 깊이 관여한 작가 커트 쇼드막도 있었다. 그에 따르면 유니버설에서 괴물 영화를 여러 편 만들면서 제일 재미있었던 건 "다음 작가에게 골칫거리를 떠넘기는 것"이었다고 한다. 괴물이 불타는 풍차 속으로 사라지는 장면으로 대본을 마무리한다는 것은 "여기서 빠져나가 보시지!" 하고 다음 작가를 도발하는 것과 같았다. 그러면 다음 작가는 용케 괴물을 불길에서 구한 뒤 도로 얼음물 호수에 빠트리거나 폭파된 건물 잔해에 깔리게 하는 장면으로 대본을 끝내 또 다음 작가를 괴롭혔다. 작가란 이렇

게나 짓궂은 생물체다.)

슈퍼맨은 만화 캐릭터 가운데 손에 꼽을 만큼 강력하지만, 슈퍼맨이 매번 상대를 손쉽게 제압하기만 하면 이야기에 긴장감이 돌지 않는다. 따라서 '브레이니악'과 '렉스 루터'처럼 똑똑하고 강력한 인물들이 슈퍼맨과 끈질기게 맞붙어줘야 한다. 마찬가지로 "세계에서 가장 위대한 탐정"으로 불리는 배트맨을 위해 DC 코믹스 작가들은 배트맨조차 승리를 장담할 수 없는 강력한 악당 '조커'를 창조했다. 배트맨만큼 뛰어나지만 광기에 사로잡혀 있어 배트맨의 이성적인 사고로는 이해할 수 없고, 번번이 그의 예상을 비껴가는 그런 인물을 말이다.

〈양들의 침묵〉의 주인공은 클라리스 스털링이지만, 혼자서는 절대 하지 않을 행동을 하도록 클라리스를 극한으로 내몰며 이야기에 활력을 불어넣는 인물은 소름 끼치게 무서운 천재 악당 '한니발 렉터'다.

반동인물이 강력해지면 상대적으로 영웅이 시시해 보일까봐 걱정하는 작가들도 있다. 하지만 걱정할 이유가 없다. 악당의 힘이 셀수록 그와 맞서는 영웅의 여정은 확실히 보상받는다. 모두가 외면하는 순간에도 무엇을 위해, 또 누구와 맞서려 하느냐가 영웅을 정의한다. 영웅은 도망치고 싶은 순간에도 끝까지 버티는 인물이며, 강력한 반동인물의 존재는 그런 영웅의 선택을 더욱 돋보이게 만든다.

〈지옥의 묵시록〉의 커츠 대령, 《모비 딕》의 에이허브 선장, 《셜록 홈즈》 시리즈의 모리어티 교수, 〈스타워즈〉의 다스 베이더, 〈오즈의 마법사〉의 서쪽 마녀, 〈블레이드 러너〉의 로이 배티,

《해리 포터》 시리즈의 볼드모트 경, 〈뻐꾸기 둥지 위로 날아간 새〉의 간호사 래치드, 〈아마데우스〉의 안토니오 살리에리, 그리고 셰익스피어가 쓴 《리처드 3세》의 리처드 왕까지, 악당을 영웅 못지않게 강력하고 입체적으로 만들려는 작가들의 노력 덕에 이러한 아이콘들이 탄생할 수 있었다.

이런 인물을 만들어내는 법은 복잡하지 않다. 영웅이 얼마나 똑똑하고 강력하건 간에 그에 맞서는 인물이 더 똑똑하고 강력하면 된다. 영웅이 냉철한 성격이어서 감정을 드러내는 데 서툴다면, 반동인물은 감정적이고 충동적이며 직감으로 움직이는 성격이어야 어울린다. 반대로 영웅이 감정적이라면, 반동인물은 차갑고 계산적이어야 한다. 물론 이런 설정은 시작점에 불과하다. 정말로 강력한 반동인물을 만들기 위해서는 여기서 한 발 더 깊게 들어가야 한다.

반동인물이 나쁜 짓인 걸 알면서 나쁜 짓을 저지를 수도 있지만, 그보다는 옳은 일이라 믿고서 나쁜 짓을 하는 경우가 훨씬 흥미롭다. 그래야 압도적으로 위험해진다. 영화 〈어벤져스: 인피니티 워〉의 타노스는 인류 절반을 몰살하면, 살아남은 자들이 자원 부족에 대한 걱정 없이 세상을 재건해 더 나은 미래를 만들리라 진심으로 믿었다. 영화 내내 타노스는 동정심과 상실감, 자비로움 같은 감정을 내비쳐 설득력 있고 입체적인 인물로 구현된다. 이와 비슷하게 〈대부〉의 마이클 콜레오네는 가족 사업이 조직범죄와 얽히는 것을 막고 싶어 한다. 그러나 그런 좋은 의도에도 불구하고, 가족을 지키고자 했던 행동과 스스로 옳다고 믿었던 선택이 그를 점점 더 어두운 길로 내몰아, 결국 그는 자신이 그토록 싫어하던 존재로 변해간다.

　괴물은 거울 속 자신을 괴물로 생각하지 않는다. 각자 이야기 속에서 우리 모두는 영웅이며, 그 순간 좋은 선택이라 믿고 특정 행동을 한다. 따라서 작가는 주인공의 동기를 고민하는 것만큼이나, 어쩌면 그보다 더 오랜 공을 들여서라도, 반동인물이 어떤 사람이며 왜 그런 짓을 벌이는지, 무엇을 얻으려 하는지를 고민해야 한다. 자신의 행동이 역사를 바로잡으리라 믿는 (실제로는 정반대의 결과를 낳는) 인물, 자신이 하려는 행동이 반드시 필요한 일이며 다른 선택의 여지가 없다고 합리화하는 인물을 만들어야 한다.

　위에서 언급한 선택이란 단어는 영웅과 악당을 창조하는 과정의 핵심에 놓인다. 고민되고 흔들리는 상황에서 인물은 선과 악 중에서 무엇을 고를지 스스로 선택해야 한다. 수동적으로 이야기에 끌려가는 게 아니라, 능동적으로 선택을 내려 이야기를 전개시켜야 한다. 바로 이 지점에서 작가는 선택과 결과, 그리고 책임으로 이루어진, 이야기 전개를 위한 삼위일체에 다가가게 된다.

선택. 스토리텔링에서든 현실에서든, 우리는 특정 상황에 어떻게 반응할지를 스스로 선택할 수 있다. 쉬운 길과 어려운 길, 둘 중 무엇을 왜 선택하느냐는 그 사람에 관해 많은 걸 알려준다. 다른 선택의 여지가 없다며 변화를 거부하거나 책임을 회피하는 것 또한 많은 걸 시사한다. 선택은 언제나 가능하다. 선택의 여지가 없다고 말하는 사람은 그 자체로 선택을 내린 셈이고, 다른 인물에게나 자기 자신에게 그걸 인정하지 못할 뿐이다. 우리는 1. 선한 이유에 따라 선한 일을 할지 2. 악한 이유에 따라 선한 일을 할지 3. 악한 이유에 따라 악한 일을 할지 4. 선한 이유에 따라 악한 일을 할지 선택할 수 있다. 2번과 4번은 내면과 행동이 충돌하는 악당을 만들어내는 데 특히 유용하다.

선한 이유에 따라 악한 일을 하는 것은 영웅을 매력적으로 만들기도 한다. 제2차 세계대전이 끝났을 때, 몇몇 역사가들은 영국 정보기관이 독일 암호해독 기계인 에니그마를 이용해 1941년 11월 영국 도시 코벤트리를 공습한 독일군의 계획을 미리 알았었다고 주장했다. 그 공습은 500대 이상의 폭격기가 동원된 작전이었고, 그로 인해 수많은 사상자가 발생했다. 상식적으로 생각하면 코벤트리 주민들을 대피시켜야 했으나, 당시 영국 총리 처칠은 그랬다가 에니그마의 존재를 독일군에게 들킬 것을 우려했다. 독일군이 에니그마의 존재를 눈치채 암호 체계를 바꾸게 되면 연합군의 패배가 확실시되는 상황이었다. 결국 처칠은 대의를 위해 독일의 코벤트리 공습을 내버려두었다. 그 선택은 악한 이유에 따라 선한 일을 한 것일까? 아니면 선한 이유에 따라 악한 일을 한 것일까? 어쩌면 둘 다인 걸까?

결과. 인물이 무언가를 선택했으면 좋든 나쁘든 결과가 발생해야 한다. 아무것도 일어나지 않으면 애초에 무언가를 선택할 이유가 없다. 사뮈엘 베케트처럼 마비 상태에 가깝게 정적인 극을 고집하는 사람도 있지만, 우리가 쓰는 대부분의 이야기는 인물들이 타성에서 벗어나 근본적으로 변화하는 과정을 그려내야 한다. 주인공이 자기 자신 또는 다른 누군가를 위하는 마음에서 어떤 선택을 내리면, 그 이야기는 개인의 성장 혹은 승리를 그리는 쪽으로 흘러가게 된다. 악당이 타인을 희생시키면서 자신의 이익을 위해 무언가를 선택하면, 가만히 있던 영웅이 사람들을 구하기 위해 음모 혹은 위험에 맞서게 된다고 이야기를 풀어갈 수 있다.* 후자의 방식은 구성하기 쉬운 데다 비교적 잘 팔리기도 해서, 실제로 숱한 책과 영화 속 영웅들이 악당의 계획을 멈춰야 한다는 위기의식에서 행동에 나선다. 아무 일도 일어나지 않았는데 대뜸 내가 나서서 세상을 구하겠다고 선언하는 경우는 흔치 않다. 즉 이야기를 끌고 나가는 진짜 원동력은 영웅이 아니라 악당이다. 악당의 동기를 분명히 설정하는 것이 그만큼 중요하다.

책임. 대체로 악당은 죄책감에 시달리기 싫어 책임을 회피하려고 한다. 반대로 주인공은 책임감이 투철하다. 책임감을 받아들이는 자세는 각 인물의 특징을 보여주며, 이야기 속에서 그들의 역할을 확실히 구분해준다. 영웅은 타인의 고통을 원치 않는다. 타인이 고통스러워하면 함께 아파하고, 기필코 악당을 무찌르리라 더욱 굳게 다짐한다. 반면 악당은 자신의 이익을 위해서라면 타인의 고통 따위는 신경 쓰지 않는다. 혹은 죄책감을 모면하

---

* 일부 평론가들은 영화 〈록키〉를 개인의 성장과 승리의 이야기로만 분석한다. 결말만 보면 그렇게 말할 수 있으나, 영화의 시작을 보면 그렇지 않다. 록키는 '아폴로 크리드'라는 반동인물을 만나기 전까지 타성에 젖어 산다. 그와 맞붙어 끝까지 가보리라 결심하는 순간에야 록키는 영웅으로 거듭나며 비로소 성장하게 된다.

려고 잘못을 남에게 전가한다. 그런데, 스스로 옳다고 믿은 악당이 자신의 선택으로 인한 결과에 고통스러워하고 잘못을 기꺼이 책임지려고 한다면, 이야기가 진부하지 않고 흥미롭게 전개될 것이다. 이렇게 선택과 결과, 책임이라는 세 가지 요소를 어떻게 조합하느냐에 따라 입체적인 악당이 만들어진다.

정교한 악당을 만드는 또 다른 방법은 이야기에 접근하는 시각을 바꾸는 것이다. 나는 이 방법을 고개 돌려 보기라고 부른다. 나중에 다룰 거꾸로 뒤집어 보기의 친척뻘 되는 방법이라 할 수 있다.

대본을 다 썼으면 서랍에 넣어두고 일주일 정도 숙성시키자. 도중에 꺼내 수정하거나 다시 보며 우쭐하지도 말자. 그럴수록 영웅의 관점에만 매몰된다. 원고를 검토할 때는 새 관점에서 이야기를 보아야 한다. 언제나 그렇듯, 거리 두기는 작가의 좋은 벗이다.

일주일 후에 원고를 다시 꺼내 책상에 뒤집어 놓고 눈을 감아라. 그리고 다음과 같이 상상해보자. 지금 이 이야기는 철저히 주인공의 관점에서 쓰였다(일단 주인공을 '잭'이라고 부르자. 안 될 게 뭔가?). 잭은 그의 원수 '데번'과 싸우고 있다. 잭에게는 나름의 목표와 꿈, 그리고 명분이 있다. 잭은 이야기의 구심점일 뿐 아니라 영웅이기도 하다.

이제 관점을 바꿔보자. 주인공이 데번이어서 그의 관점에서 이야기를 서술한다면? 데번이 꿈과 목표를 좇다가 잭의 반대에 부딪힌다면? 이 해석대로라면 악당은 잭이 된다.

그럼 이 이야기는 어떻게 흘러갈까? 이야기의 구심점이자 영웅이 데번이 된다면?

데번의 관점에서는 이런 식의 전개가 당연할 것이다. 잠시 이 설정에 몰입해 머릿속에서 데번 중심의 서사를 전개시켜 보자.

이제 준비를 마쳤으면 원고를 뒤집어 검토하면 된다. 이야기 구조를 전부 뜯어고칠 필요는 없다. 그러려면 작업을 처음부터 다시 해야 한다. 데번이 등장하는 장면마다 데번의 심리를 중점적으로 검토해보자. 데번 관점의 서사에서는 그가 영웅이며 이야기의 원동력이다. 글이 망가질까봐, 혹은 너무 많이 바뀔까봐 걱정하지 않아도 된다. 글의 전체 구조와 방향은 그대로 둔 채 장면을 하나하나씩 수정해보자.

내가 집필한 〈바빌론 5〉에는 '베스터'라는 인물이 주요 악당으로 등장한다. 베스터는 정신감응 조직인 프사이단Psi Corps 소속 경찰이다. 자기 종족의 이익에만 관심이 있는 인물로, 비정신감응자를 뼛속 깊이 불신한다. (베스터는 비정신감응자를 '별 볼 일 없는 사람'이라고 부른다.) 자연스럽게 베스터는 작중 영웅들과 각을 세워 그들을 괴롭힌다.

베스터가 등장하는 장면을 쓸 때마다 나는 고개를 돌려 베스터의 관점에서 원고를 다듬었다. 사람들이 그를 어떻게 생각하고 평가하건 간에, 그는 대의를 위해 유감스러운 일을 하는 좋은 사람으로 스스로를 생각한다. 이런 식으로 원고를 고쳐가며 한두 시즌을 보내고 나니, 아예 베스터의 관점에서 에피소드를 만들어도 좋겠다 싶었다. 우리 드라마가 사실은 프사이단에 관한 이야기였다면? 프사이단이 이야기의 영웅이고 다른 인물들이 악당이어서 정신감응자들을 위해 옳은 일을 하려는 베스터를 번번이 방해한다면?

그 결과물이 '프사이단이 내 어버이'라는 제목의 에피소드였다. 나는 이 에피소드 내용에 맞춰 베스터와 프사이단이 주인공이자 영웅으로 등장하는 타이틀 시퀀스를 특별히 제작하기도 했다. 시청자들은 열광했고, 이 에피소드를 확장시켜 아예 새로운 드라마를 만들어 달라는 반응도 많았다.

물론, 악당의 입체성을 살리겠다고 이렇게까지 애쓸 필요는 없다. 그래도 이런 식의 태도는 중요하다. 독자와 관객이 충분히 공감할 만큼 악당의 동기가 그럴싸해지는 순간, 마법은 일어난다. 독자와 관객이 갈등하기 시작하는 것이다. 머리로는 착한 주인공이 좋고 그의 승리를 바라지만, 마음으로는 악당을 이해하게 되고 약간의 애정을 품게 되어 만일 악당이 승리하더라도 최악의 결말은 아닐 거라고 생각한다. 〈양들의 침묵〉의 주인공 클라리스는 상원의원의 딸을 납치한 연쇄살인범을 찾아다니고, 우리는 그런 클라리스가 악당과 맞서 이기기를 바란다. 한니발 렉터가 감옥에 갇혀 있어야 한다는 클라리스의 판단에도 동의한다. 하지만 우리는 내심 한니발을 응원하게 되고, 마지막에 그가 탈출하는 순간에 희열을 느끼기까지 한다. 그러면 안 되는데, 마음이 움직이는 것이다.

독자와 관객이 공감할 수 있게 영웅을 만드는 작업은 반드시 필요하며 그리 어렵지 않게 완수할 수 있다. 반면 공감 가는 악당을 만들기란 훨씬 어렵다. 하지만 성공하기만 하면, 독자와 관객의 기대를 훌쩍 뛰어넘는 수준으로 이야기를 도약시킬 수 있다.

#14. 작가를 꿈꾸는 학생들에게

많은 작가가 새로운 도전과 기회가 펼쳐지는 대학 시절에 작가가 되려는 꿈을 품는다. 작가 인생에 있어 무척 중요한 시기인 만큼 이에 관해 따로 이야기하고자 한다.

이 시기 학생들의 최대 고민은 '글쓰기를 전공해야 할까?' 하는 것이다. 이 질문에 대해서는 상황에 따라 다르다고 답할 수밖에 없다. 문예 창작 전공생 대다수는 작가가 되지 않고 교사로 일하게 된다. 그것이 당신의 계획이라면, 고민할 필요 없이 글쓰기를 전공해도 좋다.

각본 창작이나 영화 제작으로 학위를 따려고 영화학교에 진학하는 경우라면 상황이 조금 다르다. 영화학교는 교육 기관인 동시에 직업학교이기도 해서 문예 창작 수업과 달리 많은 인맥과 훈련 기회, 실질적인 도움과 실습 경험을 제공한다. 예를 들어 각본, 연출, 제작 등으로 석사를 취득한 영화학교 졸업생들은 여러 편의 단편 영화와 영상물을 완성한 상태에서 업계에 진출하므로 생존 확률이 그만큼 높다.

반면 일반 대학의 문예 창작 수업은 영화 제작이 되었건, 출판이 되었건 실습에 그리 적극적이지 않으며 이론을 더 강조한다. 스토리텔링보다는 정보를 조직화해 나타내는 법을 가르치는 것에 치중하는 편인데, 후자는 정형화할 수 있고 간단명료한 반면, 전자는 모호하고 정형화하기 어려운 데다 방법이 다 다르기 때문이다. 글쓰기는 도입부 단락 또는 주제 문장으로 시작한다. 하려는 말의 논지를 그 안에 담는다. 다음으로 본문 단락을 구성해 논지를 뒷받침할 근거를 제시한다. 마지막으로 결론 단락에서는 논지를 다시 한 번 서술해 본론이 어떻게 그 논지를 증명했는지 확인시킨다. 이런 말을 달달 외워 실천하는 것쯤이야 쉽다.

자, 그럼 이 공식을 대입해 연인이 다른 사람과 사랑에 빠져 자신을 떠나려는 상황을 글로 써야 한다면 어떻게, 어디서부터 시작해야 할까?

작품에 대한 반응은 일단 작품이 세상에 나와야 알 수 있다. 그런데 안타깝게도, 많은 문예 창작 수업이 책을 출간하거나 글로 돈을 버는 것과 같이 직업으로서 글을 쓰는 행위를 대수롭지 않게 본다. 문예 창작 강사들이 작가로 거의 활동하지 않는 이유도 여기에 기인한다고 본다. 샌디에이고 주립대학교에서 문예 창작 입문 수업을 맡았을 때, 나는 그러한 편견을 직접 체험했다. 당시 나는 몇 편의 글과 작품을 발표해 작가로서 약간의 성공을 거둔 상태였는데, 그래서인지 강사 대다수가 내 존재를 탐탁치 않게 여겼다. 그들 중 활동하는 작가는 한 명도 없었다. 작은 시집을 한 권 냈다고 자랑하고 다니는 강사가 있기는 했으나, 매 학기 그의 수업을 듣는 학생들이 대학 서점에서 의무로 한 권씩 샀기에 그나마 판매량이 유지되는 책이었다.

수업 첫날, 나는 학생들에게 대충 A 학점을 받으러 온 거면 수업을 잘못 찾아왔으며, 앞으로 이 수업에서는 다른 수업과 비교도 안 되게 다작을 하게 될 것이라고 미리 경고했다. 학생들이 일제히 일어나 우르르 빠져나가는 광경은 출애굽을 방불케 했다.

나는 과제를 내주는 것에 그치지 않았다. 글쓰기 과정을 가르치는 것 못지않게 학생들에게 의견을 구하고, 그들의 말을 경청하고, 각자가 관심 있는 아이디어에 천착하도록 격려하는 데 시간을 많이 할애했다. 아마도 학생들 대다수에게는 강사가 어떻게 쓰라고 강요하는 것이 아니라 그들의 생각을 묻는 것이 낯선 경험이었을 것이다. 수업은 재미있고 창조적이며 어떤 질문에도 열려 있는 자유분방한 분위기로 흘러갔다.

나는 또한 글쓰기 이론에 관한 토론에 머물지 않고 학생들이 자신의 글을 가지고 무언가를 경험해보았으면 싶었다. 그래서 교내 신문에 글을 실으면 한 번의 시험이나 과제물 점수를 무조건 A로 주겠다고 조건을 내걸었다. 교외 잡지나 신문에 글을 실으면 전체 강의 학점을 최고점으로 주기로 했다.

학생들의 반응은 뜨거웠지만, 학과의 높으신 분들은 불쾌감을 숨기지 않았다. "우리는 이론 차원에서 학생들을 가르치고 있어요. 요란한 상업과는 거리를 둔다고요."

"하지만 원래 글은 세상에 내놓고 읽혀야 하는 것 아닌가요? 그게 목적이잖아요? 작가의 관점을 세상과 나누는 거죠." 내가 대꾸했다.

"전혀요. 꼭 누가 알아줘야 할 이유는 전혀 없어요. 에밀리 디킨슨을 봐요."

"그 결말이 어땠는지 알고 하는 소립니까?" 이 일을 계기로 나는 학계가 얼마나 무게 잡는 것을 좋아하는지 새삼 깨달았다.

수강생 대부분은 영문과 수업을 하나씩 필수로 들어야 했기에 내 수업에 들어온 학생들이었지 작가 지망생은 아니었다. 그들에게 글로 쓴 작품을 발표한다는 것은 생각해본 적도 없는 목표였다. 하지만 A 학점을 받겠다는 일념으로 학생 절반 가까이가 교내 신문에 글을 실었고, 몇몇은 지역 언론사에 돈을 받고 글을 팔았다. 자기 안에 작가의 목소리가 있고 그걸 세상에 내보일 매체도 있다는 사실에 신이 난 일부 학생들은 이후로도 꾸준히 글을 쓰고 팔았다.

나는 이 일로 학과 눈 밖에 났고 다음 학기 수업을 맡지 못했다.[*]

훗날 나는 직업으로서의 글쓰기를 경시하는 샌디에이고 주립대학교의 태도가 대학 강사들 사이에 팽배하다는 것을 알게 되

---

[*] 고백하자면, 이 책이 최종 교열 단계에 들어갔을 때, 샌디에이고 주립대학교의 텔레비전·필름·뉴미디어 학과로부터 2020년 가을 학기에 드라마/영화 시나리오 글쓰기 고급 강의를 맡아달라는 연락이 왔다. 영문과에 이를 알려 반응을 보고 싶었으나 후환이 두려워 참았다.

었다. 우리는 이론 차원에서 학생들을 가르치고 있어요. 요란한 상업과는 거리를 둔다고요. 대다수가 이렇게 생각한다. 그런데 숙련된 기술로서의 글쓰기와 예술로서의 글쓰기를 구분 지으려는 이 잘못된 생각을 강사들만 하는 것이 아니다.

몇 년 전 어느 시상식에 갔다가 생판 모르는 사람들과 한 테이블에 둘러앉게 되었다. 내가 작가이며 수상자로 행사에 왔다는 걸 알게 된 사람들은 저마다 글쓰기에 관해 질문하기 시작했다. 어쩌다 글을 쓰게 되었냐, 글쓰기의 매력이 무엇이냐, 이야기의 영감을 어디서 받느냐 등등. (내 대답을 간추리자면, 다른 선택지가 없었다, 그냥 다 좋다, 나도 모른다는 것이었다.)

대화가 잠잠해질 무렵, 입을 꾹 다물고 있던 오른편의 젊은 여성이 내 쪽으로 몸을 내밀더니 자신은 문예 창작 전공으로 대학을 막 졸업했노라고 털어놓았다. "드디어 글쓰기를 할 생각을 하니 신나요"라는 말과 함께.

"글쓰기를 시작한다고요?" 내가 애써 중립적인 태도로 물었다.

"학교에 다니면서 과제로 글을 쓰기는 했지만 그게 다였어요." 여성의 목소리에 약간의 초조함이 묻어났다. "부모님이 학비를 대주셨거든요. 이제 졸업도 했으니 당장 작가로 먹고살기를 기대하는 눈치예요."

때마침 행사가 시작되어 조명이 어두워졌고, 우리의 대화는 여기서 끝이 났다. 나는 응원하는 마음을 담아 웃어 보일 뿐이었다.

글쓰기를 전공한다고 해서 곧장 작가의 지위를 얻는 것은 아니다. 그러니 부모도 갓 대학을 졸업한 자녀가 곧바로 글을 팔아 먹고살겠거니 기대해서는 안 된다. 작가 되기는 의사나 엔지니어 자격을 얻는 것과는 다른 문제여서 X의 방법대로 하면 무조건 Y의 결과가 나오는 게 아니고, 학문적 배움을 마치면 저절로 유급 일자리가 주어지지도 않는다. 예술 분야에서는 어쩌다 한 번씩 얄미운 천재들이 튀어나오긴 하지만, 대부분의 경우는 대학에서 미술을 전공한다고 무조건 피카소가 되지도, 음악을 전공했다고 곧장 시카고 교향악단에 들어가지도 못한다. 마찬가지로 글쓰기도 예술인 동시에 숙련된 기술이어서 수년의 시행착오를 거쳐야 하고, 모든 면에서 인내심을 요한다.

따라서 되도록 일찍 자기 글을 써서 팔아보는 경험이 중요하다. 학위를 딴 후에야 그 작업을 시작하려고 하면 사실상 처음부터 다시 시작해야 한다.

아직 대학을 다니는 독자를 위해 하고픈 조언은 다음과 같다.

전공 선택하기

앞에서 말했듯이, 문예 창작을 전공하고 싶으면 내 말에 휘둘릴 것 없이 당신의 마음이 시키는 대로 하면 된다. 다만 장기적으로 보았을 때 그 학위가 꼭 필요하지 않다면, 글쓰기를 보조해줄 전공 또는 뒷바라지해줄 전공을 선택해도 좋다.

보조 전공으로는 글쓰기에 보탬이 되거나 초보 작가에게 신뢰성을 더해줄 학문 분야가 적합하다. 지정학적 배경으로 기사나 스릴러 작품을 쓰고 싶다면 정치학을 전공하는 것이 확실히 유리하다. 극 작품을 쓰고 싶다면 무대 예술을 전공으로 고려해보자.

늘 타인이 낯설게 느껴지는 사람으로서, 나는 등장인물의 심리와 감정을 깊게 알고 싶었다. 따라서 대학에서 심리학을 주전공으로 삼았다. 또 글로벌한 관점에서 인간에 관한 이야기를 쓰고 싶었기에 사회학을 부전공으로 골랐다. 둘 다 뒷바라지 전공이라고 보기는 어려운데, 박사 학위를 취득하지 않는 이상 두 전공으로 돈을 벌 방법이 없는 데다, 나 역시 대학원에 진학할 생각이 없었기 때문이다. 내가 원했던 것은 벽에 전시할 졸업장이 아니라, 실제 지식과 훈련이었다. (대학 교육에 관해 질문을 받을 때면 심리학과 사회학을 전공한 덕에 "두 분야에서 동시에 백수일 수 있다는 점"이 참 좋다고 농담을 하고는 한다.)

뒷바라지 전공으로는 작가를 꿈꾸는 동안 경제적으로 버티게 해줄 분야가 적합하다. 달리 말하면 직업을 갖자는 것이고, 글쓰기에 방해가 되지 않는 선에서 전문적으로 훈련을 받아 할 수 있는 일을 고르자는 것이다. (영화 〈매트릭스〉를 만들었으며 나와도 여러 작품을 함께한 워쇼스키 자매는 대본을 팔려고 애쓰던 시절, 목수로 일했었다.)* 그들처럼 톱질과 망치질에 자신이 없다면, 컴퓨터 공학, 부동산 중개, 게임 디자인, 약학, 수학, 마케팅 등을 뒷바라지 전공으로 고려해볼 수 있다.

---

* 나는 〈매트릭스〉 3편의 상영회 날 워쇼스키 자매와 처음 만났다. 그들은 첫 대본을 팔려고 열심이던 시절, 《작가 다이제스트Writer's Digest》에 대본 쓰기를 주제로 내가 매달 연재한 글과 그 잡지사가 출간한 내 책을 읽으며 많은 걸 배웠다고 했다. 이후로도 여러 작가가 내게 비슷한 경험담을 들려주었고, 개인적으로 매우 자랑스럽게 생각한다.

하지만 당신이 선택한 뒷바라지 전공을 작가가 되기 위한 버팀목으로 보기는커녕 글쓰기를 단념해야 할 이유라고 주장하는 사람들이 있으니 경계하자. 그들은 부동산이나 화학업계에서 일자리를 구해놓아야 작가로 실패하더라도 돌아갈 '플랜 B'가 있지 않겠느냐고 당신을 회유할 것이다. 작가로 먹고사는 게 현실적으로 어렵다는 것은 누구나 알고 있는 사실이다. 그렇다고 플랜 B에 너무 기댔다가는 자기 파괴적인 결과로 이어지기 쉽다. 글쓰기 말고도 먹고살기 위해 할 수 있는 일이 있다면, 결국 글쓰기 대신 그 일을 선택하게 될 가능성이 크다. 높은 확률로 그 일이 글쓰기보다 수월할 테니 말이다. 난기류를 만나 흔들거리는 비행기에 낙하산이 있으면, 끝까지 버티느니 낙하산을 타고 탈출하고 싶어질 것이다. 하지만 낙하산이 없다면, 혹은 낙하산이 없다고 스스로 믿고 있다면, 어떻게든 살아남을 방법을 찾으려 할 것이다.

작가가 되기 위해 최선을 다할 자신이 없으면 떳떳하게 플랜 B 낙하산을 꺼내 들어도 좋다. 그러나 글쓰기 말고 무엇으로도 만족할 수 없다면, 두 발에 힘을 주고 바람에 맞서서 무사 착륙하기 위해 해야 할 일을 하자.

주어진 자원 활용하기

강의실과 학내 식당, 주차장만 오가며 대학 생활을 하고 있다면 무언가가 잘못된 것이다. 대부분 캠퍼스에는 작가로 성장하는 데 도움이 될 자원이 틀림없이 존재한다. 대표적으로 교내 신문사와 잡지사, 영화과와 연극과 등은 학생들이 공연하고, 제작하고, 방송할 소재를 늘 필요로 한다. 텔레비전과 라디오 방송국, 캠퍼스 내에서 운영되거나 대학과 연계된 소셜미디어 콘텐츠 채널도 마찬가지다. 이런 곳을 위해 글을 써보는 경험은 소중하다. 교내 연극 홍보 포스터가 되었건 교내 신문이 되었건, 지면이나 화면에서 자기 이름을 발견하는 순간 작가로서 느끼는 자부심은 실로 굉장하다.

직접 학과를 찾아가는 것도 방법이다. 학생 작가들이 쉽게 접근할 수 있는 데다, 다른 학과와의 교류나 자신들의 성과를 위해 학생 원고를 받는 데 대체로 우호적이다. 저서 《슈퍼맨이 되다》에서 밝혔듯이, 내가 일했던 교내 신문 《데일리 아즈텍》의 편집자들은 날마다 지면을 채우느라 고생했다. 실력 있는 학생 작가들은 교내 신문에 투고할 생각을 애초에 하지 않았고(아마 외부 원고를 받지 않는다고 생각했거나, 너무 가까이에 있어서 신기하게도 우리의 존재를 잊었던 것 같다), 투고하겠다고 자원한 학생 작가들은 제때 원고를 내지 않거나 아예 연락을 끊고 잠수를 타는 경우가 부지기수였다. 《슈퍼맨이 되다》가 출간된 후 이메일과 트위터를 통해 여러 교내 신문과 잡지 편집자들이 요즘도 사정이 비슷하다는 소식을 전해주었다.

자기 글을 교내 발행물이나 다른 매체를 통해 발표하는 경험은 자신감을 얻는 것 이상으로 유익하다. 일단 교내 신문사 중에는 원고료를 지급하는 곳이 더러 있다. 많은 액수는 아니어도 어리고 배고픈 학생들에게는 분명 귀중한 돈이다. 당신에게 잘 보이고 싶은 생각이 전혀 없는 사람들에게 피드백을 받을 수 있다는 점에서도 이 경험은 좋은 기회다. 당신이 쓴 기사를 읽은 편집자가 너무 길다는 피드백과 함께 수정할 시간을 한 시간밖에 주지 않으면, 진짜 핵심만 남기고 나머지를 쳐내는 방식으로 빠르게 탈고하는 법을 저절로 익히게 된다. 교내 라디오 방송국 성우나 연극배우, 팟캐스트 진행자 또는 제작자에게서 발음하기 쉽게 대사를 고쳐달라고 요구받으면, 같은 문장을 글로 읽을 때와 입으로 말할 때의 차이를 더 잘 이해할 수 있다. 교내 연극, 신문, 잡지를 위해 글을 쓰다 보면 어느새 자기 이름으로 된 출간물 또는 작품이 쌓이게 되고, 그 경력은 졸업 후 관련 분야에서 일자리를 구할 때 분명 유용하게 쓰일 것이다.

두려워하지 않기

대학을 다니면서 작가로 활동하는 것의 최대 이점은 실패하더라도 잃을 게 적다는 점이다. 매달 월세의 압박이 돌아오는 바깥세상은 무자비하다. 대학에 있는 동안은 아무도 당신에게 완벽을 기대하지 않는다. 그러니 조금 무모해져도 괜찮다. 도전하고, 실수하고, 망하고, 실패하고, 이내 다시 웃으며 도전하더라도 당신은 무사할 것이다.

일찍 두려움에 맞서는 경험이 초보 작가에게는 중요하다. 창작이나 출간 경험이 전혀 없는 상태로 대학을 졸업해 신문사나 온라인 매체, 출판사, 제작사에 원고를 낸다고 했을 때의 두려움은 실로 어마어마할 것이다. 하지만 대학 울타리 안에 있으면서 편집자, 감독, 제작자에게 원고를 보여준 경험이 있다면 그 두려움이 한결 덜하다. 그런 예비 경험이 실전의 두려움을 덜어준다.

대학의 자원을 적극적으로 이용하면 불필요한 수고를 덜 수 있고, 재능이 한층 더 날카로워지며, 앞으로 나아갈 용기와 자신감이 생긴다. 운이 따른다면, 자기 이름으로 된 작품을 꽤 많이 가지고서 대학을 졸업할 수도 있다. 어쩌면 그중 일부는 대학 외부에서 발표한 작품이 될지도 모르겠다. 그렇게 당신은 작가 되기의 여정에 보탬이 될 경험을 잔뜩 안고서 세상 밖으로 나가게 되는 것이다.

#15.   창작의 시스템

오늘 나는 온라인에서 누군가와 언쟁을 벌였는데, 돈을 내고 들어야 할 만큼 흥미진진한 이야기라고 장담한다.

한 남자가 내게 어떤 글쓰기 '모델'을 따르는지 물었다. 여러 종류의 글쓰기에 적용할 수 있는 창작 과정을 '도표와 구조도'로 알려줄 수 있느냐는 것이다. 내가 대체 무슨 소리냐고 공손히 되묻자, 남자는 어떤 구성 방식(또는 창작 지침)을 추천하느냐고 표현을 가다듬어 다시 물었다. 구체적으로 말해 '스토리 다이아몬드' 형식을 즐겨 사용하는지, 아니면 특정 단계의 사건을 동일한 쪽수에 등장시키는(이를테면 문제 발생은 15쪽에, 영웅의 반전은 90쪽에 등장시키는) '세분화 스타일'을 선호하는지 궁금하다고 했다.

그가 재촉할수록 상황은 내가 원치 않던 방향으로 흘러갔다. 그러니까 그가 진짜 궁금해하는 핵심, 질문 뒤에 숨은 질문은 이 것이었다. 글쓰기 공식은 무엇인가?

나는 그런 '공식은 없다'고 잘라 말했다.

그러자 남자는 씩씩댔다.

글쓰기 책에 나오는 '모델'이니 다이어그램이니 구조도니 하 는 것의 목적은 명확하다. 좋게 해석하면 사후적으로 글쓰기 과 정을 분석하려고 말을 갖다 맞추는 것이지만, 냉소적으로 해석 하자면 마케팅을 위해 창작법을 그럴싸하게 만들어 포장하는 것이다. 무언가를 팔려면 나름의 독창성이 필요한 법이니까. 나 는 남자에게 이렇게 대답한 뒤 몇 마디를 덧붙였다. 이게 나의 글쓰기 모델입니다. 이게 내 공식이고 방식이에요. 그러니 성공 하고 싶으면 일단 내가 쓴 책을 사고, 1인당 300달러 하는 내 세 미나에 등록하세요.

남자는 더욱더 씩씩댔다.

어떤 작가들은 자신만의 관점과 목소리, 재능 그리고 용기가 부족하다는 이유로 글쓰기 모델에 기대고 싶어 한다. 무엇을 어 떻게 써야 할지 누가 대신 말해주기를 바라며, 작가들이 은밀히 공유하는 '시크릿 핸드 셰이크'를 피땀 흘리지 않고 알아내고 싶 어 한다.

씩씩대던 그 남자도 마찬가지였다. 그는 굉장한 비밀을 찾고 있었다.

남자는 내가 신인 작가들과 경쟁하기 싫어서 귀중한 정보를 혼자만 알려 한다고 비난했다. 명확하고 객관적인 방향을 알려주는 방법론이나 공식 없이 어떻게 이야기를 구조화할 수 있느냐며 말이다. 결정적으로 나를 화나게 했던 남자의 말은, 내가 사람들을 겁먼 들게 하고 글쓰기를 무조건 예술로 설명하려 든다는 것이었다. 그는 내가 "유행을 좇아 팔리는 글"만 써서 먹고 살면서 잘난 체하고 특별한 척 군다고 했다.

또 남자는 '상업 작가로서 돈을 위해 글을 쓰고 그걸로 성공까지 한 내가 공식을 따르지 않는다고 말하는 건 비겁한 거짓말'이라고 주장했다.

그를 상대하다 보니 문득 영화의 한 장면이 생각났다. 옛 서부 영화를 보면 위스키에 취해 기고만장해진 뜨내기가 동네 청부 살인 업자에게 괜히 시비를 거는 장면이 종종 나오는데, 그걸 본 동네 주민들은 곧 일어날 참극에 얼씬도 하기 싫어 바쁘게 몸을 숨긴다. 머지않아 그 뜨내기는 형체를 알아볼 수 없이 훼손된 시체로 발견되고 말 것이다.

날 비난한 남자는 문자로 소통하는 매체에서 작가에게 싸움을 걸었다는 점만으로 충분히 어리석지만, 그가 던진 질문의 전제 또한 마찬가지로 어리석다. 내려받을 수 있는 공식이나 도식이 존재해 그걸 붙여넣기만 하면 짜잔! 하고 베스트셀링 이야기가 탄생하리라는 전제는 처음부터 잘못됐다.

거듭 말하지만, 그런 공식은 존재하지 않는다.

다른 누군가의 규칙을 그대로 따른다고 이야기가 저절로 나오지는 않는다. 이야기는 확률을 따지고 유행을 분석해 뚝딱 만드는 상품이 아니라, 중요한 것을 이야기하고 싶어 하는 한 사람의 마음속 내밀한 공간에서부터 탄생한다. 물론 외부에서 영감을 얻을 수 있고 누군가의 조언으로 글쓰기를 시작할 수도 있다. 어떤 이미지를 보고 소설을 착상하거나, 무언가를 조사해 캐릭터를 창조하고 그걸 토대로 각본을 집필하듯이 말이다. 하지만 그 영감이 작가의 재능으로 다듬어지고 나면 그것은 오롯이 작가만의 독창적인 창작물이 된다.

글쓰기 원칙을 배우는 것은 물론 중요하다. 그런 원칙은 마음껏 실험할 수 있는 안전망이 되어주기 때문이다. 이야기를 원하는 대로 만드는 법을 깨치고 나야 그걸 변주하고 깨트릴 수 있다. 발단, 전개, 결말 순서대로 글을 써도 되지만, (영화 〈펄프 픽션〉과 〈유주얼 서스펙트〉처럼) 결말을 제시한 후에 처음으로 돌아가 전개 과정을 맨 마지막에 보여주어도 된다. 아니면, (〈저수지의 개들〉과 〈이브의 모든 것〉처럼) 중간 지점에서 시작해 처음으로 갔다가 그다음에 결말에 도달해도 된다. 그것도 아니면, (〈메멘토〉와 〈컨택트〉처럼) 결말에서부터 시작 지점으로 거슬러 올라갈 수도 있다.

제임스 조이스부터 윌리엄 버로스까지 위대한 작가들이 증명했듯이, 이야기를 설득력 있게 쓸 줄만 알면 어떤 실험을 해도 상관없다.

하지만 '서점과 극장에서 팔리는 작품을 분석해 무엇을 써야 할지 고민하는 게 뭐가 잘못됐죠?' 이렇게 묻는 독자도 있을 것이다.

발행 속도가 빠른 온라인 매체는 논외로 치고, 서점에 팔리는 책들과 극장에 걸린 영화들은 1~2년 전에 만들어져 팔린 작품들이다. 소설 원고를 계약해 편집을 거쳐 출간하는 것과 각본을 사서 배우를 뽑고 기획해 촬영한 뒤 유통하는 것에는 당연히 시간이 필요하다. 즉 우리가 서점과 극장에서 보는 작품들은 출판사와 영화 스튜디오가 한참 전에 사들인 것들이다. 우리가 그걸 보는 시점에 그들은 이미 다른 작품을 만들고 있다. 유행은 금방 지나가기 마련이다. 2년 전 선택받은 작품들을 표본으로 삼아 글쓰기 작업을 하고 있다면, 이미 흐름에 뒤처지고 있는 셈이다.

나는 이 책에서 당신의 이야기가 어때야 한다거나, 정확히 몇 쪽에서 어떤 일이 발생해야 하는지 알려주지 않을 것이다. 장르를 불문하고 모든 글에 적용할 수 있는 공식이 있다고 주장할 생각도 없다. 다시 말해 나는 나만의 모델을 팔아먹을 생각이 없다. 나는 진정한 글쓰기의 과정이 작가마다 다르다고 확신한다. 그렇다고 아무 방향도 없이 어둠 속에서 헤매라는 뜻은 아니다. 이 책은 물론 다른 책들만 봐도 유용한 조언을 충분히 얻을 수 있다. 하지만, 진정하고 지속 가능한 성공을 보장하는 길은 자기만의 과정, 스타일, 목소리를 발견하는 것뿐이다.

자꾸 시비를 거는 것처럼 들릴 수도 있지만, 나는 영화 각본을 쓸 때 '3막 구조'를 신성시하는 사람들에 대해서도 불만이 많다. 지독한 신성 모독처럼 들릴 수도 있겠으나, 내 주장은 이러하다. 영화학교 강사들은 영화가 처음 발명됐을 무렵 서부로 건너온 뉴욕 출신 극작가들이 연극식 3막 구조를 들여왔다는 사실을 지나치게 강조한다. 그 시대에는 3막 구조로 글을 쓰는 게 주된 방식이었을 테니 딱히 놀라운 일도 아닌데 말이다. 가진 도구가 망치뿐이면 모든 문제를 못으로밖에 대할 수 없다. 영화학교의 이 가르침은 중요한 지점을 간과하고 있기도 하다.

과거 극작가들이 3막 구조를 주로 사용했던 것은 관객이 간식을 사먹고, 배우는 의상을 갈아입고, 무대팀이 세트를 바꿀 수 있게 인터미션이 필요하기 때문이었다. 막이 절정에 도달한 후에 커튼이 내려가면, 관객들은 일어나 간식과 음료수를 사먹고 화장실에 들렀다가 15분 후에 자리로 돌아온다. 커튼이 올라가면 세트가 바뀐 무대에 의상을 갈아입은 배우가 서 있다. 굳이 이 전통을 현대 미디어로 가져오고 싶은 거라면, 과거에 셰익스피어는 5막극을 썼다는 사실에 대해서도 곰곰이 생각해보길 바란다. 심지어 고대 그리스 작가들은 1막극을 주로 썼다. 그 시대에는 공연 도중에 극장 안에서 간식을 살 수 있었고, 배우들 의상은 로브가 전부였던 데다 별도의 세트도 거의 쓰이지 않았기 때문이다.

일부 학자들의 주장대로 영화에서 3막 구조를 철저히 지키려면, 그 구조가 만들어진 이유까지 고려해 영화를 40분씩 끊어 인터미션을 만들어야 옳다. 하지만 정말 그렇게까지 하려는 사람은 없을 것이다. 영화 상영에 인터미션이 생긴다면, 그걸 구실로 관객들은 영화관 바깥으로 나가 담배를 피우거나 잡지를 읽으려 할 것이다. 하다못해 누군가는 여호와의 증인이 뿌린 포교지라도 집어들 것이다. 또 기본적으로 다중 막 구조는 각 막이 천천히 전개되다 마지막에 무언가가 일어나거나 무언가를 깨치게 되는 결말로 끝나, 인터미션 동안 관객이 이야기를 계속 궁금해하도록 만드는 것에 목표를 둔다. 하지만 요즘 영화 관객들은 그런 중요한 순간이 오기까지 30~40분을 기다려주지 않는다. 장르에 따라 다르겠지만 보통은 10분에서 15분 간격으로 그런 순간이 만들어져야 한다.

방광이 허락하는 한, 영화 관객은 한 번에 통째로 영화를 감상한다. 즉 관객 입장에서 영화는 어차피 하나의 긴 막일 뿐이다. 요 근래 영화감독들이 첫 프레임부터 엔딩 크레딧이 올라가는 순간까지의 이야기를 단일한 막의 구조로 만드는 이유도 여기에 있다고 본다. 1막 구조의 경이로움을 잘 보여주는 사례로 〈제이슨 본〉 시리즈를 꼽을 수 있다. 이밖에 다른 감독들도 3막 구조를 깨부쉈다. 그들은 자신들의 의도에 맞춰 이야기를 더 잘게 나눈다. 영화 〈올 댓 재즈〉는 5막 구조로 작동한다. 〈매그놀리아〉, 〈메멘토〉, 〈인셉션〉, 〈유주얼 서스펙트〉는 아예 그런 구조를 크게 신경 쓰지 않는다. 쿠엔틴 타란티노는 전통적인 3막 구조에 일격을 가하며 경력을 쌓아올린 감독이다. 〈킬 빌〉 1편과 2편은 아예 5막(5장) 구조를 명시해 '허용된' 한계를 보란 듯 넘어섰다.

영화를 3막으로, 소설을 5막(발단, 전개, 위기, 절정, 결말) 구조로 나누는 것은 실제 창작의 과정보다 스토리텔링을 분석하는 용도로 더 적절하다. 물론 이런 구조를 선호하는 편집자나 제작진이 있으니 알아두면 분명 유용하다. 나의 경우에는 작업을 의뢰받으면, 일단 막이나 장 구분 없이 이야기를 끝까지 쓴다. 일단은 이야기를 탄탄하게 구성하고 각 인물과 장면을 생생하게 그려내는 것에 집중한다. 사람들이 보고 싶어 하는 건 바로 그런 것이기 때문이다. 다 쓴 후에 쪽수를 세서 삼등분해 막을 나눈다. 글을 제대로 쓰고 장면 하나하나를 인상 깊게 완결했다면, 어떤 장면이든 전부 제자리에 있는 것처럼 작동한다.

실제로 나는 그렇게 막을 나눠서 지적받은 적이 단 한 번도 없다.

이렇게나 길게 글쓰기의 시스템을 비판했으니, 이제는 내가 이야기를 발전시킬 때 쓰는 방법을 설명해볼까 한다. 조금은 별난 방법이라 모두에게 맞지 않을 수는 있으나 하루에 300달러씩 돈이 들거나 하지는 않을 것이다.

나는 새 프로젝트를 시작할 때 무조건 노트*를 새로 장만한다. 그리고 거기에다 등장인물들과 플롯 요소에 대한 메모를 쓴다. 구상 중인 이야기와 어울릴 장면을 적기도 한다. (글의 윤곽을 잡고 문서를 편집할 때 쓰는 방법은 여러 가지가 있지만, 초기 구상 단계에서는 손으로 필기하는 방법을 선호한다. 그래야 장면 하나하나를 찬찬히 생각할 수 있기 때문이다. 또 펜과 종이를 이용하면 컴퓨터 화면에 글씨를 타이핑할 때보다 덜 확정적이라는 느낌이 들어 부담이 적다. 물론, 당신이 처음부터 컴퓨터로 작업한다고 해서 당신 집에 찾아가 말싸움할 생각은 없다.)** 시간을 얼마나 할애하고 분량을 얼마나 채울지는 따로 정해놓지 않는다. 장면 순서에 대해서도 크게 신경 쓰지 않는다. 초반부에 써먹으면 좋을 장면을 6쪽에 기록한 다음, 바로 뒷장에 결말 장면을 구상하기도 한다. 이렇게 나는 유연하고 가변적인 방식으로 지루하지 않고 자연스럽게 이야기에 살을 붙여 나간다. 별 생각 없이 뭐라도 끄적

---

* 그렇다, 나는 노트 덕후다!

** 뭐, 굳이 말싸움을 하고 싶다면 내 에이전트에게 주소를 남겨도 좋다.

이다 보면 어느새 이야기가 모습을 드러내기 마련이다. 혹시 자다가도 좋은 생각이 떠오를지 모르니 침대 옆에 노트를 두는 것으로 하루를 마무리한다.

이 단계에서 충분히 이야기를 구상했으면, 3×5 사이즈 카드에 기록한 내용을 장면별로 옮겨 적고 등장인물과 설정에 관한 배경 정보도 따로 적는다. 모든 장면을 옮겨 적었으면 이제 그걸 시간 순서대로 배열한 다음 영화나 소설을 감상하듯이 차례대로 검토한다. 두 장면이 너무 비슷하다 싶으면 상대적으로 약한 장면을 삭제하고, 전환 장면이 필요하다 싶으면 추가한다. '15번 장면에서 시체가 발견되니 15-a번 장면을 추가해 검시관의 입을 통해 살인에 관한 필수 정보를 제공하거나, 그 정보는 나중에 알리더라도 일단 시체를 다른 곳으로 보내는 장면을 넣어야겠군' 하고 생각하며 말이다. 이 단계에서 나는 이야기 구조와 인물들의 동기를 손대는 데 거리낌이 없다. 지워도 되는 부분을 과감하게 지우고, 바꿔야 할 부분을 바꾸면서, 반드시 남겨야 할 부분만 남기는 것이 나의 원칙이다. (이에 대한 논의는 #12. '의도의 문제'편에서 자세히 다뤘다.)

시간 순서대로 배열한 카드를 모두 수정했으면 최종적으로 이야기 구조를 한 번 더 뜯어고친다. 3×5 사이즈 카드를 추천하는 이유는 장면들의 자리를 쉽게 바꿀 수 있기 때문이다. '이 장면의 위치를 바꿔서 플래시백 효과를 주면 어떨까? 이 장면을 앞으로 빼서 미래를 먼저 보여줄까? 중간이나 결말 장면으로 이야기를 시작해볼까?' 이렇게 장면 순서를 바꿔가며 이야기를 가지고 놀아보는 것이다. 그러다 보면 창의력이 자극을 받아 이야기를 순차적으로만 서술했을 때는 생각하지 못한 가능성이 떠오른다.

어떤 때는 카드 30장으로 시작해 80장으로 끝이 나고, 어떤 때는 카드 100장으로 시작해 70장으로 마무리를 짓는다. 카드의 수는 실제 글쓰기에 착수하고 나면 또 달라진다. 쓰다 보면 없애도 되는 장면이 나오고, 반대로 삽입해야 하는 장면이 생각나기도 한다. 그렇게 이야기는 유기적으로 움직이며 예측하지 못한 방향으로 나아간다. 나는 모든 걸 통제하려고 하기보다 각 장면에서 각 인물이 움직이는 순간에 충실하려고 노력한다. 인물이 오롯이 존재하고 이야기가 호흡할 수 있도록. 초기 구상 단계에서는 특정 상황에서 인물이 어떻게 행동할지 추측할 뿐이지만, 실제로 글을 쓰며 그 인물과 함께 살아가다 보면, 어느새 그 인물이 어떻게 행동하겠구나 확신하게 된다.

이야기를 어디로 끌고 갈지 미리 계획하는 것은 물론 중요하지만, 뜻밖의 전개를 받아들이려는 태도도 똑같이 중요하다. 다른 장에서 언급했듯이 반전은 좋은 스토리텔링의 핵심 요소이다. 글을 쓰며 스스로 놀랄 일이 없으면 독자나 관객을 놀라게 할 수도 없다. 샌프란시스코에서 샌디에이고로 드라이브를 갈 때의 상황과 비교해보면 쉽다. 당신은 출발 지점과 도착 지점을 알고 있으며 중간에 어디를 들러야 하는지도 유념하고 있다. 하지만 이따금 길을 벗어났을 때 예상치 못한 즐거움을 발견하기도 한다.

나의 이런 방법이 누군가에게는 맞지 않을 수도 있다. 그래도 괜찮다. 작법은 식이요법과 같아서 누군가에게 이로운 방법이 내게는 치명적일 수 있고 반대의 경우도 마찬가지다. 따라서 내가 권하는 방법이 너무 도식적이다 싶으면 마음껏 변형해도 좋다. 어떤 작가는 아이디어만 생각한 상태에서 곧장 글쓰기에 돌입하기도 한다. 이는 구상 단계를 생략하고 글을 쓰면서 이야기를 발견하는 방식인데, 나도 어쩔 수 없이 그러한 방식을 따른 적이 몇 번 있다.

첫 번째 사례는 워너 브라더스가 제작하는 영화 대본을 수정해달라고 의뢰받았을 때였다. 미팅 전까지 나는 그 프로젝트에 대해 아는 게 전혀 없었다. 작품 이름(〈닌자 어쌔신〉)조차 몰랐다. 이야기를 들어보니 영화가 시작하고 끝나는 순간까지 대본을 통째로 다시 써야 하는 작업이었다. 아예 새로운 대본을 써달라는 거였다. 심지어 캐스팅 에이전트에게 전달하려면 금요일 아침까지 대본을 넘겨야 했다. 미팅이 열린 시각은 화요일 오후였다. 그러니까 하루에 한두 시간만 자고 일한다 치더라도, 대본을 처음부터 끝까지 새로 쓰는 데 주어진 시간은 52시간에 불과했다.

나는 집으로 돌아가 커피 머신을 작동시킨 뒤 카드니 구상이니 전부 생략한 채 곧장 글을 쓰기 시작했다. 준비하시고, 출발! 같은 여유는 꿈도 못 꿨다. 결국 나는 금요일 아침에 무사히 대본을 넘겼고, 스튜디오로부터 어떠한 수정 요청도 받지 않았다. 평소 내가 하던 작업 방식과는 사뭇 달랐으나 짜릿한 경험이었다. 대본을 넘기고 책상에서 일어났을 때 걷는 법을 다시 익혀야 했던 경험 역시 짜릿했다.

두 번째 사례는 내가 각본을 쓴 〈체인질링〉이 미국 아카데미상 후보와 영국 아카데미상 각본상 후보에 오른 지 얼마 지나지 않아 유니버설 스튜디오와 미팅이 잡혔을 때였다. 미팅에는 스티븐 스필버그와 드림웍스 CEO였던 스테이시 스나이더가 자리했다. 그들 말로는 스티븐이 수년간 애정을 쏟아 매달려온 프로젝트가 하나 있는데, 대본 초안이 만족스럽게 나오질 않아 고민이라고 했다. (비밀 유지 계약을 맺어 작품명을 밝힐 수는 없다.)

프로젝트 내용을 들어보니 뭐가 문제인지 바로 감이 잡혔다. 작품 주제를 수차례 조사했으나 그게 번번이 성공적이지 않아 문제였다. 이야기를 나눌수록, 이번에는 내가 알지 못하고 시도해본 적도 없는, 완전히 실험적인 방식으로 작업해야 이야기를 전달할 수 있겠다는 생각이 들었다. 그들의 설명이 끝났을 때 나는 대본을 맡아달라는 제안을 수락했다. 다만 당장은 작업 개요를 제시할 수도 없고 작업 방식을 예상할 수도 없노라고 털어놓았다. 주인공의 목소리가 머릿속에서 떠오를 때까지 이야기의 모든 면면을 조사하고 파헤쳐야 했다. 그러고 나면 대본 맨 끝에 '페이드아웃'이라고 적을 때까지 멈추지 않고 글을 쓸 수 있을 것 같았다.

그러니까 그들이 나를 믿어줘야 했고, 나 또한 여태껏 시도해본 적 없는 작업 방식에 운을 맡겨야 하는 상황이다.

두 사람은 잠시 미심쩍은 눈빛을 주고받았다. 그러다 이내 스티븐이 고개를 끄덕였다. "우리가 작업하는 방식과는 다르지만, 당신을 믿고 가볼게요. 해낼 자신이 있으면 한번 시도해봐요."

나는 이후 6개월 동안을 로스앤젤레스 곳곳을 돌아다니며 조사했다. 기사를 샅샅이 살피고, 기록 보관소와 신문사를 방문하고, 사람들을 인터뷰했다. 하지만 내게 이야기를 들려줘야 할 머릿속 목소리는 침묵을 지켰다. 나는 내 안의 뮤즈가 깨어나 뭐라도 말해주기를 간절히 바라며 계속 주제를 파헤쳤다.

그러다 어느 날 잠을 자고 있는데, 머릿속에서 주인공의 목소리가 들려왔다. 그가 불쑥 말을 하고 존재하기 시작한 것이다. 나는 벌떡 일어나 집 뒤편의 작업실로 달려가 글을 쓰기 시작했다. 첫날은 꼬박 밤을 샜던 것으로 기억한다. 이후 며칠 동안은 한두 시간 눈을 붙인 게 고작이었다. 작업하는 동안은 전화를 받지도, 집 밖을 나가지도 않았다. 이야기가 나를 꽉 붙들고서 놓아주지 않았으니까.

글을 쓰기 시작한 지 정확히 14일이 지나서야 대본을 완성했고, 이후로 나는 24시간을 내리 잤다. 다시 깨서는 곧바로 원고를 검토했다. 탄탄하고 괜찮은 작품이었다. 내가 대단한 일을 했다기보다는, 내가 들은 목소리의 진실성이 이야기 중심에 놓인 덕분이었다. 나는 그저 타이핑하는 사람이었을 뿐, 이야기가 스스로 대단한 일을 해낸 것이다. 나는 오탈자만 바로잡은 뒤 수정하지 않고 그날 그대로 원고를 보냈다.

며칠이 흘렀다. 혹시 내 원고가 형편없었던 건지 슬슬 걱정되기 시작했다. 아무것도 수정하지 않고 보낸 게 후회되었다. 하지만, 마음 깊숙한 곳에서는 내가 쓴 방식으로밖에는 그 이야기를 표현할 수 없다는 확신이 들었다. 목소리를 들었잖아. 머릿속 목소리가 작게 속삭였다. 그걸 믿어.

다음 날 전화가 왔다. 낯선 여자의 목소리였다. "스티븐 스필버그 씨를 연결해 드릴게요."

이 말을 들으면 어떤 작가라도 기대 반 걱정 반의 심정으로 긴장하게 된다. 잠시 후, 달칵하는 소리가 들리고 스티븐의 목소리가 흘러나왔다.

"정말 해냈군요."

앞서 말한 대로 작품명을 밝힐 수는 없으나, 그 작품은 이제껏 내가 쓴 것 중 단연 최고라고 말할 수 있다. 아마 앞으로도 그럴 것이다. 스티븐과 스테이시가 날 믿어주고, 내가 이야기의 목소리를 들으려 노력한 끝에 얻은 결과다.*

당신이 쓰고자 하는 이야기의 성격에 따라, 글을 쓰기 전 이야기를 구상하는 방식과 글을 쓰며 이야기를 발견해가는 방식 모두 효과적일 수 있다. 그래도 나는 전자를 선호하는 편이다. 무작정 이야기의 심연과 마주했다가는 원치 않는 대가를 치러야 할 수도 있기 때문이다.

어떠한 방법이 자신에게 맞을지는 시간과 훈련, 그리고 자기 탐구를 통해야 알 수 있다. 언제나 모두에게 들어맞는 만능 해법은 없다. 당신에게 딱 들어맞는 방법을 찾을 때까지 탐구를 멈추지 말자. 자기 자신과 직감을 믿어라. 자신에게 맞는 방향이라고 느껴진다면, 높은 확률로 그게 맞는 길일 것이다.

---

* 스티븐은 내 대본을 받기 전에 맺은 계약에 따라 여러 건의 영화 프로젝트에 먼저 참여하게 되었다. 이 책을 쓰는 현시점에 내 대본은 그의 회사 책장 어딘가에 꽂혀 있을 것이다. 실제 영화로 만들어지기까지 수년이 걸릴지도 모르겠다. 클린트 이스트우드는 〈용서받지 못한 자〉의 대본이 완성된 지 8년이 지나서야 그 영화를 만들었다고 한다. 어쨌거나, 스티븐에게 건넨 대본은 여태껏 내가 쓴 것 중 최고다.

#16. 시간 도둑에게서 시간을 되찾는 법

다른 데서도 언급했듯이, 글을 많이 쓰고 완결 지을수록 글솜씨가 나아지고, 새로운 도구를 얻게 되며, 상품성 있는 소재를 축적하게 된다. 문제는 글을 쓸 시간을 확보하기가 어렵다는 것이다. 일하고, 가족을 돌보고, 각종 사회적 의무를 다하느라 크고 작은 방해 요소에 시달리다 보면 글쓰기에 집중할 수가 없다.

더 쓰고 싶은데 시간이 부족해.

진지하게 작가가 되고 싶으나 시간이 부족하다고 느낀다면, 시간을 만들어서라도 글을 써야 한다.

이를 위한 첫 번째 단계는 지금 자신이 뭘 하려는지 명확히 자각하는 것이다. 초보 작가들의 경우, 주변 친구들과 가족의 말에 휩쓸려 글쓰기를 일이 아닌 취미 정도로 인식하는 경향이 있다.

하지만 글쓰기는 취미가 아니며, 작가는 배관공, 교사, 의사와 같은 직업이다. 글을 쓰는 사람이 자기 일을 진지하게 생각하지 않으면 누구도 그 일을 대접해주지 않는다. 작가가 키보드나 노트를 앞에 두고 책상에 앉는 순간은, 다른 사람들이 의대 수업이나 목공 수업을 듣고 건축 회사에 다니는 것만큼 필수적이고 중요하다.

얼마 전 지인들의 초대로 조촐한 저녁 식사 자리에 다녀왔다. 가보니 작가가 되고 싶어 하는 지인도 와 있었다. "어떻게 되어가고 있어요?" 하고 내가 물었다.

"작업 중이에요." 그가 대답했다.

"'작업 중'이라는 게 뭔지 잘 모르겠는데요. 뭘 쓰고 있는 건가요, 아니면 글 쓸 생각만 하고 있는 건가요?" 내가 또 물었다.

주변 사람들의 표정이 난처해졌고(내가 여간해서는 모임에 초대받지 못하는 이유가 이와 관련 있는 듯하다), 질문을 받은 남자는 몸을 들썩였다가 우왕좌왕 우물쭈물 왔다 갔다 하더니만 별안간 UFO가 출몰해 이야기 화제가 바뀌기를 바라는 사람처럼 창밖을 응시했다(이런 서술 기법을 '목록화'라고 한다). 창밖에 아무것도 나타나지 않자 끝내 그는 지난 몇 달간 글을 쓰지 않았노라고 실토했다. "그래도 생각은 자주 하고 있어요"라는 변명과 함께.

이 남자의 말을 다른 맥락에서 생각해보자.

"올림픽 대회에 출전한다면서요? 어떻게 되어가고 있어요?"

"작업 중이에요."

"실제로 훈련하고 있다는 거죠?"

"아뇨. 몇 달째 훈련은 안 했지만, 계속 생각은 하고 있어요."

큰 대회에 나가기 하루 전날에야 훈련을 시작하는 운동선수는 없다. 운동이 숨쉬기처럼 당연한 습관이 될 때까지 매일 훈련을 반복할 것이다. 즉 생각을 행동으로 옮겨야 한다. 지난달부터 한 장도 쓰지 못한 채 카페에서 노트북만 펼쳐 놓고 앉아서 누군가 "어머, 작가세요?" 하고 물어보길 기다리는 게 아니라, 실제로 글쓰기를 해야 한다는 뜻이다. (당신이 누군지는 스스로 잘 알지 않나. 그러니 허튼짓은 그만하길.)

2단계는 합리적이고 현실적인 목표를 세우는 것이다. 먼저 12개월 안에 무엇을 완성할지를 정하자. 소설 한 편, 영화 각본 한 편, 혹은 단편 소설 세 편으로 목표를 정했으면 분량을 나눠보자. 평균적으로 소설 한 편은 10만 개의 단어로 이뤄진다. 그렇다면 하루 평균 약 285개 단어를 써내야 한다. 그래 봤자 한 페이지가 조금 넘는 분량이다. 별것 아니지 않은가? 존 스타인벡은 말했다. "500쪽이나 되는 글을 써야 한다고 생각하면 실패할 것 같은 불안이 엄습한다. 절대 해내지 못할 것만 같다. 하지만 어느새 차근차근 한 페이지씩 쓰게 된다. 나는 딱 하루 분량만큼의 글쓰기만 고민하면 된다."

매일 하루에 한 페이지씩 쓴다고 치면 1년에 영화 각본 세 편, 드라마 대본 일곱 편, 혹은 단편 소설 열여덟 편을 완성할 수 있다. 이게 부담스럽다면 하루에 60단어씩, 즉 3분의 1페이지씩 쓰는 것을 목표로 잡자. 그러면 1년에 영화 각본 한 편, 혹은 단편 소설 세 편을 완성할 수 있다. 처음부터 산꼭대기에 오르려고 욕심을 부리기보다 한 걸음씩 발을 뗄 때서 도착하는 것에 집중하자. 글쓰기를 하루 빼먹었다고 해서 다음 날 작업량을 두 배로 늘릴 필요는 없다. 그랬다가 그 분량마저 채우지 못하면 더욱 뒤쳐졌다는 조바심에 목표를 이루지 못할 것 같다는 불안이 증폭될 수 있다.

상황이 여의치 않으면 평소보다 한 시간 일찍 일어나서 집, 아파트, 기숙사가 조용할 때 작업을 해보자. 혹은 모두가 잠드는 야심한 시각을 활용하자. 아무도 당신의 글쓰기를 방해해서는 안 된다. 방금 한 말은 무척 중요하다. 당신이 글을 쓰는 동안에 누군가 주변에 있다면 그들에게 반드시 양해를 구하자. 비록 옆방에서 글을 쓰고 있을지라도 사실 당신은 화성에 동떨어진 사람처럼 아예 다른 세상에 가 있는 셈이고, 무슨 일이 있어도 방해를 받아서는 안 된다.

되도록 매일 같은 시각, 같은 장소에서 글을 쓰는 것이 좋다. 상태 의존 학습법을 연구하던 학자들이 특정 주제에 관한 수업을 A 교실에서 진행한 후에 학생들을 두 집단으로 나눠 시험을 보게 했다. 시험 장소는 A 교실과 B 교실로 나눴다. 시험 결과, A 교실에서 시험을 본 학생들이 나머지 학생들보다 대부분 시험 성적이 좋았다. 정보를 습득한 장소에서 시험을 보면 시각적·공간적·정서적 신호들이 배운 내용을 더 잘 떠올리도록 돕기 때문이다. 이와 비슷하게, 매일 같은 시각, 같은 장소에서 글을 써 버릇하면 두뇌가 전날 작업한 내용을 좀 더 수월하게 떠올린다. 시간을 낭비하지 않고 더 빨리 작업에 착수할 수 있다.

마음의 준비를 마치고 글 쓸 시간과 장소까지 확보했으면, 매 순간을 최대한 알차게 활용하는 것이 마지막 3단계다. 시간을 충분히 들여 전날 쓴 글에 이어 무엇을 더 쓸지 계획하고, 만족스러운 첫 문장이 떠오를 때까지 고민하자. 분량을 다 채웠는데도 이야기가 계속 떠올라 더 쓰고 싶은 때가 찾아올 수도 있다. (시간 활용법에 관한 조언은 #6. '뮤즈와 만난다는 것'편을 참고하길.) 그 시간에 괜히 글을 다듬으려고 하지 말자. 다듬기는 초고를 완성한 후에 실컷 해도 된다. 글을 완성하지 못하면 다듬어봤자 아무 소용없다. 일단은 새 문장을 최대한 많이 쓰는 것에 집중하자.

하루 분량을 채웠으면 깔끔히 털고 일어나자. 머릿속에서 말들이 쉴 새 없이 쏟아지고 있다면, 집중력이 유지되는 한 작업을 계속해도 좋다. 다만 오늘 목표를 초과했다고 내일 쉬어도 된다는 뜻은 아니다. 내일에도 최소한의 작업량은 채워야 한다. 정해둔 작업량을 놓고 흥정할 생각은 말기를. 무조건 루틴을 지키자. 슬슬 자신감이 붙으면 작업량을 조금씩 늘려가보자. 하루에 1페이지를 겨우 쓰다 2페이지를 거뜬히 작업하는 날이 온다면, 마음껏 자축해도 좋다.

글을 많이 쓰면 많이 팔 수 있고, 많이 팔면 그만큼 돈을 벌 수 있다. 돈이 많아지면, 창작에 집중할 시간이 그만큼 늘어난다.

생각만 하지 말고 당장 글을 쓰자.

시간이 없다고 고민할 시간에 시간을 만들자.

그리고 똑바로 앉자. 벌써 자세가 구부러졌다.

그거 습관이다.

#17.   작가의 가치

1부를 마치기 전에 짧게 힘이 되는 말을 전하고 싶다.

　우리 대부분은 무언가를 수집한다. 지갑, 넥타이, 노트북, 휴대폰, 호텔 열쇠, 머그잔, 티셔츠, 스포츠팀 응원 현수막, 상실감, 콘서트 티켓, 작가의 경우라면 수없이 많은 거절의 말들 등등.

　나는 만년필을 수집한다. 아주 오랫동안 두 개를 번갈아 가며 사용하다가, 세 번째 만년필을 들이면서부터 본격적인 수집가의 길로 들어섰다. 현재는 100개 가까이 되는 만년필을 가지고 있다. 각각의 색깔과 디자인, 모양이 마음에 들고 손에 쥐었을 때의 감촉과 잉크가 종이에 번지는 모습을 좋아한다. 대부분이 20달러에서 30달러면 살 수 있는 저렴한 제품들이지만 수백 달러짜리도 더러 있다. 또 가격을 밝힐 수는 없지만 순전히 예쁘다는 이유로 말도 안 되게 비싼 돈을 주고 장만한 제품들도 있다.

만년필을 수집하게 된 건 그것에 깃든 장인 정신과 아름다움이 좋아서다. (고급 만년필에 빠지게 된 무렵, 내 글쓰기도 아름다움을 추구하게 된 것은 결코 우연이 아니다.) 부드럽게 흘러나오는 잉크, 주기적으로 잉크를 채워 넣고 만년필을 세척하는 행위, 만년필을 쥘 때마다 조금씩 구부러지는 펜촉의 감각, 그리고 만년필이 온전히 나의 것이 되어가는 느낌이 참 좋다. 가장 마음에 드는 건, 내 글쓰기의 역사를 만년필들이 간직하고 있다는 사실이다. 어떤 만년필을 쥐면 그걸로 써 내려갔던 과거의 글들이 떠오른다. 그렇게 나는 글쓰기란 하나의 예술이며, 고귀한 직업이자 경건한 노동임을 날마다 깨닫는다.

이 책 앞부분에서 나는 "자고로 작가는 할리우드에서 가장 중요한 사람들이지만 그 사실을 절대 알려서는 안 된다"라는 어빙 솔버그의 말을 인용한 적이 있다. 슬프게도, 이렇게 말하는 사람은 솔버그만이 아니다. 평론가들은 거의 무조건적으로 감독에게만 모든 공을 돌려 작가의 존재를 무시하거나 조롱한다. 작가 되기를 대수롭지 않게 생각하는 일반 대중의 평가도 별반 다르지 않다. 술집에서 처음 만난 사람에게 작가라고 당신을 소개하면, 상대는 어김없이 독한 술을 권할 것이다.

작가로 정착하기까지의 세월은 불신과 의심으로 점철될 수밖에 없다. 작가가 되겠다는 꿈은 자의식 과잉의 발로로 치부되며, 성공의 가능성은 희박하거나 아예 없다고 여겨진다. 따라서 초보 작가가 익혀야 할 가장 중요한 덕목은 단연 끈기다. 작가로 살아가기의 과정은 벌들이 들끓는 양동이에다 손을 집어넣고서 사람들에게 인정받을 때까지 몇 년이고 버티는 것과도 같다.

"나는 작가입니다"라고 말했을 때 비웃거나 무시하는 사람들이 있다면, 다음과 같은 사실을 유념하자.

작가는 세상을 바꾸는 존재다.

작가는 과거에 맥락을 부여하고, 현재에 질문을 던지며, 미래를 창조하는, 그리고 이 모든 것을 동시에 해내는 존재다.

인류가 한 발자국씩 진보할 수 있었던 건, 새로운 생각과 그걸 담은 말들, 그리고 그 말들을 유려하게 표현해 사람들이 한 가지 목적을 꿈꾸고, 제도를 만들고, 조약을 맺고, 혁명을 일으키고, 문화를 바꿀 수 있도록 이끈 사람들의 능력 덕분이었다. 작가 지망생이건 기성 작가이건, 글을 쓰는 당신은 동굴 끄트머리에 서서 바깥세상을 바라보고 상상했던 최초의 이야기꾼과 이어져 있다. 그 사이에는 어니스트 헤밍웨이, 윌리엄 셰익스피어, 마크 트웨인, 제인 오스틴, 프란츠 카프카, 알렉상드르 뒤마, 단테 알리기에리, 에밀리 디킨슨, 제프리 초서, 에밀리 브론테, 소포클레스가 존재했다. 만일 누군가 이들에게 당신은 누구이며 뭘 하는 사람이냐고 물었더라면, 이들은 망설임 없이 "나는 작가입니다"라고 대답했을 것이다.

바로 당신이 작가이듯이.

당신도 이들과 똑같이 중요하고 고귀한 일에 가담한 존재다.

공감 능력은 인류 사회의 필수 조건이다. 원시 사회에는 공감 능력이 자기 종족에게만 국한되었다. 강 건너 다른 종족은 무시무시한 적으로 여겨졌다. 그 부족과 맞닥뜨려 그들이 극악무도하지 않다는 것을 알았을 때에야 비로소 사람들은 그들에 대해서도 공감 능력을 갖게 되었다. 저 멀리 언덕 반대편에 사는 종족은 여전히 적으로 여겨졌지만.

공감의 범위가 퍼지면 문명도 함께 발전한다.

반대로 공감의 범위가 줄어들면 문명도 그만큼 후퇴한다.

작가들은 바로 그 공감 능력을 전파하는 사람들이다. 우리가 맡은 바를 다했을 때 우리의 글은 사람들에게 힘을 주며, 그들의 삶을 풍요롭고 우아하게 만든다. 독자들은 우리의 글을 통해 계층과 신분, 인종이 달라 만나본 적 없는 사람들의 생각을 이해하게 되고, 전혀 다른 줄 알았던 사람들의 마음에 공감하게 된다. 독자는 우리가 만들어낸 인물에게 애정을 쏟고, 그가 숱한 장애물을 극복해 끝내 성공하기를 바란다. 바로 이런 이유로 작가와 예술가는 사람들의 분열로 이익을 취하는 사람들에게 공격받아 왔으며, 앞으로도 계속 그런 존재일 것이다.

작가는 언제든 다른 누군가로 교체할 수 있을 만큼 흔해 빠진 글쟁이가 아니다.

작가는 인간 마음의 경도와 위도를 측정하는 탐험가다.

또 작가는, 문명이 종말을 고한 후에도 길이 남을 언어의 대성당을 짓는 건축가다. 로마 제국이 멸망한 후에도 베르길리우스의 글은 남았다. 인류 역사상 손꼽히게 강력한 군사력을 보유했던 나치 정권이 산산이 부서져 역사의 뒤안길에 묻힌 후에도 안네 프랑크의 고운 말들은 지금까지도 살아 숨쉬고 있다.

작가는 과거를 가리키며 우리가 지나온 곳이 여기라고 말하고, 미래를 가리키며 우리가 가게 될 곳, 우리가 꿈꿔야 할 곳은 여기라고 말하는 시간 여행자이기도 하다. 동시에 현재를 충실히 살아가며 우리는 누구이며, 우리보다 먼저 존재했던 자들을 어떻게 기억하고 우리 뒤에 올 자들을 위해 무엇을 해야 할지 질문을 던지는 존재다.

수 세기 동안 작가들이 쌓아 올린 이 유산은 모든 작가의 피에 흐르고 있다. 우리는 날마다 다양한 방식으로 그것을 기억해야 한다. 나는 만년필을 쓰다 손가락에 묻은 잉크를 볼 때면, 비슷한 경험을 했을 윌리엄 예이츠와 버지니아 울프를 떠올리고, 작가 손끝에 문신처럼 새겨진 그 흔적을 볼 때마다 자부심과 겸손함을 동시에 느낀다.

글을 쓰려고 자리에 앉는 순간의 당신은, 대단하지만 지극히도 불완전한 인간의 이야기를 지어내 예술과 아름다움을 창조하는 존재가 된다. 끈기와 운이 따른다면, 당신의 이야기는 수백 년이 지나도록 읽히고 기억될 것이다.

작가의 일은 명예롭고 고귀하며 우아하다.

세상이 하는 말에 휩쓸려 이 사실을 잊지 말자.

2부

장르문학 작가로 살아가기

#1. 당신은 누구입니까? 버전 2.0

축하한다! 수년간 마음고생을 한 끝에, 이제 당신은 영화 스튜디오나 방송사, 잡지사, 또는 출판사에 글을 파는 작가가 되었다. 작가에게 가장 중요한 질문, 즉 글로 먹고살고 있느냐는 질문에 대한 당신의 답은 정해졌다. 글로 먹고살고 있다는 것! 그럼 이제 뭘 해야 할까?

작가이자 예술가로서 계속 도전하고, 더 높은 목표를 향해, 더 좋은 글을 쓰기 위해 능력의 한계를 밀어붙일 차례다. 앞으로 기울여야 할 노력은 이전까지의 노력과 비교도 안 되게 힘들 것이다. 누구나 경주를 시작할 수는 있어도 아무나 끝까지 완주할 수 있는 건 아니다.

이미 소설을 발표한 작가라도, 그리스신화 속 히드라의 머리처럼 자라난 소포모어 징크스*가 두 번째 작품을 작업하지 못하게 발목을 자꾸만 잡아끄는지도 모르겠다.

어느 정도 돈을 버는 작가라도, 어떻게 수입을 극대화할지 고민하고, 생활비를 벌기 위해 남들이 시키는 글을 쓰기보다 진짜 원하는 글을 쓸 만큼의 안정을 바라는지도 모르겠다.

혹은 드라마 대본을 몇 편 팔아본 프리랜서 작가라도, 정기적인 일자리를 찾고 있거나 영화 쪽으로 진출할 방법을 모색 중인지도 모르겠다.

꽤 성공한 작가라도, 언젠가부터 참신함이 시들해졌다는 이유로 작품 의뢰 건수가 줄어들어 예술가로서 다시 한번 도약하고 싶은지도 모르겠다.

한 가지 형식이나 장르만 다루다 보니 글쓰기가 지루해졌거나, 어이없는 수정 의견을 받아 난감하거나, 현재 상태에서 되고 싶은 상태로 발전할 수 있게 새 기술을 터득하고 싶거나, 다른 작가와 협업하고 싶은지도 모르겠다.

그것도 아니면 잠시 헤매고 있는지도 모르겠다. 글쓰기라는 불확실한 일의 세계에 갇혀 살다 보면 자기 자신과 일의 의미를, 또 창조의 동력을 잃기가 쉽다.

정말 그렇다면, 당신은 혼자가 아니다. 우리 모두 그렇게 버티고 있다.

그러니 이 책을 계속 읽기를.

---

* 첫 작품에서 성공한 후 내놓은 두 번째 작품이 첫 작품에 비해 흥행이나 완성도에서 부진한 상황.

주의 사항

작가로 먹고사는 것의 단점이라고 한다면, 다른 인간에게 우리의 이야기를 팔아야 한다는 것이다. 때로 그들은 원고 수정에 관해 별난 의견을 내놓는다. 우리는 그런 걸 '피드백'이라고 부른다. 피드백은 때로는 도움이 되지만 매번 그런 것은 아니며, 가끔은 어처구니없을 때도 있다. 지나가던 길고양이가 그 내용을 들으면 의견 제시자를 막아야 한다는 일념으로 별안간 인간의 말을 배워, "대체 당신은 뭐가 문제죠?"라고 말할 만큼. 아마 길고양이는 그 길로 귀뚜라미를 사냥하러 가거나 디즈니와 전속 계약을 맺게 될 것이다.

어쨌든 중요한 것은 공격적으로 반응하거나 당황하지 않고, 동시에 작가로서 예술적 상상력을 양보하지 않으면서 그런 피드백에 건설적으로 대응하는 방법이다.

대개 작가는 자기 작품을 신성 불가침하다고 여겨 수정할 곳이 한 군데도 없다고 믿는다. 운이 좋다면 원고를 넘기고 몇 주 동안은 그 믿음이 흔들리지 않을 테지만, 머지않아 원고를 다시 읽어보면 자신이 저지른 실수와 논리적 오류, 아쉬운 문장들, 창작 행위와 거리를 두고 바라보면 확연히 드러나는 결점이 눈에 띌 것이다. 다른 누군가가 객관적으로 원고를 검토해 우리를 구해준다면 참 좋겠지만, 그런 일은 극히 드물다. 모두가 각자의 자리에서 주관적으로 평가할 뿐이다. 게오르크 크리스토프 리히텐베르크*는 평론가에게 이렇게 응수했다고 한다. "책은 거울과 같다. 얼간이가 들여다보는데 거기서 선구자가 보일 리 없다." 당신이 아닌 누군가가 무조건 당신보다 똑똑하다거나 당신의 창작 과정과 방법, 창작물을 평가할 자격이 충분한 것은 아니다.

그래도 지금까지 내가 만난 여러 편집자와 제작자는 자신의 평가가 주관적이란 것을 인정하고, 내가 보지 못한 오류까지 정확히 집어낼 줄 아는 사람들이었다. 그들은 창작자가 아니기에 사심 없이 글을 대했고, 그러한 거리감은 큰 도움이 되었다. 작가는 자신이 만든 어항 깊숙이 들어가 사는 사람이기에 모두에게 빤히 보이는 것을 놓칠 때가 많다.

피드백에 대처하기 위해서는 첫 번째로 상대가 얼간이인지 선구자인지를 판단해야 한다. 당신의 원고를 읽은 사람이 재능

---

*   18세기 독일의 물리학자이자 풍자 작가.

있는 작가거나, 사람을 대하는 법을 아는 제작자이거나, 기분을 상하게 할지언정 솔직하게 평가해주는 친구 또는 가족이라면, 선의와 약간의 희망을 품고서 피드백을 받아들여도 좋다.

똑똑한 피드백은 단번에 알아볼 수 있다. '글쓰기를 위한 글쓰기 수업'편에서 다룬 건설적 평가 사례와 닮았다고 보면 된다. 통찰력이 담긴 피드백은 작가가 창작 과정에서 분명 고려했음에도 어쩌다 반영하지 못한 아이디어를 대신 제시하기도 한다. 도입부가 너무 느리게 전개되니 좀 더 조일 것을 요구하거나, 너무 빠르니 인물들이 숨을 쉴 수 있게 전개 속도를 늦추자고 제안하는 식으로 말이다. 똑똑한 피드백은 서사의 논리적 허점을 지적하고, 작가가 묘사한 기술의 문제점, 사실과 다른 정보, 우연의 연속으로 전개되는 플롯의 허술함, 일관성이 떨어지는 인물 묘사(겁쟁이 인물이 별다른 변화의 계기 없이 갑자기 영웅처럼 행동하는 것이 일례다. 인물은 점진적으로 변화하는 것이지, 전등처럼 확확 바뀔 수 없다) 등을 짚어낸다.

하나의 이야기가 책이나 영화로 만들어졌을 때, 그걸 접하는 독자와 관객은 누가 어떤 부분을 손댔는지 알 길이 없다. 누군가 좋은 아이디어를 제안해 결과적으로 당신의 이야기가 더 나아졌다면, 당신은 그 반짝이는 지혜를 함께 누리면 된다. 둘 중 누가 더 똑똑한지 가릴 필요도 없다. 좋은 피드백, 똑똑한 피드백을 받는다는 것은 참 멋진 일이다.

덜 떨어진 피드백은 다르다. 그런 피드백을 받았으면, 동의하는 부분과 그럴 수 없는 부분을 나눠 보아야 한다. 힘 있는 사람의 의견이라고 무조건 받아들여서 당신이 만든 인물이나 이야기에 맞지 않게 글을 고칠 필요는 없다. 그 사람은 작가가 아니다. 그가 제기하는 비판이 일면 타당하게 들릴지라도, 결국 그는 작가인 당신의 세계 바깥에 존재하기 때문에, 당신이 전하고픈 말의 미묘한 부분까지 진정으로 이해해주지 못한다. 이렇게 말하면 아니꼬워하는 편집자나 제작자가 분명 있을 테지만, 때로 어떤 피드백은 무지와 자존심, 공식에 대한 맹목적인 집착, 이야기의 목적에 대한 몰이해 등으로 인해 잘못 생기기 마련이다.

MGM이 제작해 CBS가 방영한 〈환상특급〉을 작업하던 시절, 한번은 톰 고드윈의 단편 〈차가운 방정식〉을 원작으로 어느 외부 작가가 집필한 대본 편집을 내가 맡게 되었다. 질병으로 멸망위기에 놓인 행성을 구하러 긴급 연락선이 길을 떠난다. 속도를 높이고 연료를 아끼기 위해 불필요한 짐은 남김없이 내버려야한다. '탱크'마저도 다 채울 수 없어 긴급 연락선에 실린 것은 조종사 한 명을 태울 만큼의 연료와 행성 환자들이 절실히 기다리는 의료품뿐이다.

그런데 목적지에 가는 도중에 조종사는 선내에서 밀항자를 발견한다. 열여섯 살의 소녀는 조종사가 구하러 가는 사람들 중한 명의 여동생이다. 오빠가 걱정되고 보고 싶은 마음에 앞으로 어떤 일이 생길지도 모른 채 긴급 연락선에 숨어든 것이다. 이대로 가다가는 소녀의 체중 때문에 긴급 연락선의 무게가 무거워져 목적지까지 갈 연료가 부족해지고 만다. 그러면 긴급 연락선은 도중에 추락하게 되고, 소녀의 오빠를 포함한 목적지 행성 사람들은 죽음을 맞이하게 된다. 원래 행성으로 돌아가더라도 의료품을 전달하지 못해 목적지 행성 사람들은 전부 죽게 된다.

조종사는 어떻게든 버티기 위해 버릴 수 있는 장비를 죄다 버리지만 역부족이다. 긴급 연락선이 목적지까지 무사히 도착해 수백 명을 구할 유일한 방법은, 조종사와 소녀 중 하나가 긴급 연락선 바깥으로 나가는 것이다. 그런데 긴급 연락선을 조종할 줄 아는 건 조종사뿐이므로 나가야 할 사람은 소녀일 수밖에 없다. 결국 소녀는 오빠와 모두를 살리기 위해 자신이 해야 할 일을 깨닫고, 눈물을 머금으며 긴급 연락선 바깥으로 몸을 던진다.

이렇게만 들어도 결코 가벼운 코미디 작품이 아니다. 이 이야기는 불변의 물리 법칙, 즉 X만큼의 연료는 Y만큼의 인간을 태우고 Z만큼의 거리만 갈 수 있다는 등식을 엄격히 고수하며, 그렇기에 '차가운 방정식'이라는 이름이 붙었다. SF 쪽에서는 높이 평가받는 명작이다. 그런데 MGM 쪽이 딴지를 걸었다. 결말이 너무 '우울'하니 내용을 바꾸자는 것이었다. "조종사가 해법을 찾아내는 걸로 하죠. 그렇게 만드는 게 뭐 얼마나 어렵겠어요?" 수화기 너머 제작진 중 한 명이 다소 큰 소리로 이렇게 말했다. "아슬아슬한 순간까지만 갔다가 마지막에 조종사가 소녀를 살려서 무사히 행성에 도착해 소녀와 오빠가 재회하는 결말로 만듭시다."

"좋아요. 그런데 무슨 수로요?" 내가 물었다. "이건 수학의 문제라고요."

"아무도 신경 안 써요!"

"내가 신경 씁니다. 원작의 이야기를 알고 그게 제대로 리메이크되기를 바라는 사람들도 마찬가지예요."

며칠 간격으로 새 결말을 제안하는 피드백이 도착했다. 논리적으로 말이 되는 의견이 하나도 없었기에 나는 계속 거부했다. 가슴 아픈 결말을 바꾸겠다고 공상과학 소설에서 과학을 빼버리면 대체 뭐가 남는단 말인가. 내가 버틸수록 제작자도 자기 의견을 밀어붙였고, 그렇게 몇 차례 의견이 오갈수록 대화는 점점 더 격해졌다. 평소였다면 대본을 폐기했을 테지만 이미 대본 예산을 거의 다 써버린 후라 MGM은 우리에게 단 한 푼도 돈을 더 줄 수 없는 형편이었다. 그러니 무조건 이 대본이 무서운 결말이 아니라 행복한 결말로 끝나야 한다는 것이었다. 무조건.

총괄제작자 마크 쉘머딘(이 책에서 언급할 '뱀잠자리 유충법'편 대본을 구매한 제작자와 동일 인물)은 내 작업을 늘 좋게 평가해 나와 스튜디오 사이를 조정해주고는 했는데, 당시에는 그마저도 한 발 물러섰다. "그냥 원하는 대로 해주는 게 좋겠어요. 그래 봤자 대본 한 편인걸요."

하지만 나는 고집을 꺾지 않았다.

제작진 측에서 완벽한 결말이 떠올랐다며 최후통첩을 보내왔다. (지금도 생생한) 내 기억에 따르면, 내용은 이러했다. "이야기 전반부는 그대로 둬서 소녀가 긴급 연락선을 나가는 것이 유일한 해법이란 걸 암시하고, 소녀가 그러기로 마음먹는 장면까지만 보여주는 겁니다. 그런데 다음 장면에서 행성에 착륙한 긴급 연락선의 문이 열리고, 소녀가 무사히 밖으로 나와요. 그리고 그리운 오빠 품에 안기죠. 뒤로 조종사가 보이는데 두 다리가 잘려 있어요. 무게를 줄이려고 자기 다리를 내버린 거죠."

덜 떨어진 피드백의 신전이란 게 있다면, 그의 마지막 말은 단연 맨 꼭대기에 올라야 할 것이다. 나는 당연히 그의 의견을 거부했다. 그리고 계속 그렇게 이야기를 망칠 생각이면 내가 작품에서 하차하겠다고 선언했다. 나도 그렇게까지 나가고 싶지는 않았으나, 가끔은 좋은 이야기를 만들기 위해 위험을 감수해야 할 때가 있다. 며칠간 아무 연락도 오지 않았다. 정말 하차하게 됐구나 싶어 마음의 준비를 하던 차에 결국 제작진이 내 의견을 받아들여 원래 대본대로 촬영이 진행되었다. 그 화는 시즌을 통틀어 가장 인상 깊은 에피소드로 호평받았다.

당신과 당신 작품에 아무런 권한도 없는 사람이 덜 떨어진 의견을 제시한다면, 가뿐히 무시하고서 계속 이야기를 쓰면 된다. 그런데 권한을 가진 사람이 그런 의견을 제시하며 당신의 작업 방향성에 강하게 의문을 제기한다면…… 그래도 당신은 당신의 이야기를 밀고 나가야 한다.

강의에서 이렇게 말하면 어김없이 누군가는 묻는다. "선생님처럼 경력이 많은 작가가 그렇게 하는 거야 쉽죠. 하지만 이제 막 사다리에 오르는 초보 작가는요? 우리는 당신만큼의 힘도 없는데요."

아니다. 당신에게도 힘이 있다. 낭패를 보더라도 처음부터 그 힘을 확실히 행사하는 것은 중요하다. 타협은 교활한 뱀과도 같아서 한 마리만 들여도 순식간에 증식한다. 게다가 잃을 게 없는 지금부터 타협해 버릇하면 잃을 게 많은 나중에도 타협하게 되지 않을까? 비겁함은 축적되며, 용기 또한 마찬가지다. 자기 의견을 고수할 줄 아는 법을 터득해두면 괜히 고민하거나 불안해할 필요가 없어진다. 소신을 지키는 것이 숨쉬기처럼 자동 반사적인 일이 되기 때문이다.

가진 능력이 얼마건, 얼마만큼의 경력을 쌓았건 간에, 모든 작가가 가슴에 새길 말은 이것이다.

진실된 글을 썼다면 아무것도 중요하지 않다.

진실되지 않은 글을 썼다면, 이 역시 아무것도 중요하지 않다.

절대 타협하지 말라는 조언을 비협조적으로 굴라는 말로 오해하지는 말자. 남의 의견을 수용해 작품이 개선된다면 기꺼이 받아들여라. 처음부터 다짜고짜 핵무기를 들이밀지 말라는 뜻이다. '차가운 방정식'의 경우, 나는 발사 코드를 입력하기 직전까지 제작진을 설득하려 노력했다. 제작진이나 편집자, 출판사 등과 이견이 생길 때마다 나는 확실한 원칙을 유념하고서 싸움에 뛰어든다. 나는 상대에게 유난스럽게 행동하지 않을 것이고, 상대 또한 내게 갑질을 해서는 안 된다. 우리는 둘 중 누구라도 각자 견해를 상대에게 납득시킬 때까지 대화로 이 문제를 풀어 나간다. 그러니 '차가운 방정식'의 제작진이 이거 아니면 안 된다고 못 박는 순간, 나로서는 전쟁을 뜻하는 데프콘 1단계를 선언하지 않을 수 없었다.

물론 대다수의 경우에는 단순하고 생산적으로, 또 능수능란하게 갈등을 해소할 수 있다. 왜 이 제작진이 이런 피드백을 주었는지를 따져 보면, 자기 의견이 존중받고 자기가 창작 과정에서 쓸모 있다는 것을 인정받고 싶어서인 경우가 많다. 그런 사람을 상대하는 방법이야 무궁무진하다.

첫 번째 방법은 그냥 내버려두는 것이다. 시간이 흘러 수정본을 넘길 때 즈음이 되면 자기가 어떤 의견을 냈었는지 기억도 못 하는 경우가 허다하다.

또 다른 방법은 자신을 낮추면서 상대방을 치켜세우는 것이다. "정말 멋진 피드백이네요. 훌륭한 아이디어라고 생각해요. 그래서 그 의견을 반영하려고 온갖 방법을 시도해봤지만, 이야기 전개상 반영하기 어려웠어요." 피드백을 준 상대방은 실망하겠지만, 당신이 그의 의견을 새겨들어 존중하고 그걸 반영하려 최선을 다했다는 걸 알기에 아마도 더는 억지 부리지 않고 당신의 앞날을 축복해줄 것이다.

혹은 당신이 연기에 진지하게 소질이 있다면 거짓말로 상대방을 홀릴 수도 있다. 등장인물이 문으로 걸어 들어오면 너무 뻔하니 창문으로 들어오게 해서 극적인 효과와 놀라움을 주자는 피드백을 받았다고 쳐보자.

일단은 미소를 띤 얼굴로 고개를 끄덕이며 그 의견을 받아 적어라. 34층 건물이 배경이니 애초에 말이 안 된다는 걸 잘 알더라도 말이다. 설령 인물이 그렇게나 높은 건물의 외벽을 오를 수 있다 한들 뜬금없이 34층 창문으로 들어오면 다른 인물들은 화들짝 놀라기 마련이고, 그러면 장면의 방향이 아예 틀어지게 된다. 한마디로 이건 덜 떨어진 피드백이다. 하지만 제작진이 완강하고 당신은 곧 죽어도 이 작품을 포기할 수 없다면?

정말 그런 상황에 놓였다면, 일단 수정본을 넘기기 전까지 최대한 시간을 끌어라. 촬영 일정에 무리가 가지 않을 만큼만 원고 제출을 미루다가 제작진에게 원고를 건넬 때 이렇게 말해보자. "저번에 등장인물이 창문으로 들어오는 게 개연성이 떨어지니 문으로 걸어 들어오는 게 좋겠다고 의견을 주셨죠? 처음에는 확신이 서지 않는데, 일단 바꿔보니 정말 당신 말이 맞았어요.

훨씬 나아졌어요."

그즈음 제작진은 자신이 문과 창문에 대해 무언가 말했었다는 것을 어렴풋이 기억만 하고 있을 것이다. 그리고 당신이 그 사람의 의견을 인정했다는 것을 듣자마자 당신의 협조적인 태도를 높이 사서 원고를 좋게 봐줄 것이다. 자신이 받아든 원고가 이전 것과 똑같다는 사실은 까마득히 모른 채.

이 방법이 얼마나 효과적인지 당신들은 상상도 못 할 것이다.

또 내가 이 방법을 얼마나 자주 써먹었는지도.

안타깝게도 이 책에 다 털어놓았으니 나는 다시 이 방법을 쓸 수 없게 되었다. 이제 이 방법은 순전히 당신들을 위한 것이다.

나는 드라마를 제작할 때마다 규칙을 하나 세워둔다. 배우, 제작진, 청소부, 누구건 상관없이 날 찾아와서 "조, 이거 너무 이상해요"라고 말할 수 있다는 것. 타당한 이유를 대기만 하면 쫓겨날 일은 없다. 크나큰 오류를 지적한 사람에게 보너스를 주기도 한다. 대본을 만드는 단계에서 발견했으니 망정이지 100만 명이 작품을 본 후에야 발견했다가는 정말 큰일이기 때문이다.

이 주제에 관해 마지막으로 하고픈 말이 있다.

타협하지 않는 작가라고 하면, 어쩐지 베레모를 쓰고 다니면서 매사에 신경질적인 아마추어 예술가가 떠오른다. (왜 베레모인지는 모르겠지만 그냥 생각이 났다.) 자기 작품을 품에 안고서 "아니, 절대 안 돼. 내 작품에 손도 대지 마. 나는 '예술가'라고!" 이렇게 외치는 모습이 눈에 선하다.

엄밀히 말해 그런 태도는 프로페셔널한 것이 아니라 자존심과 자만심, 그리고 어마어마한 불안함의 발현일 뿐이다.

내가 말하는 타협은 다르다.

잠시 스스로를 솜씨 좋은 건축업자라고 상상해보자. 당신은 맡은 일을 잘 해내고 프로페셔널하다. 그래서 누군가로부터 집을 지어달라고 의뢰받게 된다. 여기까지는 아무 문제도 없다. 그런데 어느 날, 집을 짓고 있는데 건축을 의뢰한 사람이 와서는 무리한 요구를 하기 시작한다. 당신의 계획대로라면 무게를 지탱할 기둥을 세워야 할 자리에 원가 절감을 위해 얇고 탄력이 부족한 기둥을 넣자는 것이다.

그 집을 손수 설계한 당신은 누구보다 집의 구조를 잘 알고 있다. 따라서 무게를 지탱할 기둥을 제자리에 세우지 않으면 언젠가 건축물이 폭삭 주저앉으리란 것도 안다. 그게 올해가 될지, 내년이 될지, 혹은 집주인이 집을 팔고서 10년이 지난 후일지 알 수 없지만, 언젠가는 분명 사고가 날 테고 그 사고는 당신의 잘못이다. 주택 위원회에 불려가 왜 엉뚱한 기둥을 썼느냐고 추궁받을 때 "고객이 시켜서요"라고 대답한다고 용서받을 수는 없다. 그러니 무리한 요구를 받으면 해고당할 위험을 감수하고서라도 거절할 줄 알아야 한다. 그리고 튼튼하고 안전한 집을 짓는 것에 집중해야 한다.

타협을 거부하는 이유가 자존심이나 자만심, 혹은 방종이어서는 안 된다. 제멋대로 구는 예술가여서가 아니라, 집의 안전을 지킬 책임이 있는 프로이기에 쉽게 타협해서는 안 되는 것이다. 집을 지으라고 당신을 고용한 사람과 대립하는 한이 있더라도 말이다. 상대방의 요구를 왜 받아들일 수 없는지 분명하고 정확하게 설명하고, 당신의 청사진대로 집을 짓기 위해 상대방을 설득하는 것이 당신의 의무다. 설득하는 데 실패한다면 그의 요구를 거부해도 좋다. 이후에 일어날 일은 그때 가서 생각하자.

독자나 시청자는 배우가 중요한 장면을 찍을 때 숙취에 시달렸는지, 그날 감독이 아팠는지, 혹은 작가가 얼토당토않은 피드백을 받아 9장의 내용을 억지로 바꿔야 했는지 따위를 신경 쓰지 않는다. 그들은 오직 결과물로만 평가한다.

그러니 당신의 일이자 의무는 글을 탄탄하게 만들어 작품이 무너지지 않도록 하는 것이다. 그러기 위해서는 똑똑한 피드백을 받아들이고 덜 떨어진 피드백에 맞서야 한다.

당신의 이야기를 밀고 나가라.

그러면 나머지는 알아서 굴러갈 것이다.

#3. 어둠의 에이전트

경력을 쌓다 보면, 작은 연못 속 물고기였던 사람도 큰물로 가
더 성장하고 싶어 한다. 대부분은 그 시점에 출판 에이전트를 구
하거나 TV/영화 전문 기획사와 계약한다. 후자의 경우는 좀 더
까다롭기도 하거니와 업계 특유의 문제와 얽혀 있으므로 일단
은 전자를 먼저 다루도록 하겠다.

로스앤젤레스에서 활동하는 작가가 다들 그렇듯이 나도 에
이전트를 여러 번 바꿨다. 내 경력이 발전하거나 방향이 바뀌면
서 자연스럽게 내린 결정이었고, 때로는 에이전시의 재정 상황
이 부침을 겪기 때문이었다. 처음에 계약한 곳은 '몬테이로 로즈
Monteiro Rose 에이전시'였다. 당시 나는(그리고 에이전시는) 애니
메이션과 소규모 라이브 액션* 쪽에서 주로 활동했다. 첫 에이전

시와는 15년을 함께 일했는데, 내가 프로듀서가 되어 그 에이전시의 전문 영역이 아닌 분야에서 주로 활동하게 되면서 그곳을 나왔다. 다음으로 계약한 곳은 '거쉬Gersh 에이전시'였다. 그러나 나는 장르 작가에 가까웠기에 거쉬 에이전시와 맞지 않는다는 것을 알게 되었다. 그렇게 '브로더 쿠를란드 실버먼Broder Kurland Silbermann 에이전시'와 계약하게 되었지만, 나와 회사 모두에게 별 이득이 없다는 판단이 서서 그곳과도 작별한 다음, '유나이티드 탤런트United Talent 에이전시'에 정착했다. 그런데 그 에이전시 소속 에이전트가 나더러 자신의 요구대로 원고를 써야 홍보해주겠다는 식으로 말하는 바람에, 나는 (어쩔 수 없이) 그곳을 한바탕 뒤엎고서 '크리에이티브 아티스트Creative Artists 에이전시'와 계약했다. 그곳의 TV 담당 에이전트와 1년 남짓 일하다가 2006년, 같은 에이전시 소속이던 마틴 스펜서를 내 에이전트로 고용했고, 지금까지 매체를 가리지 않고 들어오는 모든 일을 그에게 맡기고 있다.

마틴과는 15년째 함께 일하고 있다. 그가 크리에이티브 아티스트 에이전시를 나와 '인데버Endeavor'로 가고 다시 '패러다임Paradigm'으로 회사를 옮겼을 때도, 그 회사의 TV/영화 에이전트 대다수가 잘려나간 내부 구조조정을 겪을 때도, 나는 그와 함께했다. 이 책을 쓰고 있는 지금, 마틴은 새롭게 출발한 상태이고, 그가 가는 곳이면 나도 간다는 신뢰가 깨어진 적은 아직 없다. 이후 자세히 설명하겠지만, 에이전트와 고객의 관계는 지극히

---

*   애니메이션을 원작으로 하여 실제로 촬영한 영상물.

사적이며, 양쪽 모두의 믿음과 신뢰가 필수다. 할리우드 하면 에이전트를 둘러싼 흉흉한 소문이 많지만, 잘 맞는 에이전트를 만난다면 이야기는 달라진다. 내가 여기까지 올 수 있었던 것은 마틴이 날 믿어준 덕분이다. 이 업계에서는 아무도 당신을 믿지 않더라도 끝까지 당신 곁을 지켜줄 사람을 찾는 것이 중요하다.

에이전트를 구하는 작가들은 이렇게들 불평하고는 한다. "경력이 없으면 에이전트를 못 구하고 에이전트가 없으면 경력을 못 쌓아요. 이거 아주 딜레마라고요!" 언뜻 맞는 말 같지만, 찬찬히 뜯어보면 아니다. 각각의 조건을 따로 떼어 살펴보도록 하자.

'에이전트가 없으면 경력을 못 쌓는다.' 대형 방송사나 스튜디오에 글을 파는 것만 경력으로 생각하고 있다면, 이 말도 일리가 있다. 하지만, 소규모 스튜디오와 독립 영화 제작자들은 지금도 새로운 이야깃거리를 찾고 있다. 저예산 영화팀이나 자체 영상물을 기획하는 대학, 신생 제작사 또는 영화제 마켓을 통해 배급할 단편 영화를 구상 중인 감독 등, 틀림없이 누군가는 (작가조합의 최저 원고료를 감당할 여유가 없고 에이전시 소속 작가에게 접근하는 데 한계가 있을지라도) 좋은 대본을 찾고 있다.

그들과 일하는 것이 굉장한 경력이 되지 않더라도 괜찮다. 소박하게 시작해 이런저런 시행착오를 겪으며 기술을 익히고, 돈을 벌고, 그렇게 일하다 보면 에이전트 눈에 띌 기회가 찾아올 것이다.

'경력이 없으면 에이전트를 못 구한다.' 아예 틀린 말은 아니지만 진실도 아니다. 이 말이 정말 사실이었으면 미국 작가조합에 가입한 영화와 드라마 작가 명단은 매년 변동이 없어야 한다. 하지만, 해마다 에이전시를 통해 생애 첫 계약을 맺고 자기 글로 돈을 번 초보 작가들이 조합에 가입하고 있다. 숫자는 거짓말하지 않는다. 미국 작가조합에는 매해 300여 명의 신입 회원이 들어온다. 모두가 에이전시를 끼고서 방송사 또는 스튜디오에 작품을 처음 판매한 작가들이다.

문제는 모두가 잘못된 질문만 던지고 있다는 것이다. '물고기를 어떻게 잡죠?' 이렇게 물어서는 안 된다. 이 질문에 대한 답이야 간단하다. 물고기를 잡으러 가면 된다. 옳은 질문은 다음과 같아야 한다. 물고기를 잡을 때 가장 좋은 미끼는 무엇이죠? 물고기가 무슨 먹이를 가장 좋아하나요?

'에이전트를 어떻게 구하죠?' 지금 당신이 던져야 할 질문은 이것이 아니다. '에이전트가 원하는 게 무엇이고, 그를 낚으려면 어떤 미끼를 던져야 할까요?' 이것이 옳은 질문이다.

에이전트를 구하는 과정은 연애와 비슷하다. 모든 유형의 관계가 그러하듯, 연애할 때 상대방은 당신이 이 관계에 진심인지를 알고 싶어 하고, 당신을 믿고 수년의 시간과 에너지를 투자해도 되겠다는 확신을 얻으려 하며, 둘의 지향점이 비슷하기를 바란다.

'다 알겠는데요. 왜 유독 TV/영화 에이전트만 구하기가 이렇게 힘든 겁니까? 모두가 입을 모아 힘들다고 해요. 대체 왜 이러는 거죠?'

솔직히 말하면, 힘들지 않다. 이 말을 이해하려면, 일단 한 발자국 물러서서 당신의 현실을 점검해보아야 한다.

옛말에 이런 말이 있다. "이 세상에 사랑이 부족한 것이 아니라 그걸 담을 만한 그릇이 부족한 것이다." 에이전트를 구하고 싶으면 당신이 그럴 만한 그릇임을 증명해야 한다. 에이전트의 관심을 끌려는 허풍쟁이와 거짓말쟁이, 속 빈 강정, 괴짜, 사기꾼, 멍청이, 변덕쟁이, 투덜이 등이 차고 넘치기 때문이다. 말이 너무 심한 것 같겠지만, 현실이다.

지금도 해마다 수천 명의 작가, 배우, 영화감독 지망생들이 드라마와 영화업계에 진출하려는 부푼 꿈을 안고서 로스앤젤레스로 밀려든다. 배우 지망생의 경우, 대부분이 고향에서 외모로 한 가닥 하던 사람들이며, 어려서부터 고향 친구들과 가족에게서 "할리우드로 가서 영화배우 해도 되겠다!" 같은 말을 듣고 자랐다. 그들은 타이밍만 잘 맞으면 언제든 벼락스타가 될 수 있다는 연예계 신화에 현혹된 나머지, 그 기회를 잡으러 무작정 고향을 떠나 로스앤젤레스로 온다. 대다수는 연기 기술을 배우는 데 관심조차 없다. 지금까지는 노력하지 않아도 모든 걸 쉽게 얻었던 데다 다들 진짜 배우보다 스타가 되는 것에만 관심이 있기 때문이다.

로스앤젤레스에 도착한 순간, 그들은 미국(그리고 캐나다)의 다른 동네에서 외모로 한 가닥 하던 사람들 또한 로스앤젤레스에 와 있다는 참으로 유감스러운 현실에 눈을 뜬다. 그 애라고만 해도 모두가 알아듣던, 특별한 존재로 통하던 시절은 이제 지나고 없다. 그들은 월세를 벌어야 하지만, 인맥을 쌓고 프로필 사진을 찍고 사교 모임에 나갈 시간도 확보해야 하므로 식당 종업

원, 바리스타, 바텐더 같은 파트타임 일자리를 전전한다. 재능으로만 스타가 될 수 없으며 누구와 연줄을 만드느냐가 관건이라는 것을 모두가 알고 있다. 하지만 몇 주, 몇 달이 흘러 현실의 벽에 부딪힐 때마다, 그게 모두에게 통하지 않는다는 사실을 서서히 깨닫게 된다.

반년이 지나면 3분의 1 정도는 포기하고 고향으로 돌아간다. 남은 사람들 가운데 몇몇은 그제야 부족한 실력을 보충하려고 연기 수업을 듣고 워크숍에 등록하지만, 이미 너무 늦은 경우가 태반이고 그 노력마저도 부족할 때가 많다. 나머지는 기술을 연마하려고 노력하기는커녕 프로필 사진을 찍고 소셜미디어 계정을 운영하는 데 더 힘을 쏟는다. 눈을 뜨고 있는 매 순간을 인스타그램에 공개하고, 브랜드 홍보대사를 자처하고, 자신들의 재능을 단번에 알아볼 캐스팅 디렉터나 에이전트와 만나기를 기대하며 밤마다 클럽과 파티를 돌아다닌다. 하지만 그들의 헛된 희망은 번번이 부서진다. 결국 그들은 전형적인 약탈자들에 의해 성적·정서적·경제적으로 착취당하게 된다.

엔터테인먼트업계로 진입하든 거기서 나오든, 삶의 새 단계로 접어들기 위해서는 최대로 돈을 모아 그걸 갑옷으로 삼고서 불길에 뛰어드는 수밖에 없다. 불길을 무사히 통과할 때까지 갑옷이 다 타버리지 않기를 바라며. 로스앤젤레스로 모여드는 사람들은 월세와 생활비, 식비와 교통비 등의 문제를 대부분 예상하고 온다. 그러나 그들이 열차에서, 또는 비행기에서 내리자마자 그들의 갑옷을 갈기갈기 찢어 이득을 취하려는 사람들이 있다는 사실은 미처 생각하지 못한다.

그들의 얼마 없는 자원은 일을 구하는 데 아무 도움도 안 될 '보여주기식' 허세로 인해 매일매일 깎여나간다. 일자리를 약속한 매니저들은 결과야 어떻든 일단 돈부터 요구한다. 성공을 장담하던 영화나 드라마 프로젝트는 흐지부지되기 일쑤다. 지망생들은 당황하기 시작해 아르바이트를 두세 개로 늘리고, 결국 돈을 버는 데 시간을 다 바치느라 정작 그들이 할리우드에서 이루려고 한 꿈을 위해 쓸 시간은 사라지고 만다. 일을 세 개씩 하는데도 점점 뒤처지고 급기야 비상금마저 다 증발하고 나면, 시간이 흐를수록 실패에 가까워질 뿐이다. 어디로 가야 할지, 누구를 믿어야 할지, 앞으로 무엇을 할지, 스스로를 어떻게 아껴야 할지 모른 채 그들은 두려움에 사로잡힌다. 매일매일 두려움에 시달린다.

할리우드는 어떤 예술가건 꿈을 펼치고, 명성과 돈을 얻고, 재능을 제대로 인정받는 환상적인 세계다. 동시에 그곳은 상상 이상으로 혹독하고 맹렬한 광기의 세계이기도 해서 껍데기만 남겨두고 한 사람의 모든 걸 앗아가기도 한다.

그 세계에 발을 디디기 전에, 이 양면의 모습 모두 진실이라는 것을 받아들여야 한다. 그렇지 않으면 그 세계가 당신을 파멸시킬 것이다.

(위 내용을 편집하는 과정에서 이 책의 편집자 롭 펄먼이 다음과 같이 물었다. "자칭 '아웃사이더'이신 작가님은 그 광기의 세계에서 어떻게 살아남았나요?" 짧게 대답하자면, 가까스로 살아남았다고 할 수 있다. 자세한 대답은 자서전 《슈퍼맨이 되다》에 써놓았다. 다른 책에 적어둔 말을 여기서 반복하기보다는 이 동네 사람들 대부분

이 그러했듯이, 내게도 모든 걸 잃을 뻔한 위기가 있었지만 날 믿어 준 사람들의 친절함 덕분에 그 위기에서 빠져나올 수 있었다고만 해 두겠다.)

로스앤젤레스에서는 성공을 꿈꾸며 들어온 사람들 대부분이 얼마 못 가 사라지고 만다는 것이 기정사실로 통한다. 따라서 로스앤젤레스에서는 3년 정도는 버텨야 비로소 인정을 받는다. 벼락스타를 꿈꾸던 배우 지망생들은 2년째에 접어들면, 좌절로 인한 상처와 원한을 품은 채 거의 다 포기하고 만다. 대부분 봄철에 고향으로 돌아가는데, 그 무렵이 되면 파일럿 시즌이 끝나고 정규 드라마 시리즈에 출연할 배우진이 전부 꾸려지기 때문이다. 하지만 끝까지 버티는 두 부류가 있다. 하나는 예술의 꿈을 포기하느니 죽음을 선택할 만큼 연기에 진심인 배우들이고, 다른 부류는 자존심 때문에 실패를 인정하지 못하고 다른 길을 찾아 나서는 사람들이다. 배우가 될 수 없으면 다른 일을 하자! 작가가 좋겠군! 영화나 드라마 시나리오를 쓰다 보면 언젠가 내가 나를 주연으로 쓸 수도 있겠지!

타이핑할 수만 있으면 누구나 글을 쓸 수 있다는 오해가 이러한 결론을 낳는다. 글을 쓰는 게 뭐 어렵다고? 그냥 글자잖아? 그렇게, 미숙한 배우에서 미숙한 작가가 된 사람들이 수많은 작가와 감독 지망생들과 경쟁하게 된다. 그중 진짜 재능이 있고 훈련과 경험을 충분히 한 사람은 극소수에 불과하다. 이 모든 현실을 고려하건대, 진짜 문제는 에이전트가 아니라, 재능도 없으면서 모두의 인생을 피곤하게 만드는 어중이떠중이들이다.

그런데 진짜 무섭고 끔찍한 현실은 따로 있다. 가식과 허세에

찌든 사람들, 가짜이자 실패한 인생들인 그들 틈바구니 속에, 자신의 기술에 모든 걸 바치고 예술을 위해 치열하게 연구하고 투쟁하고 노력하는 소수의 배우, 작가, 감독이 있다는 것이다. 그들은 엔터테인먼트업계를 휩쓸고도 남을 젊은이들이다. 하지만 오디션을 보기 전까지는 진짜 배우와 가짜 배우를 가려낼 수 없다. 문제는 그런 기회마저 쉽게 오지 않는다는 것이다. 마찬가지로 작가와 게으름뱅이도 그들의 글을 직접 읽기 전까지는 분간할 수 없는데, 그 기회 역시 흔치 않다. 감독이 재능을 인정받으려면 투자를 받아 영화를 찍으면 되지만 그 목표에 도달하기란 무척이나 어렵다. 또 재능이 있다고 해서 더 지혜롭고 강인하다는 보장은 없다. 즉 탁월한 재능을 가지고서 로스앤젤레스로 온 사람도 잔인한 현실에 무방비로 당하고 남들과 똑같이 착취당할 수 있는 것이다.

마지막으로 캘리포니아대학교, 서던캘리포니아대학교, 미국영화연구소, 뉴욕 필름아카데미, LA 필름아카데미 졸업생들이 해마다 수천 명씩 더해지고 있다는 것도 고려해야 한다. 그들은 모두 빠릿빠릿하고, 굶주려 있으며, 당장이라도 이 업계에서 일할 준비가 되어 있다. 거기다 매해 에이전시에 들어오는 사람들에 대해서도 한번 생각해보기를.

이제 다음과 같은 장면을 그려보자. 장소는 소규모 에이전시 대기실. 수개월, 혹은 수년의 노력 끝에 지뢰밭을 무사히 통과한 열 명의 작가 지망생이 장차 그들을 담당할지도 모를 에이전트와의 만남을 기다리고 있다. 누군가에게는 첫 기회일 테지만 누군가에게는 유일한 기회일 수도 있다. 이 기회가 아니면, 그들이 경력을 잘 쌓아가도록 안내하고, 그들을 보살피며 도움을 주고, 그들의 의견에 귀를 기울이고, 전화에 응답해줄 사람을 찾지 못할 것이다.* 즉 그들이 만날 에이전트는 이 세상에서 유일하게 그들을 드라마 또는 영화 작가의 길로 이끌어줄 사람이다.

반투명 유리문 너머에는 에이전트가 있다. 지망생들의 글을 살짝 읽어보기는 했으나 그들의 이름을 부르는 순간까지도 그들이 정말 어떤 작가인지 전혀 알지 못한다. 말만 번지르르하고 재능이 부족한 사람일지도, 소시오패스일지도, 배우를 꿈꿨으나 작가인 척하는 낙오자일지도, 어쩌면 몇 달 혹은 몇 년씩 곁에 두고 투자할 가치가 있는 능력의 소유자일지도 모른다. 누구를 선택하느냐에 이 에이전트의 신용이 걸려 있다. 사람을 잘못 선택했다가는 회사 자원을 낭비하는 것은 물론 에이전트로서 안목을 의심받을 수 있다.

진입 장벽이 왜 그리 높은지 이제 이해가 가시는지?

에이전트가 진짜와 가짜를 골라내는 과정은 작가에게 얼마만큼의 재능이 있는지, 또 작가가 얼마나 진지하게 작업에 매진할 의향이 있는지를 확인하는 것에서부터 출발한다. 힘들고 고된 과정이지만, 앞에서 말한 상황을 고려하면 꼭 필요한 일이다.

경력. 앞서 설명한 바대로 단편 영화 각본을 쓰거나 제작에 참여하는 것만으로도 약간의 경력을 쌓는 것이 가능하다. 하지만 그

---

*   질문: 크리에이티브 아티스트 에이전시를 사람에 비유하면?
     정답: 아무리 전화를 걸어도 받지 않는 사람.

와 별개로 온·오프라인 매체에다 기사 혹은 짤막한 이야기를 실어 재능을 증명할 수도 있다. 에이전트는 문지기와 같아서 재능 있는 작가를 발굴할 때 다른 문지기(신문사 또는 출판사 편집자)의 선택을 유심히 살핀다. 만일 어떤 편집자가 당신의 글을 좋게 평가해 얼마 안 되는 지면이나마 당신에게 내어주었다면, 에이전트는 그 자체를 당신의 재능에 대한 증거로 인식한다. 소설을 출간한 경력이 있다면 더욱 유리하다. 지적 재산은 스튜디오가 판권을 사들일 수도 있는 '부가 가치'이기 때문에 에이전트 눈에 당신은 더욱더 값진 인재로 비춰질 것이다.

작업량. 대본을 달랑 하나 완성해놓고 그것에 담긴 놀라운 아이디어에 사로잡힐 에이전트를 찾아다니는 것은 할리우드에서 그야말로 시간 낭비인 짓이다. 그런 운명적 만남이 성사될 리 없다. 작가로서 경력을 쌓는 것은 "옛날 옛적에 대본을 하나 팔았었지" 하고 무용담을 늘어놓는 사람이 되는 것과 다르다. 대본을 하나 팔아서는 부족하다. 앞으로 수십 년에 걸쳐 10개, 100개 이상의 대본을 팔 잠재력을 입증해야 한다. 에이전트는 바로 그런 능력을 기대하며 그런 사람을 찾고 있다.

첫 대본은 첫 대본일 뿐이다. 글을 하나 완성했으면 거기서 교훈을 얻고 다음 작품, 또 다음 작품을 쓰며 잘 쓰게 될 때까지 글쓰기를 연마해야 한다. "이번이 처음이에요"라고 말하는 대본 한 편만 가지고서는 문전박대당할 수밖에 없고, 그 타격을 만회할 기회조차 다시 얻지 못한다. 영화 대본 한두 편과 현재 제작 중인 드라마의 대본 두세 편 정도는 준비해두는 것이 가장 이상적이다. 자신의 순수 창작물은 물론 다른 사람이 만든 인물들로도 글을 쓸 수 있다는 것을 에이전트에게 입증할 수 있기 때문이다. 다른 작가가 집필한 드라마를 이어 쓸 수 있는 역량은 특히 중요하다(실제로 많은 작가가 그런 식으로 드라마업계에 진입한다).

샘플 원고는 스릴러, 캐릭터 드라마, 가벼운 코미디 등 다양한 장르를 포함해야 한다. 당신이 전문성과 생산성, 근면함과 소재의 다양함을 증명해야 당신의 작품 그리고 당신을 홍보해줄 에이전트가 유용한 정보를 얻을 수 있다. 좋은 드라마 작가는 만능 내야수와 같다. 다양한 장르의 글을 쓸 수 있으면 어디에 내놓아도 잘 해내겠다는 확신을 에이전트에게 심어준다.

샘플 원고를 충분히 만들었으면 에이전트를 물색하기 시작하자. 제일 먼저 미국 작가조합 사이트www.wga.org에 들어가 공인된 에이전시 목록을 확인하자. 그곳들이 신규 고객을 받지 않는다 해도 상관없다. (공인 에이전시는 고객 대우와 수수료 책정 등에 있어 미국 작가조합의 기본 규정을 준수하는 곳이다. 이러한 보호 장치가 없는 비공인 에이전시보다 안전하다.) 크리에이티브 아티스트나 유나이티드 탤런트, 윌리엄 모리스/인데버와 같은 대형 에이전시에서 연락이 올 가능성은 낮으니 눈을 조금만 낮추기를 권한다. 소규모 에이전시는 초보 작가에게 그나마 호의적인 편이다. 고객들이 어느 정도 경력을 쌓으면 더 많은 것을 요구하게 되고 그걸 맞춰줄 수 있는 대형 에이전시로 옮기는 경우가 잦기 때문에, 소규모 에이전시는 고객이 빠져나가는 만큼 새 고객을 자주 유치하려고 한다.

원하는 에이전시 목록을 추렸으면 다섯 군데에서 열 군데 되는 에이전시에 당신이 어떤 작가인지, 목표는 무엇이고 왜 당신이 에이전시에 필요한 인재인지, 샘플 원고가 대략 어떤 내용인지를 전문적이고 정중하게 써서 편지나 이메일로 보내보자. 대본을 통째로 보내지는 말기를. 법적 문제를 우려해 에이전시가 열람하지 않을 가능성이 있다. 아마 대부분의 경우에 당신의 편지는 곧장 휴지통으로 보내지겠지만, 괜찮다. 어차피 이건 숫자 싸움이다. 숱하게 거절당하다 보면 언젠가 당신에게 관심을 보이는 곳이 나타날 것이다.

에이전트가 당신의 작품을 흥미 있게 봤다면 아마도 점심 식사나 커피 약속, 혹은 사무실 회의 일정을 잡아 당신을 살피려 할 것이다. 명심하자. 그 만남은 단순히 당신의 작품을 평가하기 위한 자리가 아니다. 그 자리는 에이전트가 앞으로 몇 달, 혹은 몇 년 동안 함께 일해도 될 상대인지 당신을 평가하는 탐색전에 가깝다. 그러니 괜히 방어적으로 굴거나 이 바닥이 얼마나 험난한지 하소연하지 말자(에이전트도 다 알고 있다). 힘 빠지는 소리를 하거나 푸념을 늘어놓지도, 거슬리는 말도 삼가자. 에이전트는 골칫거리들을 기가 막히게 판별해낸다. 그게 당신이다 싶으면 에이전트는 당신을 맡으려 하지 않을 것이다. 당신의 꿈과 목표, 맡고 싶은 작품의 유형, 5년 후 당신이 이룰 목표에 대해 이야기하자. 현명하고 매력적이고 유쾌하게, 동시에 업계 사람답게 행동하자. 적어도 그런 인상을 남기려고 노력해야 한다. 할리우드 드라마나 영화판에 진입하고 싶으면 무조건 로스앤젤레스에 체류해야 한다. 보금자리를 옮기면서까지 이 일에 헌신하고 있다는 걸 증명해주기 때문이다. 로스앤젤레스로 올 형편이 되지 않는다 하더라도 이사를 준비 중이라고 둘러대거나, 친구 주소를 빌려 쓰기라도 해야 한다.

그다음에 일어날 일은 에이전트와 당신의 호흡, 그리고 당신 글의 작품성에 달렸다. 만약 거절당했다면 다른 에이전시를 찾아가 다시 시도하라. 재능만 있다면 언젠가 당신을 맡겠다는 에이전트가 나타날 것이다.

에세이를 전문으로 다루는 출판 에이전트는 비교적 쉽게 구할 수 있다. 스타가 되기를 꿈꾸며 에이전트를 찾아다니는 초보 작가가 많지 않기 때문이다. 애초에 작가들은 벼락부자가 되려고 소설을 쓰지 않는다. 먹고살려면 아마 다른 일을 병행해야 한다는 것도 잘 알고 있다. 그럼에도 그들은 하고 싶은 이야기가 있기에 작가의 길을 간다.

믿음직스러운 증거를 되도록 많이 내놓아야 에이전트와 만나 성공할 가능성이 커진다. 그러니 거듭 말하건대, 각종 매체에 기고한 기사, 평론, 단편 소설 등을 목록화해 당신이 글쓰기에 진지하다는 것을 증명하자. 이와 별개로 어딘가에 발표할 목적으로 긴 호흡의 이야기를 끝까지 완성해봐야 한다. 그래야 당신의 재능을 반신반의하는 에이전트의 의심을 떨쳐내고 가짜 작가들과 당신을 구분 지을 수 있다. 소설을 쓰기 시작하는 사람들은 많지만 끝까지 완성하는 사람은 적다. 아마추어 수준으로나마 괜찮은 작품을 만들어내는 사람은 더 적다. 두 번째 소설을 작업할 시간과 돈이 있다면 더욱더 유리해진다. 두 번째 책은 첫 번째 책을 쓰며 얻은 교훈을 반영해 더 나은 작품이 될 것이기 때문이다. 하지만, 그런 여유가 모두에게 주어지는 것은 아니므로 일단은 첫 소설이라도 최대한 잘 다듬는 것이 중요하다.

소설 한 편을 끝까지 완성한 초보 작가가 '됐어. 고칠 필요 없이 완벽해'라고 생각하는 것은 흔히 있는 일이다. 자만심 때문이기도 하지만, 대부분은 500~600쪽짜리 원고를 꼼꼼히 검토하기가 귀찮아서 그런 생각들을 한다. 하지만 탈고하면서 문장과 대화 그리고 인물 묘사를 다듬어야 비로소 원고가 소설이 된다. 에이전트는 허점투성이 초안이 아니라 매끈하고 전문적인 완성본을 보고 싶어 한다. 다듬기를 생략해버리면, 전송한 원고를 다시 열자마자 오탈자와 형편없는 문장이 가장 먼저 당신 눈에 띌 것이다. 예외 없이 그렇다. 나도 이유는 모르겠지만 그런 일은 정말 일어난다. 가차 없이 누구에게나 잔혹한 이 세상에서, 그런 실수는 공정하고 자비로운 신은 없다는 사실을 확인시켜줄 뿐이다.

출판 에이전시에 소설 원고를 보내는 과정은 TV/영화 쪽과 대동소이하다. 신규 고객을 받는 출판 에이전시 목록에서 가능성이 있어 보이는 곳을 하나 고르거나, 당신의 작품과 장르가 비슷한 책들을 구해 서지 정보가 적힌 페이지를 펴보면 (높은 확률로) 작가 에이전트의 이름이 나와 있을 테니 인터넷에다 그의 정보를 검색해보자. 그다음부터는 앞에서 언급한 대로 제안서를 우편이나 이메일로 보내고 행운을 빌면 된다.

좋은 소식은 이쪽 업계에서 수직 통합의 바람이 불기 시작해 다수의 출판 에이전시가 TV/영화 에이전시와 협업하거나 거래 관계를 맺고 있다는 것이다. 따라서 일단 어느 쪽에서든 에이전트를 구하면 자연스레 나머지 분야와 이어질 수 있다.

초보 작가를 선뜻 맡는 에이전트를 구하기란 쉽지 않다. 그중에서도 잘 맞는 에이전트를 구하기란 굉장히 어렵다. 하지만 불가능한 일은 아니다. 사실 그런 만남은 매일 이뤄지고 있다. 작가에게는 에이전트가, 에이전트에게는 작가가 필요하니 말이다. 당신이 진지하며, 모든 것을 걸 준비가 되었고, 확실한 재능을 지녔음을 에이전트에게 증명하기만 하면 된다.

참 쉽지 않은가?

#4. 가면 증후군

이 책이 달랑 한 부만 팔렸다고 가정해보자.* 여기서 나누는 대화는 아무도 엿들을 수 없다. 당신과 나만 아는 비밀이다.

그러니 이제 당신의 고민을 털어놔보자.

아니, 그거 말고, 다른 고민으로 부탁한다. 나는 작가이지 마법사가 아니다.

당신은 글쓰기를 업으로 삼은 지 꽤 되었고, 당신 이름을 내걸고 출간되었거나 제작된 작품도 여럿 생겼다. 이제는 글쓰기로 충분히 먹고살 수준이 되었다. 판매 부수도 아쉽지 않고, 호평도 들어봤고, (흔치 않게) 가족의 인정까지 받았건만, 어쩐지 당신은

---

* 쿵! 이 소리는 이 책의 편집자가 심장을 부여잡고 쓰러지는 소리다.

계속 가면을 쓰고 살아가는 것만 같다.

사실은 모든 작가가 그렇게 느끼고 있다. 나는 지금도 날마다 누군가 날 찾아와 내 글쓰기 경력이 원래는 다른 사람에게 주어져야 했던 것이니 그걸 반납해달라고 요청받는 상상을 한다.

가면 증후군은 대부분 우리 내면의 두 가지 목소리에서부터 비롯된다.

1. 이야기를 쓰는 건 내가 아니야. 바깥 어딘가에서부터 오는 거잖아. 그러니 모든 공을 내가 가져가는 게 과연 옳은 걸까?

어찌 보면 틀린 말이 아니다. '뮤즈와 만난다는 것'편에서 말했듯이 이야기가 정말 어디서부터 오는지 우리는 알지 못한다. 물론 글쓰기를 시작하도록 영감을 준 대상이 구체적으로 존재하기도 하고, 현실에서 겪은 관계를 바탕으로 인물들의 대화를 만들어낼 수도 있다. 하지만 그렇게 번뜩이는 생각과 진짜 이야기는 엄연히 다른 차원의 것이다.

이야기 짓기는 스웨터 보풀을 떼는 것과 같다. 무의식의 여과 장치에 걸린 사소한 생각들을 관찰하다 여기서 이 생각을 떼고 저기서 저 생각을 떼다 보면…… 어느새 손에 보풀이 한 움큼 생기고, 손을 털어보면 짜잔! 하고 이야기가 나타난다. 어이없을 만큼 신기하고 혼란스러운 과정이지만, 이 모든 과정의 중심에 바로 당신이 있다. 당신의 경험이 이 과정을 형성한다. 이야기란 것이 정말 바깥 어딘가에서부터 오며, 어떤 시대정신 혹은 보편적 게슈탈트(형태)가 역사의 한 순간을 포착해 하필 이 시점에 이 이야기를 당신에게 들려준 것이라면……. 즉 작가인 당신이 신호를 수신하는 존재인 거라면, 그것은 이야기가 당신을 매개로 선택했다는 뜻이다. 다시 말해 적절한 때에 적절한 주파수로 그 이야기를 내보낼 존재가 당신뿐이라는 것이다.

1912년 4월 15일, 무선전신 기사 해럴드 코탬은 적절한 순간에 적절한 곳에 있어 타이타닉호의 조난 신호를 받을 수 있었다. 코탬은 그 정보를 신속히 카르파티아호에 알렸고 수백 명의 목숨을 살렸다. 그걸 두고 "그게 뭐 대단한 일이라고. 어딘가에서 신호가 왔을 뿐이지, 당신이 그걸 만든 건 아니잖아"라고 말하는 사람은 없다. 코탬은 자신이 받은 신호를 전달해 사람들을 살렸다. 우주가 새로운 무언가를 전달할 매개로 우리를 선택했다는 것, 즉 우리가 등장인물들과 비슷한 처지에 놓인 사람들에게 울림을 주고 계속 살아갈 희망을 주는 이야기의 매개가 된다는 것은, 그리 대단한 일도 아니지만 동시에 부끄러운 일도 아니다.

요약하자면 이러하다. 이야기가 바깥 어딘가에서부터 왔다는 말은 맞을 수도 틀릴 수도 있다. 어차피 진실을 알 방법이 없으니, 그저 당신은 쏟아지는 칭찬과 막연한 불안을 모두 받아들이고서 계속 나아가면 된다.

2. 새로운 이야기는 이제 없는데 작가가 다 무슨 소용이지? 나는 나보다 똑똑하고 재능 있는 작가들이 100년 전에 했던 말을 되풀이할 뿐이야.

이 말도 일리가 있다. 전쟁, 사랑, 실연, 죽음, 성공, 비극, 인간, 존재, 모험, 폭로, 행복과 같은 소재는 모든 형태의 문학과 스토리텔링으로 반복되고 있다. 최초의 인류가 동굴 벽에 손바닥을 대고 식물로 만든 잉크를 불어가며 다섯 손가락의 윤곽을 남기던, 그렇게 내가 여기 존재하노라고 선언하던 때부터.

앙드레 지드는 "모든 것은 이전에 말해졌지만, 아무도 듣지 않았기에 우리는 처음부터 다시 그것을 이야기해야 한다"라고 했다. 18세기와 19세기 작가들은 삶과 죽음 그리고 그것의 의미에 관해 지혜로운 말을 참 많이 남겼다. 하지만, 그건 그들의 진실, 즉 그들 버전의 진실이다. 휴대폰과 라디오, 페니실린과 라듐, 버디 흘리와 간디의 존재를 몰랐던 시절의 진실. 진실의 모습은 맥락에 따라 달리 나타나고, 작가의 고유한 관점으로 다듬어져 전달된다. 세대가 바뀔 때마다 우리는 진실을 새롭게 살피고, 고민하고, 재창조해야 한다. 지금의 당신처럼 세상을 바라보는 사람은 이제껏 없었다. 100년 전 세상과 지금은 아주 많이 달라졌다.

1906년, 업튼 싱클레어는 소설 《정글》을 통해 도축업계의 실상을 고발해 미국을 충격에 빠트렸고, 잔혹한 환경을 개선하는 법안을 제정하는 데 큰 몫을 했다. 하지만 《정글》이 21세기의 노동착취 공장과 아동노동의 비극을 폭로해주지는 못한다. 셰익스피어의 《자에는 자로》는 성매매를 사회적 측면에서 살폈고, 찰스 디킨슨과 모파상, 콜레트 역시 비슷한 주제를 다뤘으나, 그들의 작품이 오늘날 자행되는 국제 성 노예무역에 대해 우리에게 울림이 있는 말을 건넬 수는 없다.

당신의 관점은 오롯이 당신만의 것이다. 당신이 하려는 말을 당신처럼 하는 사람은 이제껏 없었다.

많은 작가가 자신을 가짜이자 사기꾼으로 여기고 가면을 쓴 것 같다고 느끼는 이유가 하나 더 있다. 어쩌면 가장 중요한 이유인지도 모르겠다.

말하자면 그건 마술사의 심리와도 같다.

작가처럼 마술사도 일찍부터 재주를 갈고닦기 시작한다. 남들이 발명한 기술과 속임수를 배우면서 천천히 그것들을 자신에게 맞게끔 가다듬는다. 문제는 무대에 올라 마술을 선보일 때다. 관객은 마술을 목격하고 박수갈채를 보내지만, 마술사는 과연 자신이 그런 칭찬을 받아도 되는지 반신반의한다. 남들 눈에는 불가능한 일을 해낸 것 같겠지만 마술사는 자신이 어떻게 관객을 속였는지 알고 있기 때문이다. 여기에다 거울을 두고 저기 커튼 뒤편에 비밀 문을 설치해, 무대 오른편에서 조명이 번쩍이는 틈을 타 조수가 A 지점에서 무대 왼편의 B 지점으로 이동하면 마치 대단한 유체 이탈처럼 보인다는 것을 마술사는 잘 알고 있다.

하지만 사실 그것은 유체 이탈이 아니다. 그냥 그렇게 보이는 착시일 뿐이다. 마술사가 하는 것은 가짜, 말 그대로 속임수다.

모든 마술사가 이 사실을 알고 있다. 그래서인지 내가 만나본 마술사들은 공연장이 떠나가라 박수를 받으면서도 진짜 행복하다고 느끼는 경우가 드물었다.

몇 년 전, 유명한 마술사 콤비 '펜 앤드 텔러'로 활동하는 펜 질레트와 함께 일했던 적이 있다. 내가 볼 때마다 그는 시종일관 전화기를 붙들고서 불같이 화를 내고 있었다. 공연 출연진과 스태프진이 그의 기분을 나아지게 하려고 애써봤지만 소용없었다. 당시 나는 제작 일로 정신없이 바빴던지라 그와 제대로 시간을 보내지 못하다가, 마지막 날이 되어서야 같은 테이블에 앉아 점심을 먹게 되었다. 나는 그의 열렬한 팬이었지만 수줍은 성격 탓에 쉽사리 말을 붙이지 못했다. 그러다 뭔가가 내 눈에 들어왔다.

내가 물었다. "손톱 하나를 빨갛게 칠하셨네요?"

그러자 그가 대답했다. "예전에 사적인 질문을 하던 사람을 하나 죽였다는 것을 잊지 않으려고요." 그러고는 자리에서 일어나 또다시 분노의 전화 통화를 시작했다.

작가들은 일어난 적 없는 일들을 마치 정말 있었던 것처럼 만들어 글로 옮기는 사람들이다. 독자 또는 관객이 등장인물의 감정을 현실처럼 받아들이도록 작가들은 글쓰기 기술과 형식적 기교를 동원해 눈속임을 한다. 하지만 그 현실은 진짜가 아니다. 그렇기에 작가들은, 마술사와 마찬가지로 박수를 받는 순간에도 찝찝함을 느낀다. 자신이 어떤 속임수를 썼는지 너무 잘 알기 때문이다.

가면을 쓰고 있는 것 같다고 느낄 때, 우리는 대체 뭘 해야 할까?

방법은 없다.

한 남자가 점쟁이를 찾아간다. 점쟁이는 남자의 손금을 힐끔 보더니 고개를 가로젓는다. "10년 안에 일자리도 사랑도 다 잃게 생겼네. 병에 걸릴 거고 가난해질 거야. 10년 동안 매일매일 비참함을 느끼며 살겠군."

"10년이 지나면요?" 남자가 묻는다.

점쟁이는 어깨를 으쓱한다. "익숙해지겠지."

가면 증후군은 우리가 하는 일의 대가다. 더 나은 작품을 쓰도록 우리를 꾸준히 긴장시키는 유용한 두려움이기도 하다. 그 감정이 말끔히 사라질 날은 오지 않는다.

하지만 언젠가는 익숙해질 것이다.

#5. 자기 글 PR하기

작가로 경력을 시작하는 과정은 매한가지다. 무언가를 써서 발표하고, 운이 좋으면 그걸 판매한다. 그런 다음 새 글을 쓰고 또 발표한다. 한 번 글을 팔아봤으니 저번보다 팔릴 가능성이 좀 더 커질 것이다. 쓰고, 발표하고, 판매하고, 재정비한 뒤 다시 쓰기. 이 과정을 반복하다 보면 편집자와 제작자의 신뢰를 얻게 되어 그들로부터 기회를 받게 된다. 이렇게 신분 상승을 하게 되면 막연한 희망에만 의지하지 않아 좋다. 작품을 팔아 돈을 버는 것은 물론 한 작품이 팔릴 때까지 마냥 기다릴 필요 없이 곧장 새 작업에 착수할 수 있다. 단점은 상대가 계약금을 내밀거나 계약에 서명하기 전에 이야기가 어떤 내용인지 약간이라도 알고 싶어 한다는 것이다. 그럴 때는 말로써 자신의 이야기를 소개해 상대의 마음을 얻어야 한다.

자기 글을 소개하고 제안한다는 것*은 드라마와 영화업계에서 활동하는 작가에게 특히 중요하지만, 사실 글쓰기를 업으로 삼는 사람이면 누구나 어떤 식으로든 겪어야 하는 일이다. 용케 소설을 팔고 두 번째 책을 계약하고 싶어 하는 당신에게 출판 에이전트나 편집자는 이렇게 물을 것이다. "다음에는 무엇을 쓸 건가요? 어떤 내용이에요?" 그때 당신은 두루뭉술한 말 대신 정확하게 설명할 수 있어야 한다.

언론 쪽도 상황은 마찬가지다. 신문사나 잡지사와 일할 때면 편집자와 전화 통화를 하거나 직접 만나 일을 논의하는데, 그때마다 편집자는 내게 다음 기사로 무엇을 구상 중이냐고 묻는다.

나는 내 글을 PR하는 것이 정말 싫었다. 늘 그랬고 앞으로도 그럴 것이다. 내가 얼마나 이를 싫어하는지는 말로 다 할 수 없다. 연기자나 훈련된 원숭이가 될 생각이었으면 진즉에 연극을 전공했거나 정치계에 진출했을 것이다. 돈이 걸린 자리에 나가 생판 모르는 사람들에게 둘러싸여 그들 마음을 사려고 애쓰느니, 혼자 앉아 키보드를 두드리는 편이 훨씬 낫다. PR은 사근사근하고 말발이 좋고 남들 비위를 잘 맞추는 사람들에게 유리하

---

* 원서에는 피칭하다Pitching로 되어 있지만, 본서의 독자 이해도에 따라 어휘를 바꿨다. 피칭은 작가들이 편성, 투자 유치, 공동 제작, 선판매 등을 목적으로 제작사, 투자사, 바이어 앞에서 기획 개발 단계의 프로젝트를 공개하고 설명하는 일종의 투자 설명회다. 작가들이 영화·드라마 제작자들을 상대로 좋은 콘텐츠와 역량을 거래할 수 있는 기회를 제공한다. 주로 제작비 규모가 큰 프로젝트를 위해 실시하며 미국, 유럽 등에서는 새로운 소재와 작가를 찾는 매우 보편화된 투자 유치 방식으로 자리를 잡았지만, 아직 한국에서는 낯선 방식이다. 피칭은 신인 작가와 제작사 모두에게 환영을 받고 있다. 신인 작가들은 참신한 아이디어를 인정받을 수 있어 좋고, 늘 새로운 소재에 목말라하는 콘텐츠 제작자들은 이곳에서 수준 높은 콘텐츠를 구할 수 있기 때문이다.

다. 글쓰기 재능은 크게 상관이 없다. 타고나기를 수줍음이 많고 세상과 거리를 두며 사교성이 부족한, 즉 전형적인 작가에게는 불리할 때가 많다.

하지만 작가로 먹고살려면 피할 수 없는 것이 자기 PR이다. 그러니 경력을 한 단계 더 끌어올리려면 자기 PR의 노하우를 익혀야 한다. 나는 직접 PR을 해보기도 했고, 제작자 입장에서 후배 작가들의 PR을 들으며 어떻게 해야 계약을 따내는지, 반대로 두려움과 미숙함이 어떻게 PR을 망치는지를 직접 보았다. 이런 경험을 토대로, 이 장에서 나는 참으로 어려운 자기 PR의 노하우를 몇 가지 소개하려 한다.

20분의 법칙

창작에 대한 이야기보다 이 법칙을 먼저 소개하는 이유는 그만큼 중요해서다. 일단 당신이 자기 PR을 시작하면, 편집자가 되었건 제작자가 되었건 웬만해서는 누구도 당신 말을 도중에 끊지 않는다. 다들 그게 무례하다는 것을 알고 있기 때문이다. 따라서 자기 PR을 하는 시간만큼은 오롯이 당신의 것이다. 그 시간을 스스로 망치지 않게 조심하자.

회의를 한 시간 한다고 치면, 경험상 처음 5분에서 10분 정도는 편하게 잡담을 나누고, 이후 20분간 자기 PR을 하며, 나머지 10분에서 15분 동안 PR 내용에 관해 상의한다. 그러고 나면 자기 PR을 마친 작가는 회의실에서 퇴장한다. 제작자는 잠시 한숨을 돌리거나 업무 메시지를 확인한 뒤 다음 회의를 준비한다. 이런 절차는 지극히 합리적이며 정중하게 서로를 배려하는 행위이다. 그런데 어떤 작가들은 대뜸 사무실로 찾아와서는 "제가 하려는 이야기는요"부터 시작해 "어떻게 생각하세요?"에 도달하기까지 혼자 한 시간도 넘게 열변을 토하고는 한다. 또 어찌나 준비해온 티가 나는지, 말을 하다 말고 자꾸 수첩을 확인하는가 하면 몇 초간 어색하게 침묵하다가 다시 입을 여는 등 부자연스럽게 굴기 일쑤다. 최악은 따로 있다. PR을 듣다 보면 이야기가 어떻게 흘러가겠구나 금세 짐작 갈 때가 많다. 하지만 무례하게 말을 끊을 수 없으니, 나는 꼼짝없이 상대방의 PR을 들어야 하는 상황에 놓이고 만다. 그렇게 장장 한 시간의 발표가 끝나면, 나는 폭발 일보 직전의 상태가 되어 있을 테고, 그쯤 되면 그 작가가 글을 판매할 가능성은 없다고 봐야 한다.

그러니 제발, 20분 안에 끝내기를.

반응을 유도하라

편집자나 제작자를 만날 때 유념할 사실은 그들에게 출판과 방송 일정이 있다는 것이다. 대본 계약을 성사시키면 그들 입장에서도 일정의 공백을 한군데 메울 수 있어 좋다. 따라서 그들은 당연히 당신의 PR이 성공하기를 바란다. 성공 여부는 당신의 이야기가 얼마나 그들의 흥미를 자극하느냐에 달렸다. 대부분의 PR은 그런 반응을 이끌어내지 못해 실패한다. 작가는 이야기가 A 지점에서 B 지점으로, B 지점에서 C 지점으로 간다고 설명해야 하지만, 단순히 이야기를 전달하는 것과 감정적으로 몰입시키는 것은 엄연히 다르다. 전자가 설명이라면 후자가 PR이다.

상대를 몰입시키려면, 상대가 이야기에 감정적으로 반응하도록 유도해야 한다. 20분간의 독백을 상대를 향해 전하는 게 아니라, 상대와 함께 만들어가자. 부모와 자식의 갈등을 다루는 이야기를 PR하게 되었다면 "어린 시절 부모님과 갈등을 겪을 때 어떤 생각을 하셨나요?" 하고 제작자에게 질문을 던져도 좋다. 당신의 스토리텔링에 자연스럽게 상대를 참여시키면, 독백 같던 PR이 대화처럼 흘러가고, 당신의 말을 수동적으로 듣기만 하던 상대가 이야기에 점점 몰입하게 된다.

PR 상대에 관한 정보를 미리 알아가는 것도 도움이 된다. 상대가 당신의 이야기와 비슷한 책 또는 드라마를 기획한 사람이라면 그 점을 넌지시 언급해도 좋다. "제 인생 드라마*인 〈해리슨 하이웨이〉를 제작한 분이니 이해하시겠지만, 제 작품에서도 주인공이 세상을 구경하겠다며 어느 날 갑자기 여행길에 오릅니다." 이 말을 듣는 순간, 상대는 당신의 작품을 두 눈으로 본 것처럼 생생하게 느낀다. 당신이 설명하는 것들이 과거 자신의 작업물과 겹쳐지면서, 그에게 개인적인 의미로 다가가기 시작하는 것이다. 또 당신이 그에 대한 정보를 미리 조사했다는 사실을 그는 좋게 평가할 것이다. 우리도 우리에게 먼저 관심을 보이며 노력하는 사람을 보면 호감을 느끼지 않나.

PR 생각만으로도 속이 울렁거리는 사람이 있다면 카메라 앞에서 미리 연습해보기를 권한다. 촬영된 자기 모습을 마주하기

---

* 설령 좋아한 적이 없더라도 이렇게 말하자. 좋아한 적이 없다면 더더욱.

란 고통스럽겠지만 자세부터 호흡법, 성량까지 어떤 부분을 고쳐야 할지 분명히 알 수 있다. 자연스럽게 보일 때까지 계속 연습하자. 즉흥적으로 떠오른 척 작품과 상관없는 말을 준비해가도 좋다. PR 자리에서 사람들의 흥미를 자극할 수만 있으면 작품이 팔릴 가능성은 어마어마하게 커진다.

그 이야기가 당신에게 중요한 이유

예를 하나 들어보겠다. 〈환상특급〉 리메이크 시리즈를 제작하던 시절, 나와 제작진은 일주일에 서너 번, 많게는 하루에 다섯 번씩 작가들을 만나 PR을 들었다. 대부분이 백 번도 넘게 들어본 이야기들이었다. ("마지막에 가면 로봇이 나와요!"라거나 "모두가 죽었다는 것이 나중에 밝혀져요." 같은 이야기였다.) 아니면 〈환상특급〉 오리지널 시리즈보다 훨씬 못한 이야기였다. 괜찮다 싶은 이야기가 있으면 작가에게 그 이야기가 왜 당신에게 중요한지를 물었다. 만족스럽게 답한 작가는 손에 꼽았다. 작가들은 자신이 〈환상특급〉을 얼마나 좋아하는지, 독자를 속이는 장치나 반전 결말을 얼마나 즐겨 사용하는지 등을 답변으로 내놓았다. 사실 작가의 대답이 실망스럽다고 해서 훌륭한 PR을 외면한 적은 없었다. 하지만, 투자할지 말지 고민되는 애매한 PR의 경우에는 선택이 달라지기도 했다.

편집자와 제작자, 혹은 방송사와 영화 스튜디오 사람들은 작가 스스로 흠뻑 빠진 이야기를 듣고 싶어 한다.

하루는 작가 윌리엄 셸비가 자기 글을 PR하러 사무실에 찾아왔다. 그의 에이전트가 우리 쪽에 보낸 샘플 원고는 꽤 괜찮았다. 그러나 당시 셀비는 드라마 대본을 팔아본 적이 없는 초짜로, 자신의 이름을 걸고 제작된 작품이 단 한 편도 없었다. 그래서 일부 제작진은 셀비가 〈환상특급〉이라는 대작의 대본을 쓸 만큼의 역량을 가졌는지 의심했다. 이미 경쟁이 치열한 터라 신인 작가라면 훨씬 더 많은 걸 보여주어야 했다.

셀비는 우리에게 세 편의 이야기를 발표했다. 첫 번째 이야기는 딱히 흥미를 끌지 못했고 너무 도식적이라 합격하지 못했다. 두 번째 이야기는 마침 우리가 작업 중이던 대본과 유사해 역시 포기해야 했다. 마지막으로 그가 들려준 이야기가 바로 '뱀잠자리 유충법'편이었다. 한 남자가 알코올 중독을 고치려고 알약 하나면 증세를 없애준다는 의사를 찾아간다. 나중에 알고 보니, 그 알약에는 알코올을 먹고 자라는 뱀잠자리 유충이 들어 있어서 이제 남자는 술을 마시면 목숨을 잃는 처지가 된다.

이 이야기를 들려주던 셀비는 앞선 두 이야기를 전할 때와 다르게 눈을 반짝였다. 그가 자기 PR을 마쳤을 때, 나는 다른 작가들에게도 숱하게 물었던 질문을 던졌다. "이 이야기가 당신에게 중요한 이유가 뭐죠?"

셀비는 불편한 기색을 보이며 이 이야기가 얼마나 시기적절하며 사회에 의미 있는 메시지를 던지는지, 또 〈환상특급〉의 서사 구조와 얼마나 잘 들어맞는지 등을 설명하기 시작했다.

나는 이례적으로 그의 말을 끊고 물었다. "남들에게 중요한지 물은 게 아니라, 당신에게 중요한 이유를 물었잖아요."

그렇게 우리는 천천히, 내가 그의 PR에서 느꼈던 진심의 정체를 파헤쳐 갔다. 그는 알코올 중독으로 망가진 가정에서 자란 사람이었다. 이 이야기를 쓰면서 그를 계속 괴롭히던 과거와 직면하게 되었다고 했다.

셀비가 사무실을 나섰을 때, 별 감흥 없이 사무실 뒤편을 보고 있던 총괄제작자인 마크 쉘머딘을 향해 내가 말했다. "'뱀잠자리 유충법' 대본을 사야겠어요."

그가 놀란 듯 되물었다. "왜요?"

"왜냐면 작가 스스로 이야기에 흠뻑 빠져 있잖아요. 눈에서 그게 읽혀요. 셀비는 그 이야기를 써야만 하는 사람이에요. 진심이 이야기에 담기면 공상적인 부분도 더욱 생생하게 느껴질 겁니다."

"하지만 경력이 아예 없잖아요." 마크가 말했다.

"알아요. 그래도 투자할 가치는 있어요. 무엇보다 셀비는 지금 무언가를 증명하고 싶어 하니까 대본을 잘 쓰려고 더욱더 노력할 거예요."

마크는 내 말에 수긍하면서도 못내 불안한지 다시 뭔가를 말하려 입을 달싹였다.

"조건을 하나 걸게요." 내가 먼저 입을 뗐다. "뒷수습은 내가 책임지죠. 셀비가 대본을 완성했는데 엉망이다 싶으면 내가 새로 쓸게요."

"좋아요." 마크가 시큰둥하게 대답했다. "이번이 거의 마지막 계약이고 대본 예산도 바닥났어요. 그러니까, 이번 건이 잘못되면 당신 책임입니다."

몇 주 후, 셀비가 보내온 대본은 빈틈이 없었다. 작가인 그가 흠뻑 빠져 작업한 만큼 대본은 근사하게 완성되었고, 내가 손댈 부분이 거의 없었다. 대본 덕분에 티모시 보텀스를 주인공 역으로 캐스팅할 수 있었다. 또 이 대본은 알코올 중독을 솔직하게 묘사했다는 호평을 받아 배우 폴 뉴먼이 세상을 떠난 아들을 기려 제정한 스콧 뉴먼상을 받기도 했다.

우리가 그 대본을 선택한 것은 따분한 드라마업계에서 보기 힘든 열정이 그 안에 있기 때문이었다. 그 이야기가 작가에게 중요하기 때문이었다.

제안하려는 이야기가 당신에게 중요하다면, 이유가 무엇인지를 설명하고, 오직 당신만이 그 이야기를 쓸 수 있다는 점을 강조하자. 당신의 관점과 경험은 오롯이 당신만의 것이다. 바로 그게 차이를 만든다.

반대로 이야기가 당신에게 중요하지 않고 아무 의미도 없으면, 애초에 그걸 가지고 PR할 생각도 하지 말기를.

해야 할 일을 하라

PR이 너무 길어도 안 좋지만, 너무 짧아도 문제다. 성의가 없다는 인상을 주기 때문이다. 미스터리 드라마를 제작하던 시절, 나는 자기 글을 PR하러 온 어느 작가를 보면서 너무 짧은 PR이 왜 문제인지를 절감했다. 나와 그는 내 사무실에서 마주 보고 앉아 잠시 잡담을 나눴다. 10분 정도 지났을 때 그가 이제 자기 PR을 하려는 듯 자세를 가다듬었다.

내가 운을 뗐다. "좋아요. 어떤 이야기를 준비했죠?"

그가 몸을 살짝 앞으로 내밀더니 잔뜩 신난 목소리로 대답했다. "기억 상실이요."

그는 그 말만 하고서는 다시 소파 등받이에 몸을 기댔다. 얼굴에 뿌듯함이 가득했다.

나는 잠시 말을 잃었다. "뭐라고요?"

"기억 상실요!" 그는 더더욱 자신 있는 목소리로 대꾸했다.

"그러니까, 기억 상실증이 뭐 어쨌다는 거죠? 무슨 이야기를 하고 싶은 건데요?"

"기억 상실증을 소재로 한 이야기는 늘 인기가 많잖아요. 자세한 건 이제 함께 작업해 봐야죠."

"그게 전부입니까?"

"네."

당연히 그는 계약을 따내지 못한 채 내 사무실을 나서야 했다. 솔직히 무사히 나설 수 있었던 것을 다행으로 여겨야 했다.

성공적인 PR은 다음과 같이 구성되어야 한다.

- 우선 짤막하게 이야기 줄거리를 말하고 왜 그걸 세상에 내보이고 싶은지 설명한다.
- 다음으로 등장인물들을 소개하면서 그들이 누구이며 서로 어떤 관계인지를 밝힌다.
- 그러고 난 뒤에 본격적으로 이야기를 들려주면 된다. 이야기 발단과 전개, 결말을 이해하기 위해 알아야 하는 핵심 정보들을 차례대로 설명하자.

TV로 방영될 드라마라면 장면별로 설명하는 것이 좋다. 영화와 달리 중간에 광고가 삽입되어야 하기 때문이다. 책으로 엮어낼 이야기라면 전개 순서대로 이야기하되, 디테일에 집착하지 말고 중요한 장면 위주로 차근차근 설명하면 된다.

자기 글을 PR할 때는 이야기보다 등장인물을 먼저 소개해야 한다. 플롯의 반전을 말로만 들어서는 별 감흥이 없을 수 있다. 반면 인물들은 쉽게 시각화되고 기억된다. 따라서 듣는 사람에게 흥미로운 인물들을 먼저 제시한 뒤, 그걸 중심으로 디테일을 붙여가는 편이 낫다. 보통 파티에서 친구들과 이야기할 때도 "밥한테 무슨 일이 있었는지 들었어?"라고 말을 시작하지, 누군가 사자 우리 꼭대기에 기어 올라가는 이야기를 20분간 설명하다 마지막에야 그게 회계팀의 밥이 한 짓이라고 말하지는 않는다. 플롯을 설명하기 전에 인물들의 캐릭터를 확실히 주입시키기만 해도 PR 목표의 절반은 달성한 셈이다.

에세이가 아닌 대본을 PR할 때 유용한 팁을 하나 주자면(에세이를 PR할 때도 몇 번 써먹은 적이 있기는 하지만), "톤이 어땠으면 좋겠어요?"라는 질문에 적절히 대답할 줄 알아야 한다는 것이다. 예전에는 이런 질문을 받으면 작품의 분위기를 묻는 줄 알고 가볍거나 무거웠으면 좋겠다고, 혹은 상관없다고 그때그때 상황에 맞춰 대답했다. 그럴 때마다 상대가 썩 만족한 것 같지 않아 보여 당황했었다. 몇 년이 지나서야 나는 에이전트를 통해 그 이유를 알게 되었다.

"'톤이 뭐냐'라고 묻는 건 사실 진짜 톤을 궁금해하는 게 아니에요. 당신 작품의 분위기와 접근 방식이 어떤 영화 혹은 드라마와 비슷한지를 묻는 거죠."

"하지만 완전히 새로워서 비슷한 작품이 없는 시리즈를 만드는 게 그 사람들의 목표 아닙니까?"

에이전트는 그게 아니라고 했다. "아무도 하지 않는 것을 시도하려는 사람은 없어요. 그런 건 오히려 마다하죠. 그 사람들이 원하는 건 성공작과 닮은 점이 있어서 쉽게 머리에 그려지는 작품이에요. 또 그 사람들은 자신이 승인한 프로젝트가 망하면 일자리를 잃을 수도 있잖아요. 자신이 고른 대본이 성공작과 유사한 부분이 있으면 설령 그 대본이 성공하지 않더라도 변명거리가 생기죠. 물론, 유사한 부분이 너무 많아 뻔한 대본은 그들도 원치 않을 거예요. 대세에 올라타려는 거지, 휩쓸리려는 건 아니니까요. 이 업계에서는 모두가 최초의 모방자가 되려고 해요."

자기 PR의 꼼수

자기 글을 PR할 때 작가들이 긴장하는 것은 제삼자에게 이야기를 객관적으로 전달하기에는 작가 자신이 그 이야기와 너무 밀착되어 있기 때문이다. 미묘한 부분까지 하나하나 전하고자 하느라 생각을 간단명료하고 쉬운 말로 풀어내지를 못한다. 앞에서 언급한 방법이 통하지 않는 사람들이 의지할 수 있는 꼼수가 하나 있기는 하다.

그냥 가벼운 마음으로 어젯밤 친구들과 영화를 한 편 보고 왔다고 상상해보자. (물론 대다수의 작가는 일단 친구가 있는 상상부터 시작해야 할 것이다. 영화 내용은 당신이 구상 중인 이야기와 일치한다고 해보자.) 영화는 재밌고 날카로우며, 감동적이고 액션과 서스펜스가 넘친다. 인물들의 매력도 굉장하다. 그야말로 인생 영화라고 할 수 있다.

다음 날, 카페에서 우연히 또 다른 상상 친구를 만났다고 가정해보자. 카페라테가 나오기를 기다리는 동안 당신은 친구에게 그 영화 이야기를 꺼낸다.

"무슨 내용인데?" 친구가 묻는다.

그럼 당신은 남들이 다 하는 것처럼 대답할 것이다. 영화는 이런 내용이고, 이 부분에서 인물이 특히 매력적이며, 저 부분에서는 무엇이 좋더라고 말이다. 그다음으로는…… 곧장 하이라이트로 넘어갈 것이다. 친구가 모든 디테일을 알고 싶어 하지도 않는 데다, 당신의 임무는 친구가 영화를 보도록 만드는 것이기 때문이다. 친구가 영화를 직접 봐서 당신과 똑같은 경험을 하게 만들려면, 왜 시간을 내어 그 영화를 보아야 하는지를 설득해야 한다.

당신 이야기를 PR할 때도 바로 이렇게, 즉 어젯밤 대형 스크린으로 본 영화를 친구에게 소개하듯이 해야 한다. 그래야 창작자로서 부담을 덜 수 있고, PR 과정이 더 재밌어지며, 십중팔구 성공할 가능성도 더 크다. 기존의 PR보다 간략해져 시간이 10분에서 15분 정도로 줄어들겠지만, 그렇더라도 성의가 없다는 느낌을 주지 않는다.

이 방법은 당신이 에이전트나 기자를 만나 작업 중인 프로젝트를 소개할 때도 똑같이 유용하다.

이 장을 끝내기 전에, 드라마 작가로 활동 중이거나 이제 막

데뷔한 사람들을 위해 마지막 조언을 건네고 싶다. 장담하건대 이 비밀만 깨치면 인생이 바뀔 것이다.

드라마에 출연하는 조연 배우들 역시 똑같은 인간이라는 말에 반대할 사람은 많지 않을 것이다. 즉 그들에게도 나름의 욕구와 욕망, 꿈이 있다는 소리다. 조연 배우들이 화면에 더 많이 나오고, 대사를 더 많이 얻고, 시청자에게 더 많이 노출되도록 제작자들을 (다소 시끄러울 정도로) 설득하느라 온종일 전화기만 붙들고 있는 에이전트들도 물론 존재한다. 조연 배우가 드라마에서 인상 깊은 장면을 연기하거나 그를 중심으로 약간의 서사가 만들어지면, 다음 작품 출연을 놓고 협상할 때 좀 더 유리한 위치에 설 수 있다.

참고로 내가 그들 에이전트로부터 시끄러운 연락을 받아서 이런 소리를 하는 것이 아니다. 다만 이따금 그들과 통화하다 동맥류에 걸릴 것 같아서 하는 소리다.

작가들이 드라마 대본을 팔려고 PR할 때, 대부분은 주인공 위주로 이야기를 전달한다. 조연 배우는 뒷전일 때가 많다. 물론, 충분히 이해할 수 있는 선택이다. 하지만 그런 PR로는 조연 배우 에이전트들의 호소 전화를 막을 수 없다.

만일 당신이 주연 배우를 깎아내리지 않으면서 일부 장면에서 조연 배우를 돋보이게 하는 이야기를 가지고 온다면, 제작자들은 고마움의 눈물을 흘리며 당신 대본을 사고 마치 당신을 오래전 잃어버린 자식처럼 거둬들일 것이다.

작가이며 제작자인 내가 하는 말이니, 부디 믿어주길. 이 방법은 틀림없이 먹힌다.

에이전트와 편집자, 출판사 또는 제작자에게 이야기를 말로 전달한다는 것은 대다수 작가에게 힘든 일이다. 애초에 작가는 그런 걸 자신의 일로 치지 않는다. 작가의 글쓰기 충동은 신경세포 사이에서 꿈틀대다 구불구불 몸속을 지나 손가락 끝으로 전해지며, 그렇게 세상 밖으로 나온다. 우리는 말보다 타이핑을 더 많이 하는 사람들이다. 오히려 작가면 이야기에 대해 말을 많이 하지 말라는 충고를 듣는다. 너무 떠벌렸다가는 증기가 빠지는 압력솥처럼 글쓰기에 쏟아야 할 긴장감이 사라지고 만다는 것이다. 게다가 이제 막 경력을 쌓는 작가에게 자기 PR은 꼭 거쳐야 할 일도 아니다. 초기에는 작품만으로 승부를 봐야 할 때가 더 많다. 즉 PR이라는 것도 어느 정도 성공한 후에야 가능하다. 그렇다 하더라도, PR의 필요성을 인정하고 그걸 잘 해내는 법을 익히고 나면, 확실히 안정적이고 꾸준하게 계약을 따낼 수 있다.

물론 PR의 모든 면면을 싫어하는 것은 지극히 당연하다.

그런 감정을 해소하라고 신은 우리에게 심리 치료사를 허락했다.

#6. 작가의 벽에 관한 소고

나는 작가의 벽을 믿지 않는다. 정확히는 슬럼프가 존재한다는 것을 믿지 않는다.

글쓰기 과정이 늘 막힘 없이 술술 풀린다는 뜻이 아니다. 쓸데 없이 두려워하지 말고 문제를 직시하자는 것이다. '작가의 벽'처 럼 모호한 문제에 확실한 해법은 없다. 원인이 명확하지 않으니 당연히 해법도 두루뭉술하다. 물론 작가가 느끼는 막막함과 무 력함은 실로 엄청나다. 사악한 작가의 벽이 걷히기를 몇 달이고 하염없이 기다리다, 무정한 우주의 변덕 앞에서 끝내 자신의 권 한과 힘, 통제권을 내주게 될지도 모른다.

아니, 이건 다 헛소리다.

'작가의 벽'으로 불리는 문제에는 크게 세 가지 원인이 있는

데, 모두 작가의 힘으로 가뿐히 제압하고 해결할 수 있다.

언제 끝날지 모를 평지를 지나는 법

작가의 길은 일직선으로 이어진 오르막이라기보다 단계별로 나뉜 계단에 가깝다. 열심히 일하고 꾸준히 실력을 쌓으며 묵묵히 걷다 보면, 그 단계에서 배울 게 더 없음을 알리는 벽에 다다른다. 그 위로 올라서서 창작과 배움을 다시 시작할지 말지는 개인의 선택에 달렸다.

작가의 길이 정체된 평지처럼 느껴지는 것은 지극히 정상일 뿐 아니라 창작 과정에도 필수적이다. 어린 시절 자라나는 키 높이를 벽에다 연필로 표시하던 것처럼, 평지는 작가의 성장을 보여주는 지표와 같다. 평지는 작가인 당신의 과거와 현재, 그리고 미래가 어떠한지를 보여준다. 하지만 막힌 벽에 다다랐을 때 그 위로 펼쳐진 새 단계를 올려다보지 못하는 순간, 위기는 찾아온다. 사실 그 벽은 시간과 노력, 인내심만 있으면 충분히 오를 수 있는데도 말이다.

우리가 맞닥뜨린 것은 '작가의 벽'이 아니라 성장의 눈금이다.

프로젝트를 하나 끝낼 때마다 작가의 도구함에는 새 도구가 하나씩 추가된다. 그 도구들이 있기에 작가는 자신의 창작물을 더 잘 이해하고, 이전에 안 보이던 문제에 눈을 뜨며, 지난 작업 때보다 조금 더 발전한 상태에서 다음 작품을 쓸 수 있다. 그렇게 차곡차곡 도구들을 모으다 보면 어느 순간, 지금의 내가 과거의 나보다 더 잘 쓰고 있다는 것, 그러나 되고 싶은 모습이나 되어야 하는 모습보다는 여전히 부족하다는 것을 실감한다. 현재보다 더 많은 도구와 경험을 얻고 싶지만, 구체적으로 뭘 해야 원하는 모습으로 성장할 수 있는지는 알지 못한다. 그저 지금껏 그랬던 것처럼 계속 성장하지 않을까 막연하게 기대할 뿐이다.

평지를 지나다 보면, 자신이 예술을 창작하는 동시에 자기 자신을 예술가로 빚고 있다는 사실을 새삼 깨닫는다. 도구들을 이용해 자신의 이야기들이 어떤 의미를 지니며 무엇을 말하려 하는지 이해하는 순간에, 당신은 예술가로서 당신이 어떤 의미를 지니며 당신이 무엇을 말하려 하는지도 이해하게 된다. 이야기들이 계속 변해가듯이, 당신의 정체성과 작품에 담긴 메시지도 계속 자라나고 변화한다.

우리는 예술을 만들겠다는 마음으로 작가가 되지만 결국에는 예술이 우리를 빚는다는 것을 점차 알게 된다. 30편의 대본과 이야기를, 또는 책을 지은 작가는 이전과 같은 존재일 수 없다. 그 변화를 스스로 인식하지 못해 지난주에 터득한 해법으로 이번 주에 생긴 문제를 해결하려 한다면, 당신의 정체성과 당신이 만드는 작품 사이에 간극이 벌어지기 시작할 것이다. 단순히 말하면, 당신의 두뇌가 허구한 날 똑같은 이야기를 짓는 게 지루하다고 말하는 것인지도 모른다. 매일 똑같은 음식으로 끼니를 때우고 싶어 하는 사람은 없다. 지금 당신은 확실히 팔리는 익숙한 이야기를 쓸 것이냐, 아니면 시도해본 적 없는 새로운 도전을 할 것이냐의 기로에 서 있는 셈이다. 여전히 인지 부조화 상태에 빠진 당신의 마음은 양극단을 빠르게 오가다 끝내 폭발하고 만다. 그러다 보면 갑자기 막힌 기분이 든다. 어떻게 써야 할지 몰라서

가 아니라, 내면에서 당신과 당신의 예술이 전쟁을 벌이고 있어서다.

앞에서 말했듯이 우리는 예술을 만드는 것이 아니라 체험한다. 혹시 그러지 못하고 있다면, 예술이 당신을 떠나버려서가 아니라 당신이, 혹은 당신 안의 무언가가 길목을 가로막고 있기 때문이다.

그럴 때는 당황하지 말고 창작을 강요하지도 말자. 글이 막힌 순간, 당신의 두뇌에서 창작을 담당하는 부분은 "찬찬히 생각해 봐야겠어. 내가 고민할 동안 잠시 나를 보살펴 주겠어?"라고 말하고 있다. 그럴 때는 시간을 줘라. 책을 읽거나 영화를 보고 음악을 들으며, 뮤즈를 배불리 먹이자. 씩씩대며 컴퓨터 화면만 쳐다봤자 소용없다. "대답이 뭐냐니까?" 하고 윽박지르는 상대가 옆에 있으면 아무리 노력해도 해법을 찾기 어렵다.

잠시 쉬게 된 김에 현재 시점에서 작가로서 당신에게 중요한 것은 무엇인지 돌아보는 것도 좋다. 지금까지 쓴 글을 스스로 어떻게 느끼고 있는지, 이제 질려버린 주제라거나 새롭게 관심이 가는 아이디어가 있는지, 순전히 감정의 차원에서 당신에게 활력을 주는 것은 무엇인지와 같은 질문을 고민해보기를. 호흡을 가다듬으면서, 과거의 당신과 현재의 당신이 다른 작가라는 것을 인정하자. 이미 당신의 작품은 그 둘이 다르다는 것을 말하고 있다. 자신이 무엇을 원하며 무엇에 능한지를 놓고 자기 자신과 솔직히 대화하다 보면, 평지를 무사히 통과해 다음 단계로 올라설 도구를 얻게 될 때가 많다.

앙투안 드 생텍쥐페리의 《어린 왕자》는 길들이기의 과정에 대해 이야기한다. 여우를 길들이려고 뒤쫓거나 덫을 놓았다가 는 여우에게 외면당할 뿐이다. 가끔은 뒤를 돌아 딴청을 피우며 여우가 스스로 다가오기를 기다리는 것만이 여우를 길들일 유일한 방법이 되기도 한다. 마찬가지로, 이야기는 뒤쫓으려 할수록 당신의 품을 벗어난다. 그럴 때는 무관심한 척 뒤돌아 기다려 보자. 이야기가 스스로 당신 곁으로 갈 것이다.

길을 잘못 들어섰다는 것을 인정하기

두뇌에서 논리를 담당하는 부분이 창작을 담당하는 부분을 향해 "자네 6마일쯤 뒤에서 실수를 했네"라고 말하는데 그걸 무시하는 순간, 문제는 발생한다. 우리는 그 문제를 '작가의 벽'으로 흔히 오해한다.

작가는 중요한 작품을 쓸 때 특히 그런 목소리를 외면하려 든다. 글 초반부에 실수를 저질렀다는 것은 거기로 되돌아가 며칠 혹은 몇 주, 몇 달씩 시간을 들여 작업해온 글을 도로 뜯어고쳐야 한다는 뜻이기 때문이다. 머릿속 한편에서는 실수를 인정하려 하지 않는데, 다른 한편에서는 그 문제를 고치기 전까지는 글을 쓰지 않겠다고 버틴다. 그렇게 우리는 병 속에 든 열매를 꺼내려다 손이 끼어버린 원숭이처럼 오도 가도 못하게 된다.

많은 초보 작가들이 소설이나 대본을 완성하지 못하는 이유가 여기에 있다. 작업하다 보면 자신이 X쪽에서 치명적인 오류를 범했다는 것을 알 만큼의 요령이 생긴다. 하지만 되돌아가 다시 쓸 마음은 좀처럼 생기지 않는다. 그래서 원고를 서랍에 넣어

두고 다른 작업을 시작한다. 그러나 결국 같은 문제를 반복하게 된다. 이전 프로젝트를 끝내지 못해 실수를 되풀이하지 않을 요령을 얻지 못했기 때문이다.

연극 대본을 쓰다 3막에서 막히거나 소설을 쓰다 갈등 단계에서 더 나가지 못하면 그 부분에 문제가 있다고들 생각한다. 하지만 3막의 문제는 대부분 2막에서 시작되고, 2막의 문제는 높은 확률로 1막의 문제에 기인한다. 그러니까 우리가 이 지점에서 나무를 들이박았다고 해서 나무가 문제인 것이 아니라, 반 마일 전부터 우리를 그 지점으로 이끈 길의 방향이 문제인 것이다. 즉 우리가 들이받은 나무는 작가의 벽이 아니다. 되돌아가 다시 고민하라고 말하는 표지판에 불과하다.

10쪽, 15쪽, 혹은 100쪽 이전에 실수를 저질렀음을 인정하고 그걸 고친 뒤 이후 내용을 전반적으로 다듬고 나면, 작가의 벽은 걷히기 마련이다. 그러면 벽의 잔해를 치우고서 다시 하려는 이야기에 집중하면 된다. 실수를 그대로 두는 것보다 훨씬 현명한 선택이다.

아직 준비되지 않았다

이야기를 짓는다는 것은 작가가 인물의 모든 면면을 꿰뚫고 있어서 인물이 어떤 상황에 놓이더라도 느긋하게 앉아 그 인물을 관찰하고 그걸 글로 옮겨 적는 과정이라 할 수 있다. 그러기 위해서는 작가인 당신 그리고 당신의 인물이 자신을 정확히 파악하고 있어야 한다. 인물의 과거와 목표, 오점, 가족 관계, 관심사,

또는 병적인 면을 피상적으로만 설정해두면 시나리오에서 그 인물과 벌일 수 있는 일이 많지 않다. 시간이 지날수록 인물은 평면적이고 뻔한 선택만을 되풀이하게 된다. 그러면 창작자도 그 인물에 흥미를 잃고, 결국 모든 것이 삐그덕대다 멈춰버리고 만다. 창작자인 당신이 지루해하는데 독자와 관객은 얼마나 지루해할지 한번 상상해보자.

어떤 때는 다음 단계로 넘어갈 준비가 되지 않았다는 것을 당신의 두뇌가 알고서 어떻게든 창작을 지연하려 들기도 한다. 수년 전 영화 〈체인질링〉을 작업할 때 나는 마음에 드는 원고를 완성하기까지 적잖이 고생했다. 야수를 제압할 도구도 지식도 기술도 부족했기 때문이었다. 아무리 글을 써보려 해도 내 두뇌에서 창작을 담당하는 부분이 꿈쩍도 하지 않았다. 꼭 "아직 갈 길이 멀다, 꼬마야" 하고 내게 경고하는 것만 같았다.

이런 난관을 헤쳐나가기 위해서는 인물을 더 파헤치는 것이 하나의 방법인데, 이때 각본가들은 '무드 보드'를 이용한다. 사진과 신문 기사, 통계 수치, 비속어 이외에 인물의 배경과 관심사를 보여줄 모든 것을 보드에 붙여보는 것이다.

나는 넷플릭스 시리즈 〈센스8〉을 작업할 때 무드 보드를 이용해 인물들을 만들었다. 나중에는 빈틈이 없을 정도로 보드가 꽉 찼는데, 그렇게 보드가 수용 한계에 도달할 즈음이 되자 비로소 인물들이 어떤 상황에서도 진정성 있게 무언가를 선택하고 행동할 만큼 충만해졌고 '생생'해졌다.

마크 트웨인은 신문사 〈테리토리얼 엔터프라이즈〉 기자로 일하던 시절, 특수 책상을 한 대 제작했다고 한다. 책상 전면부에는 특이하게도 서른 개의 사각 구멍이 뚫린 보관장이 붙어 있었다. 트웨인은 글을 쓰다가 아직 자신이 준비되지 않았거나 글을 완성할 도구가 부족하다고 느끼면 구멍에다 원고를 쑤셔 넣은 뒤 다음 작업에 매진했다. 그러다 어느 정도 시간이 흐르면 맨 위 구멍에서부터 원고를 꺼내 '이제 완성할 준비가 되었는지'를 자문했다. 그리고 마음속에서부터 '그렇다'는 대답이 돌아오면 원고를 펼쳐 글을 완성했다. 아직 아니라는 목소리가 들려오거나 글이 다시 막힌 경우에는 구멍에다 도로 원고를 쑤셔 넣고 다음 작업을 시작했다. 이렇게 가끔은 글을 보관장에 넣고서 자연스레 해결되도록 내버려둘 필요가 있다. 억지로 붙들고 있는 것이 능사가 아니다.

자기 자신을 정확히 파악하고, 왜 글을 쓰는지, 어떠한 작품을 만들고 싶은지, 어떠한 작품을 피하고 싶은지, 당신은 누구이며 당신의 글은 누구에 관한 것인지 등을 잘 알수록 글쓰기가 막힐 가능성은 줄어든다. 설령 중간에 막히더라도, 그 난관을 헤쳐나가기가 한결 수월하다.

작가의 벽 같은 것은 없다. 멘탈 붕괴를 겪는다는 말도 엄밀히 말하면 사실이 아니다. 애초에 멘탈은 붕괴되지 않는다. 창작으로 고뇌하는 사람의 머리를 CT로 촬영해본다 한들, 붕괴된 신경세포 같은 것은 나오지 않을 것이다. 대뇌 피질에 물리적인 장벽이 불쑥 세워졌을 리도 없다. 모든 문제는 한 번에 감당할 수 없는 만큼의 정서적·정신적 자극을 받으면서부터 시작된다. 그런 상황에 놓이면 그냥 사고가 정지해버린다. 불분명하고 잡음이 많은 텔레비전을 우리가 그냥 꺼버리는 것처럼 말이다. 창작을 가로막는 장애물은 없다. 신경세포의 방해 공작도, 당신과 글쓰기 행위를 가로막는 장벽 같은 것도 모두 허구다. 당신은 잠시 길을 잃었을 뿐이다. 그러니 원래의 길로 되돌아가기만 하면 된다.

좌절에 빠지면 아무것도 이루지 못한다. 그러니 내면의 세계를 항해하며 잠시 방황하고 있더라도 스스로에게 관대해지기를. 머지않아 다시 빛으로 나아가는 길이 보일 것이다.

#7. 거꾸로 뒤집어 보기

나는 〈환상특급〉에서 '내 인생을 꿈꿔줘'편의 대본을 집필했다. 가족과도 친구와도 오래전 연을 끊고 요양원에 들어가 사는 남자의 이야기였다. 어느 날부터 그는 요양원의 다른 방에서 긴장증을 앓고 있는 여자의 꿈과 연결되고, 그 여자를 구하려다 자꾸 공포스러운 상황에 처한다. 이 이야기에서 마음에 들었던 부분은, 사람들과 관계를 끊고 고립을 택한 남자가 이유는 다르지만 마찬가지로 고립된 여자를 구하려 한다는 대칭성이었다. 꿈속에서 여자는 방 안에 갇혀 있고, 닫힌 문 바깥에서 무언가가 문을 부수고 들어오려 한다. 여자는 죽음의 위협을 느끼며 주인공에게 도움을 청한다. 하지만 주인공은 여자의 일에 개입하기를 꺼린다. 꿈속에서 입은 상처가 현실로 이어진다는 것을 알게 되었기 때문이다.

주인공이 고립을 택한 이유가 오랜 투병 끝에 죽은 아내를 돕지 못했다는 죄책감과 스스로에 대한 분노의 결과라는 것이 드러나면서, 두 갈래의 서사는 하나로 합쳐진다. 주인공은 아내에게 못했던 일을 건넛방 여자를 위해 하기로 결심을 하고, 용기를 내어 그 방 바깥에 도사리는 어둠에 맞서기로 한다. 그 어둠의 정체는 남편의 죽음을 자책하는 여자의 죄책감이 만들어낸 괴물이었다. 끝내 두 사람은 각자의 과거를 극복해 여자는 혼수상태에서 깨어나고 주인공은 방 바깥으로 나오게 된다.

초안을 완성했을 때, 당시 함께 살던 전 아내에게 원고를 건네 의견을 구했다. 원고를 끝까지 읽은 아내는 고개를 끄덕이며 이렇게 말했다. "뭐, 괜찮네."

자기 작품을 평가받을 때 예술가들이 무엇보다 두려워하는 말이 바로 '괜찮다'는 한마디이다. 괜찮다는 말은 칭찬도 혹평도 아닌, 아주 좋지도 나쁘지도 않은 그저 미적지근한 반응이기 때문이다. 괜찮다는 말을 들을 바에야 대단한 글을 쓰려다 졸작을 만드는 편이 낫다.

"이야기 전제가 결말이 되어서는 안 된다고 당신이 늘 그랬잖아. 그런데 이 이야기는 그런 류 같아. 문 너머 끔찍한 존재가 여자를 해치려 하고 남자가 여자를 구해야 한다는 게 이 이야기 설정인데, 결국 남자가 그 끔찍한 존재를 해치워서 여자를 구하는 걸로 결말이 나잖아. 그래도 훌륭한 장면이 군데군데 있으니 괜찮아. 더 많은 걸 기대하기는 했지만."

나는 원고를 들고 작업실로 되돌아와 문을 닫았다. 그리고 생

각했다. '작가는 나고 이 원고는 훌륭해. 자기가 글쓰기에 대해 뭘 안다고 그래?'

사실 아내의 말은 일리가 있었고, 나 역시 그걸 알고 있었다. 나는 한 시간 정도 후에야 그 사실을 인정할 수 있었다. 내 이야기의 결말은 시청자가 예상하는 대로, 이야기 초반부에 쓰인 대로 흘러갔다. 놀라운 부분이 하나도 없었다. 물론 여러 좋은 장면이 이야기를 구성하고 있었으므로, 수정하지 않고 원고를 스튜디오에 보냈어도 무리 없이 제작 승인을 받았을 것이다. 하지만 내가 정말 바라는 게 고작 괜찮은 원고인 걸까?

나는 모든 요령과 기술을 동원해 어디가 잘못되었고, 어디를 고쳐야 하는지 눈에 불을 켜고 찾았다. 하지만 소용없었다. 그러다 거꾸로 뒤집어서 보는 순간, 모든 게 명료해졌다.

이 이야기는 긴장증을 앓는 여자가 꿈속에서 무언가를 내쫓으려 한다는 설정에서 출발했다. 이를 거꾸로 뒤집어 생각해보았다. 만약 여자가 무언가를 가두려 하는 거라면?

마지막 인사도 못하고 남편을 떠나보낸 거라면? 그 순간을, 남편을 아직도 잊지 못하는 거라면? 모두가 그만 잊으라고 말하지만 여자는 도무지 그럴 수 없어서 남편의 기억을 자꾸만 더 움켜쥐고 마음속에 가두려는 거라면? 남편에 대한 기억을 놓지 못한 여자는 계속 세상과 멀어져 결국 홀로 남겨지고, 남편을 두 번 잃었다가는 살 수 없을 것만 같은 두려움에 더욱 필사적으로 그 기억에 매달린다.

이렇게 바꾸고 나자 문제가 말끔히 해결되었다. 새로워진 결말에서 주인공은 문 바깥의 존재를 무찌르는 대신, 여성의 기억

속에 갇힌 죽은 남편의 영혼을 자유롭게 풀어준다. 그녀와 남편은 마지막으로 작별 인사를 나누고 삶과 죽음의 경계를 뛰어넘어 서로의 사랑을 확인한다. 남편은 자신을 위해, 또 자신과 함께했던 세월을 위해서라도 계속 살아달라고 아내에게 당부한다. 이 말은 주인공에게도 울림을 준다. 주인공은 자신 역시 슬픔을 딛고 계속 살아가리라 다짐한다. 자신의 아내도 그러기를 바랄 것이기에.

대본의 앞부분은 일부러 고치지 않고 두었다. 문 뒤편에 끔찍한 무언가가 정말 존재한다고 시청자를 속이는 게 중요하기 때문이었다. 게다가 처음 원고를 쓸 때는 끔찍한 무언가가 정말 존재한다고 나 스스로도 생각했기에, 다른 결말은 쉽게 상상이 가지 않을 만큼 모든 장면이 진실되게 읽혔다.

이야기를 쓸 때 무언가 걸리는 부분이 있다면, 이렇게 거꾸로 뒤집어 보기를 추천한다. 모든 종류의 스토리텔링에 유용한 방법이다.

DC 코믹스가 그래픽노블 시리즈를 기획하면서 슈퍼맨 이야기를 내게 의뢰했을 때는 부담감이 상당했다. 그도 그럴 것이 '슈퍼맨'이라는 캐릭터는 75년이 넘는 역사 동안 숱하게 재창조되어 왔기 때문이다. 크립톤 행성이 예정된 폭발을 막지 못해 끝내 멸망하게 되고, 폭발 전에 지구로 보내진 '칼 엘Kal-El'이 슈퍼맨이 되었다는 사실을 모두가 알고 있는데, 여기서 어떻게 참신함과 놀라움을 만들어낸단 말인가?

거꾸로 뒤집어 보기는 결국 질문을 던지는 행위다. 크립톤 행성의 파멸이 사실은 사고가 아니었다면? 외부 힘의 공격으로 파괴

된 것이라면? 그 공격이 전 행성을 뒤흔들 만큼의 위력을 가졌다면? 누가 왜 공격을 감행했으며, 그들은 어디로 달아났고, 그 사건이 슈퍼맨의 미래를 어떻게 바꿔놓을까? 이러한 질문을 던진 덕에, 내가 집필한 《슈퍼맨: 어스 원》은 큰 성공을 거둬 뉴욕 타임스 베스트셀러 목록에도 올랐다.

마블 코믹스가 월간으로 연재하던 《어메이징 스파이더맨》의 작가로 합류해달라고 했을 때도 똑같은 문제에 부딪혔다. 그 유명한 스파이더맨 이야기를 가지고 뭘 더 할 수 있지? 방사능에 피폭된 거미가 자신의 능력을 다른 누군가에게 옮길 수 있게 되었고, 피터 파커가 그 거미에 물려 초능력을 얻었다는 사실은 모두가 알고 있지 않은가.

거꾸로 뒤집어 보자. 거미가 처음부터 능력을 옮길 수 있었고, 방사능에 피폭되어 죽기 전에 필사적으로 자신의 능력을 피터에게 옮기려 했던 거라면? 거미의 초능력과 방사능 중 무엇이 먼저일까? 만약 초능력이 먼저 존재했다면, 그 능력은 어디서 비롯되었고, 대체 누가, 왜 하필 피터에게 그 능력을 옮기게 했을까? 이러한 질문을 파고든 결과, 한때 파산 위기까지 갔던 마블이 핵심 타이틀 '스파이더맨'을 재탄생시킬 수 있었다. 내가 6년간 연재한 《스파이더맨》 시리즈는 수백만 부가 팔렸고, 새롭게 해석된 스파이더맨 탄생 서사는 이후 마블 영화에도 등장하게 된 《스파이더버스》*에 직접적인 영향을 주었다.

---

* 2014~2015년 마블 코믹스가 연재한 만화로, 평행 세계의 스파이더맨들을 등장시킨 작품.

몇 년 후 마블은 여러 해 동안 손대지 않았던 '토르'를 부활시키자고 했다. 《토르》 시리즈가 휴재에 들어간 표면적 이유는 캐릭터에게 휴식을 주는 것이었으나, 실은 토르 타이틀 연재를 의뢰받은 작가가 셋이나 연달아 퇴짜를 놓았기 때문이었다. 토르라는 캐릭터를 가지고 뭘 해야 할지 갈피를 잡지 못하겠다는 것이 이유였다. 결국 편집자들은 나를 찾아왔고, 나는 선뜻 연재를 맡았다. 만일 테이블에 놓인 다섯 건의 프로젝트 중 하나가 아무도 원치 않는 폭탄이자 함정이라면, 나는 어김없이 그걸 고르는 사람이다.

나는 인물의 대사를 참신하게 바꾸고, 새 의상을 입히고, '도널드 블레이크'**를 재등장시키는 등 새 이야기를 여럿 만들었다. 초반 작업의 최대 난관은 토르의 고향인 아스가르드를 어디에 둘지를 결정하는 것이었다. 편집자들은 내가 (신화 내용대로) 산꼭대기, 혹은 구름에 둘러싸인 우주 공간 어딘가에 아스가르드를 두겠거니 생각했다. 하지만 그런 익숙한 설정을 따르면 새로운 스토리텔링을 펼칠 여지가 없었다.

거꾸로 뒤집어 보자. 지금까지는 아스가르드를 높은 곳 혹은 지구 바깥 어딘가에 두었지만, 나는 대번에 오클라호마주 어딘가, 아무것도 없이 텅 빈 공간 한가운데에 아스가르드를 두고 싶었다. 그렇게 하면 이전에는 불가능했던 인간과 신들의 만남을 그릴 수 있었고, 참신한 이야기로 타이틀을 시작할 수 있겠다는

**   인간 세상에 내려오게 된 토르는 '도널드 블레이크'라는 절름발이 의사의 몸으로 살아간다. 도널드 블레이크를 만든 것은 토르의 아버지인 '오딘' 신이다.

확신이 들었다. 편집자들의 우려에도 불구하고 《토르》 시리즈는 내가 연재하는 동안 매달 코믹 분야 베스트셀러 10위권을 벗어나지 않았다. 내가 작업에 참여했으며 전 세계에서 5억 달러 상당의 수입을 벌어들인 영화 〈토르: 천둥의 신〉도 새롭게 바뀐 설정을 그대로 따랐다.

글을 쓰다 문제에 부딪혔을 때 작가는 단편적이고 점진적인 방식으로 문제를 해결하려고 한다. 자신이 만든 이야기에 매몰되어 진짜 문제가 무엇인지 직시할 만큼의 거리를 확보하지 못해서다. 이야기를 다르게 비틀고 어떻게 바꿀지 고민하느라, 전체 상황을 유기적으로 보지 못한다. 문제를 거꾸로 뒤집어 보면 이야기가 새로워진다. 이 방법을 잘만 쓰면, 독자와 관객에게 큰 놀라움을 안길 수 있다. 익숙한 전개를 따르는 듯하다가 자연스럽게 반전을 주는 것이다. 거꾸로 뒤집어 보면서 차근차근 논리를 따라가다 보면 온갖 새로운 가능성과 만나게 된다.

글을 쓰다 막히거나 글이 너무 진부하게 느껴진다면, 혹은 이야기가 어떻게 전개될지 훤히 보여 고민이라면, 거꾸로 뒤집어 보기를. 놀라운 일이 일어날 것이다.

마지막으로 하고 싶은 말이 더 있다. 이 편에서 나는 "모든 요령과 기술"을 동원했다고 말했다. 다른 데서 이 표현을 써보니, 요령과 기술이 대체 무엇이며 둘이 어떻게 다른지를 설명해야겠다는 생각이 들었다.

요령trick은, 이야기에 문제가 생겼는데 작가가 문제의 근본 원인과 해법을 찾아낼 재능이나 이해력을 갖추지 못한 경우에

도움이 된다. 문제를 해결하기보다 은폐하려고 속임수를 쓰고, 억지를 부리고, 폭죽을 터트려 주의를 돌리는 것이 바로 '요령', 즉 트릭이다. 그렇게 독자의 시선을 딴 데로 돌려놓고 자신 있는 부분으로 어물쩍 넘어가는 것이다. 누군가는 이걸 두고 "저기 말이 지나간다!" 수법이라고 하는데, 나는 수상스키 수법이라고 표현하고 싶다. 속도를 늦추는 순간, 균형을 잃고 물에 빠지게 되니 최대한 빠르게 움직여야 한다.

사실 나도 시간이 촉박하거나, (제작자 또는 출판사가 원고를 당장 내놓으라고 닦달해) 문제를 해결할 여유가 없을 때면 요령을 써서 위기를 넘긴다. 달리 방법이 없을 때는 대뜸 총을 든 사람을 등장시켜 위협을 가하게 하거나, (별다른 목적 없이) 시선을 분산시키는 장치를 심어둔다. 엔딩 크레딧이 올라갈 때 즈음이 되면 아무도 그걸 기억하지 못하기를 바라며. 가짜 위기를 일부러 집어넣지는 않지만, 물속을 헤엄치는 상어 지느러미를 내보여 위기의 분위기를 조성하기도 한다. 결국 그 상어가 아무도 물지 않더라도 말이다. 하지만 이런 건 다 임시방편일 뿐이다. 나는 책을 출간하거나 영화를 촬영하기 전에 트릭을 부린 부분으로 되돌아가 더 나은 해법이 없을지를 마지막까지 고민한다.

반면 기술technique은 성질이 전혀 다르다. 기술, 즉 테크닉을 쓸 수 있으려면 이야기와 인물을 제대로 이해해야 하고 오랜 세월 경험을 쌓아야 한다. 새로운 시선으로 이야기를 볼 수 있게 거울을 비틀어 보여주는 것이 바로 기술이다. 안경가게 검안사가 시력 검사기구에 렌즈를 갈아끼우며 "이게 잘 보여요, 이게 잘 보여요?" 하고 묻는 것과도 같다.

기술은 우리가 예술을 표현하는 도구이고, 요령은 우리의 역량이 딸려 생긴 예술의 허점을 은폐하는 붕대와 같다. 두 방법 모두 재능을 드러내거나 보호하는 데 쓸모가 있다. 그러나 재능이 없는 상태에서 요령만 잔뜩 익히는 것만으로는 부족하다.

이 사실만큼은 절대 뒤집을 수 없다.

#8. **함께 일한다는 것**

좋은 작가는 수년에 걸쳐 숙련된 기술의 원칙을 체득하고 그 기술로 더 나은 작품을 만들고자 고민한다. 위대한 작가는 그러한 통념에 반기를 들고 경험의 한계를 뛰어넘어 새롭고 특별한 무언가를 창조하고자 시도한다. 작가가 스스로의 지평을 넓히는 데에는 여러 방법이 있지만, 그중 가장 확실하면서도 어려운 것이 바로 '협업'이다.

당신이 보고 듣고 겪는 모든 것이 당신의 머리 한가운데에 렌즈를 만들고, 당신은 그것을 통해 세상을 본다. 그 관점은 온전히 당신만의 것이다. 다이아몬드가 희귀해 값진 것이라면 이 세상에서 오직 당신에게만 있는 그 관점은 얼마나 희귀하고 값진 것일까? 드라마 작가진을 모집할 때 내가 중요하게 보는 것 또한 작가의 독창적인 시각이다. 아무도 마이클 셰이본의 글을 흉내낼 수 없다. 아무도 닐 게이먼의 글을 흉내낼 수 없다. 아무도 J. 마이클 스트라진스키의 글을 흉내낼 수 없다.

마찬가지로, 아무도 당신의 글을 흉내낼 수 없다.

독창적인 시각을 가졌기에 작가는 대체 불가능한 존재다. 그러나 그 시각에서 벗어나려고 노력하지 않으면(외면하고 싶은 우리의 편애와 편견을 인정하는 것도 그 노력의 일부다), 관점의 편협함에 매몰되어 예술가로서 더 성장할 수 없다. 협업은 다른 누군가의 관점으로 세상을 바라보게 해준다. 작가는 협업을 통해 타인의 관점으로 살아가며 타인의 기술을 배우고 그가 스토리텔러로 성장하기까지 겪었던 일들을 이해하게 된다. 협업은 창의력의 근육을 굳지 않게 만들어준다. 경험과 배움을 쌓는 차원에서 한 번쯤 시도해보아도 좋고, 평생 협업 방식으로 일할 수도 있다.

글쓰기를 업으로 선택한 사람들이 모두 똑같은 분야에서 똑같은 수준의 능력치를 가진 것은 아니다. 누군가는 플롯을 짜는 데 탁월하지만, 대사를 쓰고 인물을 만드는 데는 영 별로일 수 있다. 또 누군가는 착 감기는 대사와 매력적인 인물은 잘 만들면서 플롯을 흡입력 있게 구성하지 못하기도 한다. 많은 작가가 능력의 균형을 맞추려고 여러 도구들을 익혀 그럭저럭 잘 살아가지만, 몇몇은 자신에게 부족한 능력을 지닌 파트너 작가를 구해 협업을 시도한다.

협업은 드라마와 영화업계에서 특히 빈번하다. 드라마와 영화 크레딧만 봐도 공동 작가가 얼마나 많은지 알 수 있다. (처음부터 파트너로 공동 집필한 작가와 후반 작업만 함께한 작가는 엄연히 다르다. 미국 작가조합에 따르면, 파트너 작가는 크레딧상에서 기호 '&' 뒤에 이름을 올린다. '각본: 존 스미스&텍스 밀러' 같은 식으로 말이다. 누군가가 써놓은 대본을 수정하도록 고용된 작가는 '존 스미스 그리고 텍스 밀러'처럼 '그리고and' 뒤에 이름을 올린다.)

나는 초보 작가 시절에 나를 고용했던 두 총괄제작자, 제리 테일러와 고故 데이비드 모싱거를 보며 진정한 협업이 무엇인지를 깨달았다. 데이비드는 늘 빈틈없이 플롯을 짰는데, 갈등을 만들어내는 데에는 탁월했으나 인물은 플롯만큼 다층적이거나 정교하지 못했다. 인물의 개성이 무엇이고 그가 어떤 감정을 느끼는지보다 누구와 갈등을 빚는가에 초점이 더 맞춰졌다. 반면 제리는 플롯과 구조를 짤 때 갈등보다 인물 간의 관계에 집중하는 편이어서 인물의 감정과 배경 서사에 더 중점을 뒀다. 그래서 인물들이 주고받는 대사가 자연스럽고 편안했으나, 장면을 하나씩 떼어놓고 보면 갈등의 강도가 약해 인물들의 활력마저 빛을 잃었다. 제리와 데이비드는 각각 혼자서도 뛰어난 작가였으나, 둘이 힘을 합치면 모두가 함께 일하고 싶어 하는 콤비가 되었다. 물론 나도 그중 하나였다. 작가로서 둘의 장단점은 서로를 완벽하게 보완했다.

반면, 가진 기술이 엇비슷한 사람과 협업하기란 쉽지 않다. 인간은 높은 확률로 영역 동물이기 때문이다. 만약 양쪽 모두 대화를 쓰는 데 강점이 있으면, 누구의 의견을 대사에 반영할지를 두고 언쟁이 벌어질 것이다. 몇 년 전 나는 CBC 드라마의 파일럿 대본을 친구와 공동으로 작업한 적이 있는데, 결국 싸움으로 끝이 났다. 우리는 둘 다 세계를 창조하는 데 강점이 있는 작가들이었다. 없던 신화를 만들고 인물에게 독특한 출생 배경을 부여하는 것이 우리의 특기였다. 그래서인지 대본을 집필하는 내내 서로의 의견에 딴지를 걸었다. 협업 이전부터 좋은 친구 사이였기에(물론, 협업이 끝난 후에도 좋은 친구로 남았으므로 이 이야기는 해피 엔딩이다), 우리는 친구가 자신의 의견을 따라주기를, 혹은 자신의 의견이 끝내 친구의 의견보다 우위에 서기를 기대했었다. 우정을 일과 연결 지은 것은 실수였고, 결국 우리는 우정이 결딴나는 것을 피하기 위해 인물들을 여러 집단으로 나눠 각자 맡은 인물들의 대사만 쓰는 것으로 합의를 봤다. 자, 이쪽 세계 인물들은 내가 맡을게. 넌 저쪽 인물들을 맡아. 그러다 나중에 합치자. 우리는 각자 대본을 무사히 완성했으나 별도의 두 이야기를 합친 것이 누가 봐도 티가 났고, 당연히 우리의 대본은 채택되지 못했다.

글쓰기 프로젝트를 함께할 파트너를 찾고 있다면, 작업 초기에 물색해야 한다. 이미 글을 한참 써놓은 상태에서는 곤란하다. 공동 작가가 될 사람에게 "내가 대본을 거의 다 써놨는데 남은 부분을 함께 작업해서 더 좋게 만들어 볼래요?" 하고 제안해서는 좋은 인상을 남기기 어렵다. 상대방을 함께 작업할 파트너가 아니라, 당신의 프로젝트를 위해 고용한 조력자로 만들어버리기 때문이다. 성공적인 협력은 처음부터 동등한 수준의 참여를 전제로 해야 한다.

평소 알고 지내던 사람과 협업하는 것은 도움이 되지만, 우정을 일과 연결 짓는 것은 때로 위험하기도 하다. 나는 〈〈매트릭스〉

를 만든) 워쇼스키 자매와 오랜 친구인데, 한번은 라나 워쇼스키가 드라마업계에 진출하는 것을 고민 중이라며 상의할 겸 샌프란시스코로 나를 초대했다.

우리는 주말 내내 라나의 작업실에서 SF와 문학, 정치, 자유의지와 예정론에 대해 이야기를 나눴고, 그밖에 관심이 있는 주제와 작업에 대해 떠들었다. 하지만 대화의 물밑에서는 은밀하게 서로의 강점과 약점을 파악하며 협업의 가능성을 가늠했다.

공통적으로 우리는 글을 쓸 때 조사를 많이 하는 편인데, 라나가 조사를 먼저 한 뒤 찾은 정보를 모아 인물을 만든다면, 나는 인물을 먼저 설정해두고 그걸 뒷받침할 정보를 조사하는 쪽이었다. 탁월한 사고력의 소유자인 라나는 어떤 이야기를 쓰건 그것의 사회학적이고 철학적인 기초를 다지는 데 심혈을 기울였다. 학교에서 그런 것들을 배웠던 나는 마음만 먹으면 그런 논의를 깊이 있게 끌고 갈 수 있었다.

그렇게 우리는 인간의 언어가 진화에 미치는 영향, 인류 문화의 발전과 균사체 성질의 발전 간의 유사성에 대해 한참을 토론했고, 인간이 각자 삶에 부여하는 의미가 서사를 탄생시키는지, 아니면 서사가 인간에게 삶의 의미를 주는지 등에 대해 열띠게 이야기했다.

말하자면, 라나와 나는 몇 시인지 물으면 시계의 탄생부터 설명하기 시작하는 부류였다. 그런 유사점을 확인하고 나자 협업의 균형을 맞추려면 이야기에 거창한 의미를 부여하는 역할에서 내가 한 발 물러나야겠다는 생각이 들었다. 심오한 의미 부여를 라나의 몫으로 양보한 뒤, 나는 이야기와 인물들이 좀 더 감정적이고 대중적으로 어필할 수 있게끔 힘을 쏟았다. 그래야 작품이 현실에서 붕 뜨지 않을 것 같았다.

자동차가 어떻게 굴러가는지를 파악하려면 후드를 까보아야 하듯이, 그 주말 동안 우리는 서로의 후드를 열어 강점과 약점, 그리고 창의력을 표현하는 언어를 확인했다. 그 덕에 알차고 생산적인 대화가 가능했다. 이게 바로 협업의 재미다.

그런데 서로의 작업 과정을 너무 잘 아는 것은 협업의 위험 요소가 되기도 한다. 자칫 잘못했다가는 우정과 협업을 한꺼번에 망칠 수 있다.

나중에는 릴리 워쇼스키까지 합세해 우리 셋이 몇 달간 그들의 시카고 사무실에서 〈센스8〉 드라마의 인물들과 세계관을 만들었다. (이 드라마는 이후 넷플릭스에 팔렸다.) 당시 그들은 워너 브라더스와 계약해 각본과 연출을 맡은 영화 〈주피터 어센딩〉을 편집 중이었다. 하루는 가까운 가족과 친구들을 초대해 영화 가편집본을 상영하는 시사회가 두 차례 열렸는데, 나도 거기에 초대받아 가게 되었다.

원래는 첫 번째 상영회에만 참석한 뒤 호텔로 돌아가 글을 쓸 생각이었다. 그런데 영화를 보다 보니 문제점이 여럿 보였다. 지금 생각해보면, 그 문제들은 라나 특유의 스토리텔링 방식에서 비롯된 것들이었다. 어항에 갇힌 물고기가 물을 못 보듯이, 예술가라면 누구나 자기 관점에 매몰되어 창작물의 결점을 못 보는 경우가 있다. 라나 역시 그랬던 것이다. 나는 결국 두 번째 상영회에도 참석해 내가 생각하는 문제점들을 적어가며 영화를 봤다.

상영회가 모두 끝나고 다들 음식을 먹으며 파티를 즐기는 동안, 나는 사무실에 틀어박혀 감상평을 적어 내려갔다. 관객과 평론가의 혹평이 예상되는 지점이 어디인지를 지적하고 그 부분을 어떻게 고칠지 나름의 의견을 제시하기도 했다. 나한테는 지극히 당연한 행동이었다. 변화를 제안해 프로젝트를 살릴 시간이 남아있는 한, 언제 어디서든 나를 찾아와 문제점을 지적하고 질문을 던지라는 것이 내 작업 수칙이었으니까.

그런데 내가 문제점을 지적하는 방식이 워쇼스키 자매의 방식과는 달랐던 것으로 드러났다. 그들은 영화에 결점이 있다는 내 의견에 서운함과 분노를 감추지 못했고, 하마터면 이 일로 협업과 우정이 동시에 결딴날 뻔했다. 그들과 오래 일한 제작자인 그랜드 힐이 당황한 나를 한쪽으로 끌고 가더니 라나와 릴리는 "반대 의견을 반기지 않는다"고 귀띔해주었다.

긴장된 분위기 속에서 회의가 열렸고, 워쇼스키 자매는 자신들의 영화는 지금의 상태로 완벽하며, 내가 지적한 여섯 가지 문제는 얼토당토하지 않다고 말했다. 협업을 계속하려면 내가 "그들 영화에 대한 비관적인 전망"을 철회해야 했다.

나는 결국 그들의 요구를 따랐고, 다시금 협업과 우정 사이에 선을 그어야 했다. 안타까운 점은, 〈주피터 어센딩〉이 개봉하자 관객과 평론가 모두 내가 발견한 여섯 가지 문제를 고스란히 지적했다는 것이다. 심지어 그 문제들은 쉽게 해결 가능했다. 조금만 손보면 훨씬 나았을 그 영화는 결국 그해에 가장 참패한 작품이자 가장 혹평받은 작품이 되었다. 구약 성경 수준의 심판이 내려졌고, 이 일로 우리의 우정에도 금이 갔다.

협업에 우정을 끌어들이지도, 우정에 협업을 끌어들이지도 말라. 다정하되 단호하라. 선을 지키자. 원래 맺어둔 관계의 덕을 보려고 하지 말자. 사사로운 감정은 사무실 바깥에 두고 작업할 것. 전문적이되 솔직하고, 존중하되 가감 없이 비판할 것.

이 원칙에 모두가 동의해야만이 협업은 성공할 수 있다.

#9.   우물 안에 뭐가 있길래?

1981년 로스앤젤레스에 왔을 때, 각 분야에서 손꼽히는 방송 드라마 작가를 스무 명 넘게 알게 되었다. 몇몇은 애니메이션 대본을 쓰고 몇몇은 라이브 액션 대본을 썼는데, 하나같이 잘나가서 방송사와 스튜디오에서 경쟁하듯 그들을 모셔갔다. 그런데 1990년대 말 즈음이 되었을 때는 대부분 업계를 떠났거나, 근근이 의뢰를 받아 일하며 겨우 건강보험 자격을 유지하고 있었다. 어째서 나만 10년 넘게 꾸준히 일하는 사람으로 남았을까? 그들은 나이가 들어 저절로 밀려난 것이 아니었다. 이 업계에서 사라질 때도 그들은 여전히 젊은 축에 속했다. 재능이 없던 것도 아니었다. 재능만 놓고 보면 다 거기서 거기였다.

그런데 어쩌다 이런 차이가 생겼을까?

나는 그 이유가 우물과 관련이 있다고 본다.

그들의 경력이 내리막길에 접어들려고 할 때, 나는 그들에게 다른 분야에 도전해볼 것을 권했었다. 기사를 쓰거나, 소설을 발표하거나, 다른 장르의 대본을 써보라고 말이다. 좀 더 대중성 있는 드라마나 코미디, 실화 작품을 써본다면? 그때마다 그들은 "나는 이런 작가이고, 내가 쓰고 싶고 쓸 줄 아는 이야기가 이런 거야. 난 이런 우물 안에 살아"라는 말로 내 조언을 튕겨냈다.

업계가 그들을 받아들여 준다면 문제될 것은 없다. 하지만, 세상과 업계가 변하는데 혼자만 그대로면 문제가 된다. 익숙하지 않은 것에 도전하기를 겁내며 우물 안에만 있으려고 하면, 결국 거기서 생을 마감하게 된다.

그게 바로 우물의 함정이다.

작가조합이 작가 경력의 평균 수명을 10년으로 잡은 것도 이와 관련이 있다. 10년이 되면, 당신이 어떤 작가인지가 판가름이 난다. 만약 업계가 당신에게서 더 이상 놀라운 점이나 독특한 개성을 발견하지 못한다면, 그들은 당신에게 관심을 끊고 새로운 작가를 찾아 나설 것이다.

다른 사람들은 10년간 열심히 훈련하면 의사가 되고 물리학자가 된다. 그러고 나면 평생 그 일로 먹고살 수 있다. 반면 작가는 글쓰기에 평생을 바쳐도 10년 만에 경력이 종말을 고할 수 있는 사람들이다. 제작자들이 지루함을 느끼기 때문에, 바로 당신이 지루한 존재가 되었기 때문에.

아니, 정확히 말하면 당신이 지루한 존재가 되도록 스스로를 방치했기 때문이다.

작가는 숱한 거절과 조롱, 궁핍과 고독을 헤쳐나가며 경력을 이어가지만, 두려움 혹은 방심에 빠지는 순간 당장이라도 그 경력이 끝장날 수 있다. 익숙한 것들에만 자신을 가둔 채 밖으로 나가려 하지 않으면, 작가로서 당신은 이미 죽은 목숨이다. 아직 그걸 깨닫지 못했을 뿐이다. 물론 처음부터 그걸 깨닫기는 힘들다. 이런 문제는 영화와 드라마업계에서 빈번히 벌어지지만, 출판계도 예외는 아니다. 이에 관해서는 마지막 편에서 자세히 다룰 것이다.

작가로서 죽음을 피할 한 가지 방법으로 나는 '삼각의자 이론'을 제안한다.

작가로서 살아남으려면 적어도 세 가지 수입원과 세 가지 창작 능력을 겸비하고 있어야 한다. 그래야 참신함을 잃지 않으면서 경제적으로도 안정을 유지할 수 있다. 일을 하다 보면 언제라도 셋 중 하나가 삐걱거리는 순간이 오는데, 그럴 때는 당신이 부러진 다리를 새로운 걸로 바꾸는 동안 나머지 두 다리가 든든히 버텨줄 것이다.

초보 작가 시절 내 삼각의자의 다리 구실을 한 것은 신문 기사, 소설, 그리고 라디오 대본 일이었다. 소설 창작에 들인 노력이 기대 만큼의 성과를 내지 못한 후부터는 신문 기사와 라디오 대본 그리고 애니메이션 대본 작업으로 수입원을 꾸렸다. 어느 정도 경력을 쌓은 후로는 라이브 액션 드라마, 만화책 그리고 영화 일이 삼각의자를 지탱해주었다. 그러다 2016년부터는 만화책 일을 더 이상 하지 않기로 했다. 그 다리를 잘라낸 것은 순전히 나의 의지였으며, 빈자리에 책 작업을 넣은 것도 나의 선택이었다. (《슈퍼맨이 되다》, 《우리는 함께 간다》, 그리고 지금 이 책이 그 결과물이다.)

삼각의자 이론은 단순히 돈 문제만 관련이 있는 것은 아니다. 봉건 시대 일본의 사무라이는 훌륭한 무사가 되기 위해 갖춰야 할 자질 외에 적어도 한 개 이상의 취미를 길러야 했다. 그래서 서예, 악기 연주, 정원 가꾸기, 그림 그리기 등을 의무적으로 배웠다. 그런 취미를 솜씨 좋게 즐기는 사람일수록 집중력과 유연성을 고루 갖춰 더 훌륭한 무사로 성장했다. 이처럼 예술가도 뻔한 길 바깥으로 발을 디뎌야 한층 더 성장할 수 있다.

제자리에 머무는 것은 죽음과도 같다. 매해 똑같은 논밭에서 똑같은 농작을 수확하면 언젠가 그 땅은 영양분이 고갈되어 작물을 생산해내지 못한다. 논밭의 생산 능력을 유지하려면 돌려짓기가 필요하다. 창의력을 발휘해 글을 쓸 때도 마찬가지다. 신문 기사를 쓰다 보면 글의 구조를 잡는 법을 저절로 훈련하게 되는데, 그렇게 터득한 기술은 나중에 짧은 이야기를 창작할 때에 써먹을 수 있다. 짧은 이야기를 쓰며 인물들 간의 대화 작법을 체득했으면, 드라마 대본을 쓰게 되었을 때 그걸 활용하면 된다. 드라마 대본을 쓰며 긴 호흡으로 글 쓰는 법을 훈련하다 보면, 장편 소설이나 영화 대본을 쓸 기회가 올 수도 있다. 그렇게 긴 호흡의 작품을 맡아 인물을 설득력 있게 그리는 법을 배웠으면, 언젠가 SF 영화 각본을 쓸 때 좀 더 현실적으로 작품을 만들 수 있을 것이다. SF 영화를 작업해봤으면, 이후에 대중적인 드라마 대본을 쓰게 되었을 때 액션이나 기술 요소를 가미해 현대적인 느낌을 더할 수도 있다.

이렇듯, 모든 경험이 다음번에 할 일의 재료가 된다. 여러 분야를 넘나들며 창작하는 작가라면 바이어의 눈에도 매력적으로 비춰진다. 여기서 나는 새로운 보조 원칙으로 '머나먼 땅에서 온 왕자 시나리오'를 소개하고 싶다.

만화책 출판사는 늘 만화책 작가와만 작업하기 때문에 어느 순간 그들에게 무덤덤해진다.

방송사는 늘 방송/드라마 작가와만 작업하기 때문에 역시 그들에게 무덤덤해진다.

영화 스튜디오는 늘 각본가와만 작업하기 때문에 색다른 작업을 할 기회가 없다.

하지만, 만화책 출판사 앞에 나타난 방송/드라마 작가는 머나먼 땅에서 온 왕자와 같다. 영화 스튜디오를 찾아간 만화책 작가 역시, 머나먼 땅에서 온 왕자다. 방송사에는 영화 각본가가 그런 존재다. 별안간 당신이 그들에게 특별한 존재, 반짝이고 신선한 존재가 되는 것이다.

나는 작가로 사는 동안 계속해서 재탄생하고 변모했다. 기자였다가 애니메이션 작가로, 라이브 액션 작가였다가, 만화책 작가로, 또다시 영화 각본가로 활동했다. 처음에는 논픽션에 주력했지만, 판타지와 SF 장르(《바빌론5》)에도 진출했고, 역사물(《체인질링》)에도 손을 댔으며, 아주 상반되게 호러물(《월드워 Z》)도 작업해봤다. 이 책과 거의 동시에 출간된 소설 《우리는 함께 간다》는 서간체로 쓰인 캐릭터 드라마다. 업계가 나를 특정 부류의 작가로 정의하려 들 때마다 나는 영역을 바꿔가며 더 재밌는 일을 찾아서 하고 업계 사람들을 혼란에 빠트린다.

내 재능이 얼마나 뛰어난지는 나도 모르겠다. 인격을 놓고 보자면 평균 이하일 때도 많다. 하지만 단언컨대, 작가의 평균 수명을 10년밖에 허락하지 않는 이 업계에서 내가 40년 가까이 쉬지 않고 일할 수 있었던 것은 '머나먼 땅에서 온 왕자' 전략 덕분이다.

내가 해냈으면 당연히 당신도 해낼 수 있다.

일하는 영역이 넓어지면, 필요할 때마다 영역을 옮겨 다니며 작가로서 활력을 유지할 가능성이 그만큼 커진다. 늘 똑같은 루틴의 우물에 갇혀 작가의 삶을 소진하기보다, 계속 재탄생하는 나비처럼 이곳저곳을 날아다니며 영원히 새롭고 찬란하게 살아가기를.

#10.   복잡한 플롯을 짜는 방법

플롯을 만드는 과정은 기초 작문법 책들에 거의 다 나와 있으니 여기서는 따로 논하지 않을 것이다. 게다가 지금 우리는 '장르문학 작가로 살아가기' 섹션에 와 있으므로, 독자 대부분이 작가로서 입문 단계를 지나 어느 정도 성공을 거둔 상태라 보아도 무방하다. 잘 구성한 플롯은 당신이 만든 액션 장면과 캐릭터, 기발한 대사를 걸어두는 생명줄과도 같다. 즉 플롯은 당신의 이야기가 살아 숨 쉬는 곳이다. "어떤 이야기를 쓰고 있나요?"라고 질문을 받았을 때, 작가는 무작위로 장면을 설명하지 않는다. 일관성 있는 플롯에 따라, 아주 먼 옛날이란 말로 시작해 A에서 B로, B에서 C로 이야기를 풀어간다.

　기본 플롯이 탄탄하면 뜻밖의 변수 없이 이야기를 순차적으로 설명할 수 있다는 이점이 있다.

하지만 반대로 생각하면, 어떠한 놀라움과 궁금증도 유발하지 못한다는 단점이 있다. 플롯을 잘 짜는 능력은 작가로 살아가는 여정의 출발점이지 목적지가 아니다. 글을 계속 쓰다 보면 머지않아 복잡하고 재치 있는 플롯을 만들어야 하는 순간이 찾아온다.

나는 주마다 방영되던 경찰 드라마를 제작자 데이비드 모싱거와 함께 작업하면서 글쓰기에 관해 잊지 못할 교훈을 하나 얻었다. 그 무렵 나는 30분짜리 드라마 대본을 스무 편 넘게 써본터였고, 대본을 수정해본 경험도 엇비슷하게 있었다. 그래서 플롯을 어떻게 짜는지 꽤 잘 안다고 자신했었다. 따라서 데이비드가 나를 자기 사무실로 불러내 초안에 퇴짜를 놓았을 때는 진심으로 놀랐다. 그는 "아니야, 이건 안 돼. 절대 안 돼" 하고 말했다.

나는 "왜요? 뭐가 문제인데요?" 하고 반문했다.

데이비드는 의자에 앉은 채, 한숨을 푹 쉬며 독서용 안경 너머로 나를 힐끔 보았다. "모든 게 다 문제야. 모든 게."

솔직히 말하면, 그때 나는 살짝 발끈했다. 혈기왕성한 나이이기도 했고 자의식이 흘러넘치던 때였으니까. 게다가 초안은 그와 미리 상의해 승인받은 내용 그대로였다. 그런데 갑자기 모든 게 문제라고?

데이비드는 말했다. "주인공들이 여기, 여기, 그리고 여기에 다니면서 필요한 정보를 얻고 있어."

"네. 용의자들과 목격자들을 신문하면서요. 그렇게 하기로 정했잖아요."

"신문해서 정보를 얻는다고 말이지."

"네, 그렇죠."

"그게 문제야. 인물들이 그냥 고분고분하게 정보를 털어놓잖나. 정보를 캐내는 과정은 까다로워야 해. 사람들이 협조를 거부하거나, 연락을 받지 않는다거나, 하다못해 거짓말이라도 해야지. 거짓말을 하면 지금 이 이야기에 부족한 긴장감과 갈등이 생기니 더 좋아. 그렇게 되면 진짜 용의자가 누군지 헷갈리게 의심을 분산시킬 수도 있어.

단서와 정보를 무미건조하게 축적해서는 안 돼. 단서 하나하나를 놓고 싸우는 장면을 통해 캐릭터를 보여주고 갈등을 만들어야 한다는 말이야. 그런데 지금 자네 글을 보면 그냥 이 사건이 벌어지고, 저 사건이 벌어지고, 그다음 사건이 벌어지는 식이야. 사건이 벌어지기 시작하는데 갑자기 다른 사건이 터지는 바람에 그걸 어찌저찌 수습하지만, 먼젓번에 터진 사건이 다시 끼어들어서 모든 게 엉망이 되는 그림으로 가야 해. 시종일관 사건의 병렬이어서는 안 된다는 거지."

맞는 말이었다! 여태껏 나는 30분짜리 드라마를 써본 게 전부였다. 30분이면 캐릭터를 쌓고, 주제를 드러내고, 무슨 일이 벌어지고 있는지를 충분히 설명한 후, 깔끔히 결말에 도달하기에도 빠듯한 시간이었다. 1시간짜리 작품의 구조는 그보다 더 복잡해야 했다. 이야기를 더 많이 비틀고 뒤집어야 했다. 더 많은 눈속임을 집어넣고, 미스터리 드라마라면 '레드 헤링red herring'[*]

---

[*]   '붉은 청어', '훈제 청어'를 가리키며, 비유적으로는 '관심을 분산시키는 것'을 의미한다.

으로 시청자를 현혹시켜야 했다. (혹은 유니버설 스튜디오의 고위 관계자가 늘 틀리게 부르던, 그러나 누구도 바로잡지 못했던 '가짜 청어 미끼false herrings'로.)

갈등 요소를 삽입하면 인물들의 감정이 더 선명해진다. 예를 들어, 살인 사건이 벌어지면 누구나 나름의 이유로 진실을 감추려는 경향을 보인다. 범인은 당연히 자신의 죄를 감추려 거짓말할 것이고, 무고한 사람은 누명을 쓸까봐 두려워 거짓말할 수도 있다.

플롯 짜기는 논리적 진실을 만드는 행위다.

스토리텔링은 감정적 진실을 만드는 행위다.

이 두 가지 행위는 때로 중첩되기도 하지만 확연히 구분되기도 한다. 인물 앞에 장애물이 생기면 그 인물, 그리고 작가인 당신은 더 기발한 방식으로 움직여 이야기를 끌고 가야 한다. 길을 가로막는 바위가 클수록 더 애를 써야 한다. 그 바위가 뻔한 문제여서 쉽게 쪼개질 성질의 것이 아니라면 더더욱 그렇다.

이야기를 끝까지 완성했으면 처음으로 돌아가 논리적으로 흐르는 이야기에 가차 없이 구멍을 내라. 모든 선택과 결정을 의심하고 모든 반전 요소를 점검해 허점을 찾아내자. 이야기의 큰 줄기만 이런 식으로 검토하라는 소리가 아니다. 모든 인물이 내리는 모든 선택을 포함해 사소한 것 하나하나까지 다시 보아야 한다. 과연 인물들의 선택이 현명한가? 혹시 작가인 당신이 글을 쓰기에 편한 쪽으로 선택을 유도하지는 않았나? 만약 후자라면, 더 흥미롭게 글을 바꿀 수는 없을까?

가끔은 순차적이고 엄격하게 플롯을 짜던 기존의 습관과 충돌하는 내면의 목소리에 귀를 기울여야 이 질문에 대답할 수 있다.

〈바빌론 5〉를 제작하던 시절, 나는 '론도 몰라리'라는 인물이 전쟁을 막기 위해 황제를 암살하고, 자신이 아끼는 사람들을 구한다는 선택을 내렸었다. 론도는 호감이 가는 매력적인 인물이지만, 필요할 때는 물불을 가리지 않는 성격이었으므로 그런 행동을 하는 것이 전혀 어색하지 않았다.

한편 몰라리의 비서 '비르 코토'는 수줍음이 많고 순진하며, 천성이 선하고 번듯한, 한마디로 파리 한 마리도 못 잡을 사람이란 표현이 딱 어울리는 인물이었다. 쥐들 손에 자란 사람이라는 표현과도 어울리고. 그런데 암살 장면을 쓰려던 순간, 비르 코토가 내 머릿속에서 이렇게 속삭였다. "당신, 실수하는 거야."

"실수라니 그게 무슨 소리야?" 나는 되물었다. "당신을 창조한 건 나라고!"

"어쨌거나 당신은 지금 아주 어리석은 짓을 하고 있다니까. 어떤 의도에서건 황제를 암살할 사람은 나여야 해."

"하지만 이 플롯에서는 몰라리가 암살하는 것이 논리적인 선택이야."

"아니, 그건 쉬운 선택일 뿐이야. 몰라리가 황제를 죽이는 건 그럴싸한 일이니 사람들의 기억에 남지 않아. 몰라리가 암살범이 되면 이야기가 무리 없이 이어질까? 당연히 그러겠지. 하지만 암살범이 나여도 마찬가지일 거야. 지금 당신은 이 사건에서 다른 사건으로 이어지는 길을 가려고 하고 있어. 그게 더 쉬운 길이니까. 만약 내가 황제를 죽이면, 이야기에 놀라움을 선사하고 플롯에 반전 효과를 더해줄 거야. 몰라리와 달리 나는 슬퍼하고 후회하겠지. 최소 6편 정도는 그걸로 끌고 갈 수 있어."

생각하면 할수록 그가(정확히는 이 대화를 위해 '비르'역을 수행한 내 머릿속의 목소리가) 하는 말이 옳았다. 결국 나는 쓰던 문장을 지우고 비르를 암살범으로 바꾸었다. 결과적으로 그 장면은 시리즈를 통틀어 가장 강렬한 순간으로 남았다.

하나 아쉬운 점은 그 반전 요소를 이전 대본에 암시하지 못했다는 것이다. 그 장면을 쓰던 바로 그 순간에 그 결정을 내린 것이었기에 반전의 단서를 차곡차곡 쌓을 수 없었다. 스토리텔링을 할 때는 독자 또는 관객과 공정한 플레이를 하는 것이 중요하다. 이야기의 전개 방향을 예고하는 요소들은 처음부터 온전히 존재하고 있다가 이야기가 어느 정도 진행되었을 때 전면에 드러나야 한다. 가장 이상적이게는 독자나 관객이 책과 영화를 처음부터 다시 볼 때 모든 단서가 확실히 보여야 한다.

공정하지 못한 플레이란, 예기치 못한 인물의 변화와 플롯의 반전, 갑작스러운 폭로 등이 이전 사건들과 어울리지 않을 뿐더러 그간 독자나 관객이 알고 있던 인물들의 성격과 상충되는 상황을 가리킨다. 물론, 작가가 할 일을 제대로 했으면 깜짝 놀랄 만한 반전이나 인물의 변화로 결말을 장식해도 문제없다. 다만 독자나 관객이 그런 반전에 감정적으로 '공감'할 수 있어야 한다. 즉 인물이 표면적으로 보이는 모습과 다른 면모를 가지고 있으며, 결정적인 순간에 선함을 (혹은 잔인함을) 드러낼 수 있다는 점을 이전 장면들에서 암시해둬야 한다. 인물의 변화 폭이 클수록 그 행동이 이전 장면들 속에서부터 자연스럽게 이어지는 결과로 받아들여져야 한다.

경악스러운 결말은 이러한 원칙을 따르지 않아서 생긴다. 그런 결말에서 인물이 뜻밖의 행동을 하는 것은 그게 합당하고 당연해서가 아니라, 작가가 이전 사건들의 맥락을 무시했기 때문이다. 이는 작가가 독자나 관객을 충격에 빠트리는 것에만 관심이 있는 경우이거나, 어떻게 결말을 내야 할지 몰라 궁지에 몰려 그냥 자폭해버린 경우다. 이때 인물들은 작가가 시키는 대로만 움직일 뿐 감정적 공감을 자아내지 못한다.

플롯의 원동력은 감정이다. 감정이 곧 플롯이다. 감정은 나열되는 사건들에 인과관계를 부여해 그걸 이야기로 꿰어낸다.

왕이 죽고 여왕이 죽었다고 하면 사건의 나열이다. 하지만, 왕이 죽은 뒤 슬픔에 잠긴 여왕마저 죽었다고 하면 이야기가 된다.

이야기를 발전시킬 때는 바로 이러한 감정적 연결고리를 찾아내 그걸 꽉 붙들어야 한다.

독자 또는 관객과 공정한 플레이를 하자. 결정을 가차 없이 번복할 줄도 알아야 하지만, 그렇다고 인물들을 함부로 망가트려서도 안 된다. 논리적 진실이 감정적 진실을 가리도록 두지도 말자. 감정적 진실에만 충실해도 당신이 원하는 방향으로, 그것도 훨씬 더 인상 깊게 플롯을 끌고 갈 수 있다.

#11. 쓰는 삶을 살아가기 (그리고 버티기)

작가로 오래 일한다는 것은 크레딧에 이름을 올리고, 신문에 글이 실리고, 책을 내고, 영화를 제작하고, 상과 찬사를 받는 것 이상의 일이다. (물론 이런 성과들이 따라붙으면 작가의 삶이 한결 수월해진다.) 작가의 삶은 어지러우나 피할 수 없는 문제들로 이뤄진다. 이를테면, 사람들과 어떻게 관계를 맺을지, 실패와 성공 그리고 그 사이 지점에서 어떻게 반응할지에 관한 것들로.

이 책을 읽는 모든 탄소 기반 생명체들처럼, 나 역시 사람으로 인한 행복과 아픔을 느껴보았고, 인간관계와 예술적 충동 사이에서 어떻게 균형을 잡아야 할지 누군가 알려주었더라면 얼마나 좋았을까 생각한 적도 많다. 나는 작가인 당신과 대화하는 것을 상상하며 이 책을 썼고, 이 장 또한 그렇게 쓰일 것이다. 하지만, 내가 사랑했고 날 사랑했던 이들에게 무슨 말을 해야 할지 몰라 못했던 말들. 그러나 해야만 했던 말들을 생각하면, 지금까지도 사무치게 후회된다.

따라서 이 장에서는 당신 곁에 있는 사람에게 내가 대신 말을 건네고 싶다. 지금 당신에게 중요한 누군가에게. 배우자, 동반자, 가족, 친구 누구건 지금 이 책을 읽고 있는 순간, 당신이 당신의 사람이라고 생각하는 그 사람에게 하고픈 말이 있다. 이 책을 그 사람에게 건넨 뒤 잠시 자리를 비켜주기를. 우리는 이따가 다시 만나기로 하자. 이제 자리를 비켜달라. 진심이다.

이제 정말 갔겠지? 좋다.

일단 나는 당신에게 위로를 건네고 싶다.

당신이 사랑에 빠졌거나, 결혼을 했거나, 핏줄로 엮인 그가 하필 작가이니 말이다. 그는 소매치기, 날강도, 방화범, 연쇄살인범, 혹은 국회의원이 될 수도 있었지만 끝내 예술가의 삶을 선택했다. (정확히 말해 그런 삶이 그를 선택한 것이지만.) 예술가의 삶이란 고되고 힘든 가시밭길이다. 난 잠시 그 가시들을 헤치고서 당신에게 예술가의 삶을 제대로 보여주려 한다.

먼저 힘든 부분을 보여주겠다.

당신의 사람이 글쓰기를 업으로 삼으려 한다는 것은 글쓰기에 열정을 느끼고 글쓰기로 성공하고 싶기 때문이다. 예술에 대한 바로 그 욕망이 언제나 그의 삶에서 중심을 차지할 것이다. 물론 그는 온 마음으로 당신을 사랑한다. 당신이 없으면 그리워하고, 당신을 다시 보면 기뻐하며, 자신의 작품을 당신에게 바치고, 당신의 인내심과 도움에 감사해한다. 당신을 어찌나 사랑하는지, 당신을 위해서라면 달려오는 버스나 날아오는 총알도 기꺼이 막으려 할 것이다. 그는 당신을 사랑한다.

하지만, 설령 아니라고 말할지라도, 그는 언제나 글쓰기를 최우선으로 생각한다. 당신에게 상처를 주지 않으면서 그 사실을 말할 방법을 그는 알지 못하며, 당신이 이해해주지 않을까봐 전전긍긍한다. 문제는 당신에게 있지 않다. 그의 내면에서 쉬지 않고 속삭이는 목소리가 그로 하여금 정해진 시간만큼 키보드 앞에 앉아 있지 않고는 못 배기게 그를 부추기기 때문이다. 글쓰기는 그에게 즐거움을 주지만, 동시에 끔찍하고 그칠 줄 모르는 갈망을 불어넣기도 한다. 그렇게 그는 자꾸만 더 멀리 나가며 자신의 한계를 시험한다.

그에게 글쓰기란, 사랑의 문제가 아니라 생사의 문제다. 죽음의 위기를 극복하고 삶의 흔적을 남기는 것의 문제이며, 이곳에 내가 존재했었노라고, 이게 나이며, 내게 중요했던 것, 내가 목격한 세상의 모습은 이러했노라고 선언하는 것의 문제이다. 죽음 앞에서 우리는 모두 두려움을 느낀다. 천국이나 지옥 혹은 사후 세계의 존재조차 확신할 수 없기에, 작가는 오직 작품을 통해 불멸의 무언가를 남기고 싶어 한다.

당신을 향한 그의 애정을 의심할 필요는 없다.

그저 당신은 어둠을 두려워하지만, 그 사실을 고백하는 것도 두려워하는 누군가와 관계를 맺고 있는 것이다.

그 사람은 글쓰기로 세상을 이해하고 자기 자신을 이해한다. 말하자면 글쓰기가 자기 인식의 한 형태이다. 그에게 글쓰기는 단순한 행위가 아니라, 사적이고 원초적이며 몸속 세포 하나하나에 스며든 정체성이다. 작가더러 더는 글을 쓰지 말라고 통보하면, 그 사람은 만화영화의 한 장면처럼 인간 모양의 연기가 되어 사라지고 말 것이다.

작가는 매일 매 순간, 이 모든 게 멈출까봐 두려워한다. 다음 작품이 팔리지 않을까봐, 영감이 더는 떠오르지 않을까봐, 열차가 돌연 멈춰버릴까봐, 누군가 불쑥 찾아와 작가의 신분을 박탈하고 자신의 정체성과도 같은 작품을 갈기갈기 찢어버릴까봐 불안해한다. 물어보면 아니라고 하겠지만, 다 거짓말이다.

이 거대한 심리극에서 아무도 이용당하거나 무시당한다는 느낌을 받지 않으려면, 당신과 그 사람은 무엇을 해야 할까?

일단 그에게 공간을 허락해주어야 한다. 집 안에서, 그것도 바로 옆 방에서 일하고 있는 듯 보이겠지만, 그건 환상일 뿐이다. 그는 삶의 의미를 찾아 우주로 떠나 켄타우루스자리 프록시마성 인근을 떠도는 중일 것이다. 그럴 때는 최대한 방해하지 말고 그 여행을 마치도록 하는 것이 중요하다. 물론 당신 입장에서는 억울하고 지루할 수도 있다. 그에게 말을 걸고 싶고, 그날 있었던 일을 나누고 싶고, 무언가를 묻거나, 저녁으로 뭘 먹을지, 반려견이 왜 이렇게 신이 났는지 등에 관해 이야기 나누고 싶을 것이다. 하지만, 그가 아무것도 쓰고 있지 않다 하더라도 그를 방해해서는 안 된다. 무엇을 쓸지 고민하다가 갑자기 몸을 앞으로 내밀어 키보드를 두드리기 직전의 상태일 수도 있으니까.

마크 트웨인이 그린 만화 중에 그가 눈을 감고서 두 발을 책상에 올려둔 자세로 있는 그림이 있는데, "내가 글을 쓰지 않는다고 해서 정말 그런 것은 아니다"라는 문구로도 유명하다. 남들이 보기에는 공상하는 것처럼 보이겠지만, 작가의 내면에서는……뭐 공상이 맞긴 하지만 어쨌든 건설적인 공상을 하고 있는 셈이다.

영미 문학에서 가장 유명한 시를 꼽으라고 한다면 새뮤얼 테일러 콜리지의 〈쿠블라 칸〉을 빼놓을 수 없다. 풍부한 언어와 상상력, 탁월한 운율과 구조로 유명한 작품인데, 재미있는 점은 '미완'으로 남았다는 사실이다. 콜리지에 따르면, 어느 순간 영감이 떠올라 허겁지겁 책상으로 가 도취 상태에서 그 시를 썼다고 한다. 그런데 절반쯤 완성했을 때, 갑자기 문을 두드리는 소리가 났다. 콜리지가 방문객과 볼일을 마치고 다시 책상으로 돌아왔을 때, 시의 영감은 날아가버린 상태였다. 그냥 감쪽같이 사라진 것이다. 단 30초의 방해가 영미 문학사에서 가장 위대한 시가 될 수 있었던 작품을 미완으로 만들고 말았다.

물론 우리가 콜리지처럼 위대하지는 못할뿐더러, 당시 콜리지가 향정신성 약물에 취해 시를 썼다라는 풍문도 많지만, 작가를 방해해서는 안 된다는 원칙은 여전히 유효하다.

만약 당신의 배려로 그가 7시부터 9시까지 방해받지 않고 마음껏 창작했다면, 그 대가로 그는 당신이 9시 15분에 방문을 열고 불쑥 들어오더라도 불평해서는 안 된다. (15분을 더한 이유는 시간이 얼마 남지 않은 순간에야 비로소 나타나는 멋진 문장이 늘 한두 개쯤 있기 때문이다.) 당신이 그의 글쓰기 시간을 존중한 것처럼, 그도 두 사람이 함께 보내기로 한 시간을 중요하게 생각해야 마땅하다. 글쓰기는 독특한 관성을 가지고 있어서, 책상 앞에 앉아 글을 쓰는 사람은 "오늘 바다에 놀러가기로 해놓고 지금 뭐하고 있는 거야?"라는 저항을 받기 전까지 자리에 붙어 있으려는 경향을 보인다.

써야 할 글은 많고 마감일은 자꾸 돌아오니 키보드 앞에만 붙어 있을 이유를 만들기란 참 쉽다. 하지만 일상에 관심을 두는 것 또한 작가의 의무다. 〈바빌론 5〉를 제작하던 시절, 한번은 공군의 초청으로 F-16 전투기에 탑승할 기회가 생겼다(당시 공군 장교들 중에 내 드라마 팬이 많았다고 한다). 나는 "고맙지만 써야 할 글이 많아 참석하기 어렵다"고 거절했다. 1년 후 NASA에 다니는 내 팬들이 플로리다주의 케네디 우주센터에서 열린 우주선 발사식에 나를 초대했다. 일반 좌석도 아니고 조금만 더 가까이 가면 엔진에 튀겨질지도 모를 만큼 코앞에서 우주선을 볼 수 있는 자리였다. 그때도 나는 "고맙지만 글을 써야 해서 참석할 수 없다"고 대답했다.

나는 그런 거절을 숱하게 해왔는데, 지금 생각해보면 인생에 다시 없을 기회를 스스로 걷어찬 게 아쉬울 따름이다. 일해야 한다는 이유로 가지 못한 장소들, 참석하지 못한 파티들, 구경하지 못한 불꽃놀이와 사라져버린 입맞춤의 기회를 생각하면, 후회가 밀려든다. 안녕? 이따 밤에 네가 사는 동네에 가게 됐는데, 잠깐 들러서 같이 놀까?

그거 좋지. 그런데 나 글을 써야 해.

바보 같은 놈.

약속을 잡았으면 반드시 지키자. 일한 만큼 스스로에게 보상을 줘야 한다. 밖으로 나가 세상을 보고 많은 걸 경험하는 것도 보상의 일종이다. 예순 살이 되어 상패 못지않게 후회로 가득 찬 삶을 마주하게 되는 것은 아무도 원치 않을 것이다.

작가는 자기 인식의 형태로 글을 쓰기에 비판(특히 부당하다고 느껴지는 비판)을 받으면 존재의 이유를 깔아뭉개는 공격처럼 받아들여 치명상을 입는다. 내 작품은 20여 개 국가에 팔렸고 수천 건의 리뷰를 받았다. 그런데 참 얄궂게도, 호평은 대부분 잊히지만 혹평만큼은 머릿속에 생생히 박혀 사라지지 않는다. 문장을 달달 외울 수 있을 정도로.

당신의 사람이 혹평을 받아 힘들어한다면 듣기 좋은 말로 위로해봤자 소용없다. 별 생각 없이 한 말일 거야. 그 사람이 뭐라고 당신을 평가하겠어. 얼간이가 던진 말은 무시해. 이런 말은 그리 위안이 되지 않는다.

당신이 할 수 있는 일은 당신의 사람이 호평을 받았을 때 이런 말을 건네는 것이다. 정말 잘됐다. 그런데 너무 그 말에만 의존하지 마. 좋은 평가가 있듯이, 나쁜 평가도 있는 법이니까. 양쪽 평가를 모두 포용할 수 있으면 상처받을 일도 없어. 누군가 일리 있는 지적을 했으면 그것만 받아들이고 나머지는 떨쳐내.

그러다 당신의 사람이 혹평에 시달리거든 위의 대화를 상기시키자. 상처를 전부 아물게 해주진 못해도 고통을 덜어줄 수는 있다.

이따금 그가 자신의 글을 평가해달라고 부탁하기도 할 것이다. 이는 어떤 관계에서든 위험한 일이다. 아마 당신은 솔직하게 의견을 전해야 할지, 아니면 그가 만족하도록 좋은 말만 해줘야 할지를 고민할 것이다. 전자는 자칫 공격처럼 느껴질 수 있고,

후자는 미심쩍어 보일 수 있다. 당신에게 물어봤자 듣기 좋은 말만 골라서 해줄 테니 그는 아예 의견을 구하려 하지도 않을 것이다. 그가 알고 싶어 하는 것은 당신의 솔직한 의견이다.

숨겨진 의도를 모르는 경우라면 더욱 난처하다. 그가 대단한 작품을 완성했다고 생각해 당신 역시 그만큼 감탄하기를 바라는 것일 수도 있지만, 이야기가 뜻대로 풀리지 않아 당신이 해법을 제시해주길 바라는 것일 수도 있다. 안타깝게도 그가 원고를 건넬 때 당신이 그의 의도를 알아챌 방법은 없다. 그는 그저 "한번 읽고 어떤지 말해 줘"라고 말할 뿐이다.

이를 짓궂게 표현하면 "덫을 놨으니 어디 한번 들어와서 당신 생각을 말해봐"라는 뜻이 된다.

그가 당신의 평가에서 무엇을 얻고 싶다고 생각하건 간에 그에게 필요한 것은 당신의 솔직함이다. 물론 모두가 그 솔직함을 감당할 수 있는 것은 아니다. 그의 글을 부정적으로 평가했다가 둘 사이에 북극 판보다 냉랭한 기류가 흐르는 것을 겪고 나면, 내 말뜻을 이해할 것이다. 이 장에서 나는 거짓말하지 않으면서 무사히 의견을 전달하는 방법을 몇 가지 소개하려 한다.

만약 그가 건넨 글이 진심으로 마음에 들었다고 쳐보자. 더할 나위 없이 좋은 시나리오라는 생각이 들더라도 어딘가 고칠 부분을 지적해주어야 한다. 사소한 거라도 좋다.

정말 마음에 들어. 아주 재밌고 캐릭터들도 매력적이야. 결말은 전혀 예상 못했지만, 충분히 설득력이 있어. 하지만 17쪽에서 비아트리스가 남편과 말싸움하다 버럭 화를 내는 부분이 조금 걸려. 비아트리스는 이야기 내내 영리하게 움직이는 인물이잖

아. 비아트리스라면 남편에게 복수하려는 속셈을 들키지 않으려고 오히려 분노를 숨길 것 같아.

이렇게 평가하는 것은 중요하다.

나는 감독이 아니며 감독이 되려는 마음도 전혀 없다. 감독이 되면 아침 일찍 일어나야 하는데, 나는 그렇게 예민해진 상태로 주변 사람들을 공포에 몰아넣고 싶지 않다. 하지만 이따금 감독 역할을 수행해야 할 때가 있다. 그럴 때면 촬영 첫날 배우와 만나 그의 연기에서 마음에 들지 않는 부분을 꼭 짚고 넘어간다. 가끔은 없던 말을 지어낼 때도 있지만 지적을 빠트린 적은 없다. 지적받는 배우의 입장에서는 내가 부정적인 말을 감추지 않는다는 것을 인지하게 되어 나중에 내가 하는 칭찬을 더욱 진심으로 받아들인다. 내가 마냥 자신을 떠받들거나 듣기 좋은 말만 하는 사람이 아니란 걸 알고 있기 때문이다.

마음에 들지 않는 부분이나 개선하면 좋을 부분을 지적하면 당신이 그의 글을 솔직하게 평가한다는 인상을 준다. (이 장을 다 읽고 나면, 그 사람이 우리의 속셈을 알지 못하도록 이 페이지를 찢어 없애버리길. 커피를 흘려도 좋다. 당장 손에 커피가 없다면, 얼른 한 잔 가져오도록.)

이번에는 그가 건넨 글이 전혀 천재적이지 않고 밋밋하다고 쳐보자. 수준 이하로 끔찍하다고는 말하지 않겠다. 일단 글을 파는 작가가 된 이상 아주 헛소리를 하진 않을 테니까. 흥미롭게도 작가란 존재는 어느 정도 경지에 오르고 나면 후퇴하는 일이 좀처럼 없다. 일정 수준에 오르면 거기에 계속 머물게 되지, 이전 수준으로 되돌아가는 일은 흔치 않다. 그래서 그럭저럭 굴러가

긴 하지만 뭔가가 부족한 글이 나오곤 한다. 그럴 땐 어떻게 해야 할까?

역시 가장 좋은 건 솔직함이다. 하지만 앞서 말했듯이, 아쉬운 점을 평가할 때는 진심 어린 칭찬을 함께 곁들여 감정을 누그러뜨려야 한다. (이 방법에 관해서는 건설적 비평을 다룬 '글쓰기를 위한 글쓰기 수업'편을 참고하기를.) 당신의 평가 덕에 그 사람은 글을 어떻게 다듬어야 할지 방향을 잡아가게 될 것이다.

당신이 그의 글을 지나치게 깎아내리지도 부풀리지도 않으면서 진실만을 말하고, 작품에 대한 칭찬과 비판을 균형 있게 이야기해준다면, 그 사람은 당신을 공정한 평가자로 생각해 신뢰할 것이다. 즉 당신을 창작의 외부인이 아닌 협력자로 바라볼 것이다. 고독한 직업을 가진 사람에게 그러한 존재가 생긴다는 것은 어마어마한 선물이다. 그 사람은 당신과 그 기쁨을 나누고 싶어 할 것이고, 당신이 그에게 안전한 공간을 만들어준 것을 고맙게 여길 것이다.

마지막으로 당신에게 하고픈 말이 있다.

누군가는 예술가의 삶이 축제와 기근의 반복이라고들 한다. 그런데 아주 정확한 말은 아니다. 정확히 말하면, 축제였다가 기근-기근-기근, 다시 축제였다가 기근, 축제였다가 기근-기근-기근, 최악의 기근과 약간의 축제, 다시 대기근의 반복이다. 살다 보면 당신 곁의 그 사람도 자기 자신과 예술에 대한 믿음이 송두리째 흔들리는 위기를 맞이할 것이다. 각종 요금을 제때 내지 못해 허덕이고, 자기 의심에 빠져 형편없는 결과물을 만들어내다 보면, 그 사람은 당신의 손길이 닿지 않는 실패의 구렁텅이에 처박혀 나오려 하지 않을 것이다. 그럴 때는 그저 내버려두기를. 작가들은 가끔 그렇게 혼자 끙끙 앓다가 마음을 새로 다잡으며 창작을 이어간다. 그 시기에 당신이 해야 할 일은 그에 대한 믿음을 보여주는 것, 그가 악몽의 끝자락에서 빠져나올 때까지 기다려주는 것이다.

자, 이제 이 장을 마무리해야 하니 그 사람을 다시 불러오자.

반갑다……. 안 그래도 슬슬 당신이 그리운 참이었다. 뭐 대단한 이야기를 한 것은 아니지만 몇 가지를 속 시원하게 말하니 좋더라. 커피 자국은 미안하게 됐다.

앞서 우리는 글쓰기의 기복에 대해 이야기했고, 성공에 따라 붙는 실패에 대해서도 이야기했다. 이는 돈을 관리하는 게 중요한 이유이기도 하다. 글을 써서 1달러를 벌었으면 50센트는 무조건 저축해야 한다. 제발 부탁인데, 휴가를 가거나 홈시어터 장비를 사겠다고 모아둔 돈을 홀랑 써버리지는 말자. 그 돈은 신성불가침한 것이어야 한다. 오직 재정난에 허덕일 때에만 그 돈에 손을 대라. 그래야 제때 집세를 낼 수 있고, 타협하는 일 없이 글쓰기 재능을 발휘할 수 있다.

1959년, 작가 로드 설링은 드라마 〈플레이하우스 90〉의 한 에피소드 '벨벳 골목'의 대본을 맡아 썼다. 이 에피소드는 반짝 유명해졌다가 비극적으로 추락한 드라마 작가의 이야기다. 삶이 끔찍하게 망가진 그는 비싼 대저택으로 도피하듯 이사를 간다. 그는 자신을 찾아온 에이전트를 데리고 집 뒤뜰로 나가 신세를 한탄하는데, 작가라면 그 말을 가슴에 새길 필요가 있다. 여기에 그 말을 요약하자면 이러하다. 드라마 작가가 되면 글을 쓰는 대가로 많은 돈을 받아 아쉬울 것 없이 살아가게 된다. 그런데 아주 천천히 삶의 수준이 올라가 나중에는 그 모든 걸 유지하기 위해 돈이 계속 필요해지는 지경에 이른다.

그리고 어느 순간, 그에게 돈을 준 사람들이 그걸 전부 빼앗아 가겠다고 협박한다. 그렇게 그들이 당신을 소유하게 된다.

그것이 바로 벨벳 골목이다. 골목 끝에서 처참한 결말을 맞이하지 않으려면 돈을 잘 관리하는 수밖에 없다. 돈이 궁해져서 원래였으면 퇴짜를 놓았을 일까지 일단 다 맡고 보는 지경에 이르지 않도록 조심하자. 현명하고 신중하게 행동하길. 정말로 조심해야 한다.

우리 대화의 마지막을 장식할 다음 편에도 당신에게 경고할 말이 남았으니, 이 장은 살짝 부드럽게 끝마치려 한다. 많은 작가가 놓치고 살아서 좀처럼 이야기되지 않는 주제에 관한 말이다.

내가 말하고픈 것은 글쓰기의 즐거움이다.

글을 쓸 때 우리는 말들로 둘러싸인 안전한 공간에 있다. 하지만 글을 쓰지 않을 때는 그야말로 끊임없는 패닉의 연속이다. 바라는 목표를 이룰 만큼 재능을 가졌는지, 우리도 모르는 재능을 남들에게 떠벌린 것은 아닌지 시도 때도 없이 불안해진다.

일하는 공간 밖으로 나가 사람들을 만나는 것도 크게 도움은 못 된다. 십중팔구 대화는 어떻게 먹고사느냐는 질문으로 이어지기 때문이다. 요즘에는 무슨 작업을 해요? 반응은 괜찮고요?

많이 팔렸나요? 잘나가는 사람이면 계속 같이 술을 마실 의향이 있는데 말이죠.

잠을 잔다고 해서 불안이 사라지지도 않는다. 이는 수많은 작가가 불면증에 시달리는 이유이기도 하다. 작가는 이야기를 짓기 위해 온종일 세상의 이것저것을 연결하며 하루를 보낸다. 밤이 되어 눈을 감아도 그 과정은 멈추질 않고, 그의 내면에까지 들어와 속을 어지럽힌다. 정말로 끔찍한 일이다. 불을 끄고 침대에 누워 서서히 잠들려는데 갑자기 눈앞에 이야기 아이디어나 대사 토막이 떠오르고, 노래 가사나 시구가 생각나고, 문자 그대로 몇 시간 전 쓰다 만 장면의 의미를 더 잘 표현할 방법을 깨치면, 하는 수 없이 침대 조명을 켜고(혹은 옆에 사람을 방해하지 않게 다른 방으로 건너가서) 글을 끼적여야 한다. 다시 침대에 눕지만, 이번에는 또 다른 생각이 떠오르고, 결국 이 모든 과정을 처음부터 다시 반복해야 한다.

글쓰기로 돈을 벌지 않을 때 우리는 즐거움을 느끼지 못한다. 다시 일할 기회가 오지 않으면 어떡하나 불안하기 때문이다. 그러다 다시 글을 쓰게 되었을 때는 그 일을 끝내야 한다는 부담감에 즐거움을 느낄 겨를이 없다. 그 일을 마쳐도 여전히 즐거움을 느낄 수는 없다. 다시 일하지 못할까봐 걱정해야 하니 말이다.

그렇다면 도대체 즐거움을 어디서 찾아야 하지? 작가의 삶에서 행복은 대체 어디에 있는 걸까?

글쓰기는 작가에게 물론 중요한 일이다. 그렇기에 당신이 매일 새벽 네 시부터 여섯 시까지 모두가 잠든 고요한 집에서 고독하게 글을 쓰는 것이다. 하지만 영화를 보는 것, 게임을 하는 것, 산책하는 것, 나무 그늘 아래 앉아 있는 것, 사랑하는 이에게 마음을 표현하는 것도 그만큼 중요하다. 크고 작은 성공을 마음껏 기념하자. 심리학 개론을 들은 사람은 파블로프의 조건 반사에 대해 들어보았을 것이다. 종이 울릴 때마다 개에게 먹이를 주는 과정을 여러 번 반복하다 보면, 어느새 개가 종소리와 먹이를 연결 지어 나중에는 종소리만 들어도 침을 흘린다.

마감을 하나 끝냈거나 어디론가 보낼 글을 하나 완성했으면, 그때마다 무조건 스스로에게 즐거움을 허락하자. (글을 팔 때마다 자축하라고는 말하지 않았다. 물론 그것도 충분히 축하할 일이긴 하지만, 글을 마무리 지은 것 자체도 충분히 값어치 있는 일이다.) 프로젝트를 하나 끝낼 때마다 좋아하는 레스토랑에 가거나 특별한 날에만 먹는 디저트를 먹으면, 다음 프로젝트를 끝내서 또 이 즐거움을 얻겠다고 머리가 저절로 인식하게 될 것이다.

혹은 프로젝트를 끝낼 때마다 자신에게 선물을 주어도 좋다. 값싼 물건이라도 좋으니 책상에 하나씩 올려두면, 도무지 무언가를 끝낼 수 없을 것 같을 때 그걸 보며 용기를 얻을 수 있다. 당신이 완성한 것들을 기념하는 물건들로 책상을 가득 채우고, 그걸 음미하며 즐거움을 얻기를.

그리고 사랑하라.

세월이 지나고 보면 인생에서 가장 중요한 것은 당신 곁에 있는 바로 그 사람이다. 당신처럼 글을 쓰진 않지만 변함없이 당신을 지지하고, 조언을 아끼지 않고, 늘 제자리를 지켜준 그 사람. 기회가 있을 때마다 그에게 사랑을 고백하라. 기회가 생기지 않으면 만들어서라도 마음을 전하자. 당신이 작가로서 존재할 수 있는 것이 당신보다 먼저 그 길을 간 선배 작가들 덕분이듯이, 당신이 한 인간으로서 존재할 수 있는 것은 당신 곁에 있는 그 사람 덕분이다. 당신의 창작열을 그에게 보여주는 것도 물론 좋지만, 그를 향한 열정과 애정을 보이는 것도 소홀히 해서는 안 된다. 그 두 가지 열정은 서로를 배척하지 않는다. 절대로.

마지막으로 이 책 서두에서 말했듯이, 작가로서 어느 정도 성공한 사람에게는 마땅히 해야 할 의무가 있다. 왔던 길을 되돌아가서 다음 사람을 위해 사다리를 내리는 일이다. 옳은 일이기도 하지만 거기서 오는 즐거움도 굉장하다. 졸업한 고등학교나 대학교로 가서 열정적으로 꿈을 좇는 학생들에게 당신의 이야기를 들려주어라. 후배들의 멘토가 되어라. 출판사에 새 작가를 소개하고, 글쓰기 강연을 하고, 후배 작가들이 성공을 꿈꿀 수 있게 당신이 할 수 있는 것을 하라. 그들에게는 바로 그 깨달음이 필요하다. 성공할 수 있다는 것, 할 수 있다는 것, 자신의 노력과 창작, 고독과 두려움이 헛되지 않으리라는 것을 깨닫기만 하면 된다.

희망이 있는 사람이 멀리 갈 수 있다.

당신이 그랬듯이.

이제 그 희망을 다음 사람에게 건넬 차례다.

끝맺으며 # 세상과 이어진다는 것

영광스럽게도 나는 작가 레이 브래드버리와 만나 대화하고 인터뷰하고 함께 식사한 적이 몇 번 있다. 브래드버리는 아이작 아시모프, 아서 C. 클라크와 함께 나를 SF 세계로 이끈 거룩한 삼위일체 중 한 분이었다. 나는 그들의 책을 닥치는 대로 읽었는데, 그중에서도 브래드버리의 작품들을 특히 좋아했다. 《화성연대기》를 처음 읽었을 때의 경이로움은 아직도 생생하다. 나는 책을 유별나게 조심히 다루는 편이지만, 《R은 로켓의 R》《S는 우주의 S》《태양의 황금 사과》《일러스트레이티드 맨》《나는 바디 일렉트릭을 노래한다》 등은 표지가 너덜너덜해질 때까지 읽고 또 읽었다.

우리가 처음 만난 건 로스앤젤레스 지역 방송국에서 내가 5년간 진행한 주간 라디오 프로그램 〈25시간〉을 통해서였다. 보통 게스트를 초대하면 방송 전에 몇 차례 만나 대화하고 식사하는 자리를 가졌다. (방송국 KPFK-FM은 게스트 출연료를 감당하지 못했기에 나라도 방송 전후로 게스트에게 식사를 대접해야 했다.)[*] 한번은 방송 전에 레이와 나, 그리고 우리 둘의 지인인 노먼 코윈까지 함께 모여 식사를 했는데, 이 일로 나는 된통 당하고야 말았다. 레이는 식사하면서 와인을 주량보다 많이 마셔버렸고, 본방송에 들어가서는 월트 디즈니사가 미국을 지배하면 지금보다 훨씬 더 나은 세상이 될 것이라며 장광설을 늘어놓았다.

그와 대화하면서 나는 조금 서글퍼졌다. 그가 세상과 동떨어져 있다는 생각이 들어서였다. 그는 자기 마음속에 존재하는 1940년대의 미국을 그리워하며, 현재로 이어지는 창문에 커튼이 드리워진 사람이 되어 있었다. 자신의 작품에 찬사를 바치는 팬들과 친구들을 통해서만 세상이 그에게 다가오는 것을 허락하고, 남들이 세상과 이어지는 것에 있어서는 누구보다 관대하면서도 자신의 창작열을 세상과 연결 지으려고는 하지 않았다. 한때 창문 너머로 반지성주의와 검열의 세상을 목격하고 《화씨 451》을 통해 그 시스템을 솜씨 좋게 비판하던 그가 어느새 창문을 닫고 무기력하게 앉아서는, '옛날이 좋았지. 요즘은 너무 정신이 없어. 내가 사는 그린타운은 정원에 정자가 많고, 잔잔한 냇가에서 남자애들이 낚시를 하는 그런 동네야. 아주 좋아. 참,

---

[*] 한번은 작가 딘 쿤츠가 게스트로 나왔는데 "계속 글을 쓰게 하는 원동력이 무엇이냐?"는 질문에 짧지만 잊지 못할 강렬한 대답을 남겼다. "한 번 가난해지면 절대 부유해질 수 없다"는 것이다.

월트 디즈니사가 우리나라를 지배하면 훨씬 나아질 거라고 내가 말했던가?'와 같은 말이나 늘어놓고 있다니.

가끔 우리는 무심결에 마음속 생각을 드러낼 때가 있는데, 레이의 경우에는 디즈니 이야기가 꼭 그러했다. 디즈니랜드에 가면 언제나 볼 수 있는 두 가지와 어김없이 빠져 있는 한 가지가 있다. 일단 그곳에는 과거가 있다. 성들과 왕국, 왕자와 공주, 으스스한 고택들, 이제는 사라진 세상을 환상적으로 재현한 공간들이 대표적이다. 동시에 미래도 있다. 그곳에 가면 미래에서 온 것 같은 첨단 기술과 번쩍이는 철 구조물들, 머나먼 세상 그리고 은하계 제국과 이어지는 듯한 스크린이 우리를 반긴다.

그곳에서 찾을 수 없는 것은 바로 현재다. 우리의 현재는 갈등과 불확실성투성이여서 변덕스럽고, 무엇이 옳고 그른지 모호하며, 자꾸만 제자리를 벗어나기 때문이다.

과거는 실제로 존재한 적 없으나, 모두가 갈망하는 평화로운 시공간을 보여주어 우리를 매료시키고 복잡한 현실로부터 도피하도록 해준다. 미래는 언젠가 닿을지도 모르는 지평선을 가리키며 현실의 한계를 벗어나 꿈이 기다리는 곳으로 우리를 이끈다. 반면 현재는 싸움과 정치의 연속일 뿐, 그 순간을 사는 모두에게 즐거움을 주지 못한다.

디즈니랜드처럼 레이는 아련한 과거를 그리워하고 찬란한 미래만 꿈꾸느라 현재를 잊은 것이었다. 보통 사람이라면 그래도 아무 문제가 없다. 하지만 작가가 그런 삶의 태도를 가지는 것은 자살 행위와 다름없다. 작가가 가닿을 수 있고 반드시 가닿아야 하는 곳까지 가지 못한 채, 자신의 한계에 갇혀버리기 때문이다.

작가가 현실과 동떨어지는 순간, 아주 중요한 무언가가 사라지고 만다. 레이가 말년에 쓴 작품들이 이전만큼의 탁월함을 보이지 못한 것도 이 때문이 아닐까 싶다. 단순히 나이가 들어 하락세에 접어든 것이 아니었다. 그와 비슷한 작가들은 말년에도 참신하고 활력 넘치며 유의미한 작품을 써냈다. 노먼 메일러, 헨리 밀러, (일흔세 살에 퓰리처상을 받은) 스터즈 터클 등이 대표적이다. 노먼 코윈은 90대에도 사회적으로 울림을 주는 책과 프로그램을 제작했다.

세상으로 향하는 문을 닫고서 세상과 섞이려 하지 않는 것은 작가의 선택이고, 레이는 그런 선택을 내렸다. 나는 그의 지혜와 이성을 당연히 신뢰하지만, 어느 지점에 이르러서는 그가 너무 완고해졌다는 걸 지적하고 싶다.

(〈25시간〉을 진행하다가 작가이자 유명 연예인이기도 한 스티브 앨런과 비슷한 대화를 한 적이 있다. 앨런은 수준급의 재즈 음악가이자 훌륭한 배우이기도 한데, 희한하게도 록 음악을 음악으로 쳐주지 않았다. 록 음악이 별로라거나 자신의 취향이 아니라고 말하는 걸 넘어서서, 물을 때마다 진심으로 질색하며 록 음악은 아예 음악이 아니라고 주장했다. 대화가 통하지 않았다. 앨런이라면 디즈니랜드의 어느 부분을 가장 좋아할지 아마 다들 짐작하리라 생각한다.)

세상과 섞이지 않기로 선택하는 것은 벨벳 골목에 들어서는 것과 같다. 이유는 다르지만, 똑같이 파괴적이다.

당신이 초보 작가이건 기성 작가이건, 배관공이건 의사이건, 현실에 충실하면서 세상과 더불어 살아가기란 참 어려운 일이다. 현실의 문제를 해결하려고 애쓰느니, 노스탤지어나 공상의 세계에 빠지는 편이 차라리 쉽다.

만약 당신이 나이를 꽤 먹은 기성 작가인데 음악 플레이리스트에 포함된 노래가 죄다 15년은 된 것들이라면, 혹은 플레이리스트를 만든 적도 없다면, 아니면 플레이리스트가 무엇인지조차 모른다면…… 당신의 신념을 되돌아보고 다음 세대의 의견에 귀 기울인 적이 없다면, 이미 세상과 동떨어져 살고 있는 것이다.

디즈니랜드에 머무는 것은 쉬운 선택이다. 반면 현실을 사는 것은 어렵다. 하지만, 가치 있고 유의미한 무언가를 계속 쓰기 위해서는 꼭 필요한 일이다. 고통스럽겠지만, 기꺼이 새로운 것을 경험하고, 세상과 낯선 생각에 늘 열려 있어야 한다. 겁이 나더라도 세상을 몸소 체험해야 한다. 현실을 충실하게 살아가고 늘 깨어 있어라. 과거의 생각이나 글에 매여 오늘을 대충 살지 말자. 모든 것, 특히 당신이 진실이라고 굳게 믿는 것에 질문을 던져라.

세상과 섞여 살면서 목격한 것을 기록하는 것이 작가의 임무다. 물론 판타지물을 쓰는 작가는 예외일 수 있으나, 그런 글의 핵심에도 현실을 반영한 진실과 아름다움이 틀림없이 존재한다. 작가는 열정을 느끼고 분노와 고통을 견뎌 그게 어떠한지를 사람들에게 알릴 의무가 있다. 맞닥뜨리는 모든 생각을 무조건 받아들일 필요는 없지만(열린 자세와 무비판적 수용은 다르다), 적어도 그것들을 인식하고는 있어야 한다. 시간을 내어 당신이 속한 집단 바깥의 목소리에 귀를 기울여라. **지난 몇 년간 나는 '밀레니얼 세대'니 'Z 세대'니 같은 이름으로 분류되어 곡해된 젊**

은 사람들을 자주 만났는데, 위 세대보다 잃을 게 적은 그들이 세상을 구원하리라는 것을 진심으로 믿게 되었다.

작가는 누구를 만나건 그로부터 이야기를 만들어내고, 어디를 가건 그곳을 아직 쓰이지 않은 이야기의 배경으로 삼는다. 아무리 사소한 말일지라도 작가의 입을 통하면 세상을 뒤흔들 폭로 혹은 혁명의 언어가 된다. 그리고 작가는 세상의 도처에서 아름다움을 발견한다. 물론 어둠과 폭력, 그보다 더 끔찍한 것들도 많지만, 자갈밭에 섞인 원석처럼, 이 세상에는 관대함과 친절함, 위대함과 존엄이 존재한다. 작가인 당신은 바로 그런 세상을 목격하고 말해야 한다.

당신을 통해 이 세상이 꿈을 꾸기 때문이다.

작가가 작가의 소임을 다했을 때 그 꿈은 비로소 실현된다.

이 책은 글쓰기를 업으로 삼았을 때는 그 무엇도 보장할 수 없다는 주장을 자주, 그것도 아주 장황하게 말해왔다. 하지만 단하나 보장할 수 있는 사실이 있다. 현실을 살지 못하고 치열하게 이 세상과 섞이지 못하면, 언젠가 추락해 실패하게 되리란 것. 그게 당신의 결말이 되리란 것.

기회를 잡아라.

꿈을 좇아라.

사랑을 추구하라.

당신의 이야기를 말하라.

마음을 열어라.

받아들여라.

이 세상에 뛰어들어라.

진실되어라.

이게 비결이다. 다른 건 없다.

그럼 행운을 빈다.

감사의 말

이 책에 어울리는 집을 찾아준 잰클로&네스빗의 탁월한 에이전트 엠마 패리에게 감사하다. 그 집의 문을 열어주고 나를 반겨준 출판사 대표 글렌 예페스에게도 감사하다. 내 글의 솔직함을 지켜준 동시에 불상사를 막아준 편집자 롭 펄먼에게도 고마움을 전한다. 나의 멘토이자 벗이었던 고故 노먼 코윈에게도 감사드린다. 그의 말과 인생이 지금까지도 내 삶을 이끌고 있다.

응원해준 제이슨 샨클, 조너선 D. 깁슨, 카시크 발라, 애나 시메키, 매슈 머리, 다이앤 핵본, 오리온 페레니에게도 고맙다는 말을 전한다.

옮긴이의 말

소셜미디어 공간을 돌아다니다 보면 스스로 작가라고 밝힌 사람들의 푸념을 심심찮게 만나게 된다. 마감을 코앞에 두고 괴로워하거나 모종의 이유로 분노하는 글의 비중이 유독 두드러지는 듯하지만, 그런 말들에서도 은근히 애정 같은 게 묻어날 때가 많다. 작가들이 이런저런 어려움과 수모를 겪으면서도 끝내 작가의 길을 벗어나지 않는 데에는 바로 그 애정이 큰 몫을 했을 것이다. 소셜미디어 한편에서 작가들의 절절한 르포가 차곡차곡 쌓이는 동안, 다른 한편에서는 '누구나 작가가 될 수 있다' 식의 구호가 작가와 작가 지망생들을 숱하게 만들어내고 있다. 그런 말을 들으면 '그럼 굳이 나까지?'라고 생각하는 사람으로서, 용기 있게 글쓰기 세계에 뛰어드는 사람들을 볼 때마다 내심 대단하다는 생각이 든다. 온라인에 메아리치는 선배 작가들의 푸념을 헤치고서 '누구나 작가가 될 수 있다'라는 말에 마음이 움직여 '그럼 나도 쓸래!' 하고 결심하는 사람들의 원동력은 무엇일까. 뻔한 이야기지만, 그것 역시 글쓰기와 이야기에 대한 애정이 아닐까 싶다. 어떠한 직업이건 간에 그걸 선택하고 그걸로 먹고살려면 최소한의 애정이 뒷받침되어야 한다. (무너지지 않기위해서는 적어도 그래야 한다고 믿는다.) 그런데 작가는 그 애정의역할이 특히나 중요한 직업 같다.

《스트라진스키의 장르문학 작가로 살기》는 바로 그 애정을자극하는 책이다. 40년 넘게 작가로 활동 중인 J. 마이클 스트라진스키는 여전히 글쓰기에 대한 애정을 주체 못한다. 어찌나 열정이 넘치는지 가볍게 이 책을 펴든 독자라면 살짝 당황했을지도 모르겠다. "글을 쓰지 않으면 살아갈 이유가 없고" "의식주와사랑, 우정보다도 글쓰기가 간절해지는 사람"을 작가로 정의하고 시작하는 책이라니. 하지만 누군가는 그 말에 위로받았을지도 모르겠다. 아직 이뤄놓은 게 없어서, 또는 남들이 비웃을까봐 속에만 담아두었던 작가로서의 비장한 각오를 이 책 작가가한껏 긍정해주고 있으니 말이다. 스트라진스키는 오직 작가만을 꿈꿨던 풋내기 시절부터 성공한 베테랑 작가가 되기까지 경험을 녹여내 이 책에 소개해두었다. 자전적 에세이라고 해도 부족하지 않을 정도로 작가 개인의 경험담이 곳곳에 등장하다 보니, 책을 쭉 읽다가 보면 작가로서 그가 살아온 궤적이 어느 정도 눈에 들어온다. 하나 분명한 사실은 풋내기 시절이나 지금이나 글쓰기에 무한한 애정을 느끼고 있다는 것이다.

스트라진스키의 인생은 글쓰기 충동과 이야기에 대한 애정을중심으로 돌아간다. 그처럼 타고난 이야기꾼이 되어본 적 없는나로서는 '정말 이런다고? 이래야 작가가 되는 건가' 하고 생각할 만큼. 아직 작가로서 어엿한 경력을 쌓지 않았더라도, 글쓰기만 생각하면 주체 못할 애정이 샘솟고 작가를 평생의 업으로 꿈꾸는 독자들이 이 책을 보며 많이 공감하고 용기를 얻었기를 바란다.

이 책의 원제는 '작가 되기, 작가로 살아남기Becoming A Writer, Staying A Writer'이다. 이것만 보더라도 스트라진스키가 누구에게 말을 걸고 싶어 하는지가 짐작이 간다. 1부는 '작가 되기'에 초점을 맞춰 작가 지망생들에게 도움이 될 조언을 듬뿍 담았다. #4. '글은 다듬을수록 좋다', #9. '캐릭터의 목소리 듣기'편 등은 유용한 작법 팁을 소개하고 있어 습작 중인 지망생들에게 특히 도움이 될 것이다. #5. '캐릭터와 세계관 만들기', #13. '괴물을 만들기 위해 기억해야 할 3가지'편은 장르물을 쓰고 싶어 하는 사람들이 두고두고 참고할 만하다. 레퍼런스로 등장하는 작품들에 친숙한 독자라면 더욱 반가울 것이다. #7. '당신은 아이디어를 팔 수 없다', #8. '상어 조심!'편은 책상 앞에서 머리를 쥐어뜯으며 창작하는 일 외에 작가를 곤란하게 만드는 문제들을 다룬다. 물론 미국과 우리나라의 작가 생태계는 사뭇 달라 이 책에 나온 조언을 현실에 100퍼센트 적용하기는 어려울 것이다. 그래도 앞으로 어떤 일을 당하더라도 마냥 순진하게 당하지만은 않는 작가가 되도록 경계심을 길러줄 수는 있다.

스트라진스키의 조언은 시종일관 거침없다. 때로는 '아니, 이런 것까지 털어놓는다고?' 싶을 만큼 솔직하게 자기 약점을 드러내 반사적으로 독자에게 용기를 주는가 하면, 때로는 정신이

번쩍 들 정도로 매서운 충고를 아끼지 않는다. 쏟아지는 '팩폭'
에 정신이 혼미할 독자에게 1부 마지막에 실린 '작가의 가치'편
은 뜻밖에도 다정한 위로의 말을 건넨다. 글쓰기에 대한 애정과
굳은 의지만 있으면 정말로 누구나 작가가 될 수 있다. 달리 생
각하면, 애정과 의지가 조금이라도 흔들리는 순간, 곧장 위기가
찾아온다. 스트라진스키는 이 지점을 정확히 이해하고 공감한
다.

　작가로 정착하기까지의 세월은 불신과 의심으로 점철될 수
밖에 없다. 작가가 되겠다는 꿈은 자의식 과잉의 발로로 치부
되며, 성공의 가능성은 희박하거나 아예 없다고 여겨진다. 따
라서 초보 작가가 익혀야 할 가장 중요한 덕목은 단연 끈기다.
작가로 살아가기의 과정은 벌들이 들끓는 양동이에다 손을 집
어넣고서 사람들에게 인정받을 때까지 몇 년이고 버티는 것과
도 같다.

　그리고 특유의 대담한 언어로 작가의 존재 가치를 선언한다.

　작가는 세상을 바꾸는 존재다.
　작가는 과거에 맥락을 부여하고, 현재에 질문을 던지며, 미
래를 창조하는, 그리고 이 모든 것을 동시에 해내는 존재다.

　작가이거나 작가를 꿈꾸는 사람 중에 이 문장을 읽고 벅차오
르지 않을 사람이 있을까. 번역을 맡은 나 역시도 이 부분을 옮

기며 감동했던 기억이 생생하다. 작가가 되기 위해 출발선에 선 사람들이 스트라진스키의 이 말을 오래 되새기며 부디 무탈하게 그 길을 걸어갔으면 한다.

　2부는 작가 되기 관문을 거친 사람들을 위해 좀 더 실용적인 조언을 담았다. #7. '거꾸로 뒤집어 보기', #10. '복잡한 플롯을 짜는 방법'편은 원고에 역동성을 부여하는 방법을 알려준다. #2. '주의 사항'편은 작가의 숙명인 평가받기에 대처하는 법을 알려준다. #3. '어둠의 에이전트', #5. '자기 글 PR하기'편 등은 실질적으로 작가 경력을 쌓아올리는 데 요긴한 길잡이가 되어줄 것이다. 2부 제목대로 스트라진스키는 '작가로 살아남는 법'을 아낌없이 공유한다. 영어로는 'stay'라는 동사가 쓰였는데 사전적 의미대로 '머무르다' '남아 있다'라고 옮기기에는 어딘가 아쉬웠다. 작가가 되어 그 자리에 머무르기 위해서는 물밑에서 상상 이상으로 치열하게 움직여야 한다는 것을 익히 알기 때문이다. (#9. '우물 안에 뭐가 있길래?'편을 보면 이에 대한 스트라진스키의 생각이 잘 나와 있다.) 결국, 작가 자리에 머문다는 것은 떠밀려가지 않도록 힘주어 버티고 살아남는 것을 의미한다. 스트라진스키는 누구도 "지루한 존재가 되도록 스스로를 방치"하는 일이 없게 독자를 고무시키는 동시에, 불안과 부담감 사이사이에 행복과 사랑도 놓치지 말라고 조언한다.

　심상하게 번역 작업을 하다가도 그런 문장을 만나면 진심으로 감동하고는 했다. 일과 일상 사이에서 균형을 지키는 게 중요하다는 것쯤이야 새로울 게 없는 메시지이지만, 글쓰기에 모든 걸 걸라고 목소리를 높이던 이 책 작가의 입에서 그런 말을 들으니 새삼 진실되게 느껴져서 그랬던 것 같다. 이 책 작가는 글쓰기를 직업이자 숙련된 기술로 인식하는 것을 넘어 즐거움과 연결 짓는다. 이러한 태도는 진실을 넘어 아름다움을 꿈꿔야 한다는 그의 예술론과도 자연스럽게 이어진다. 당장 앞에 놓인 목표와 마감을 해치우느라 즐거움이니 아름다움이니 신경 쓸 겨를이 없더라도, 소소하게 그런 걸 챙길 수 있었으면 한다. 다행히 이 책은 그러한 메시지도 놓치지 않는다. 글을 한 편 마감할 때마다 특별한 디저트를 사먹는 소소한 루틴만으로도 글쓰기의 즐거움을 간직할 수 있다고 이 책은 말한다. 작지만 귀중한 그 메시지가 독자들에게 고루 전달되었기를 빈다.

이 책은 영화 각본이나 드라마 대본, 소설 등을 창작하는 작가를 위해 쓰였으나 꼭 작가만을 위한 책은 아니라는 생각이 든다. 일단 나부터 이 책을 읽으며 배운 게 많다. 글 잘 쓰는 방법에 관한 책이지만 정확하게는 글 쓰는 사람의 태도와 멘탈을 잡아주는 책이어서 평소 글을 자주 다루는 사람들, 더 넓게는 혼자 일하는 프리랜서들에게 도움이 될 내용이 많다. 작가가 기발하게 이름을 붙인 '삼각의자 이론'과 '머나먼 땅에서 온 왕자 시나리오'는 특히 유용하다(#9. '우물 안에 뭐가 있길래?'편을 참고). 장르와 분야를 넘나들며 글쓰기로 먹고사는 방법을 작가는 친절히 소개해 놓았다. 이 밖에도 성숙하게 품평하는 법과 그 평가를 잘 받아들이는 법, 에이전시에게 어필하는 법, 제작자나 편집자의 부당한 피드백을 노련하게 넘기는 법(발칙한 꼼수를 권유하기까지 한다!) 등을 제안한다. 지극히 현실적이고 자세한 가르침이어서 현실에 적용할 부분이 꽤 많다. 각자 필요한 조언을 잘 골라내어 자기 루틴에 입혀보는 재미가 쏠쏠할 것이다. 활동한 세월과 화려한 포트폴리오가 말해주듯, 스트라진스키는 성실한 직업인이자 모범 프리랜서다. 어느 인터뷰에서 하루도 빼먹지 않고 열 시간에서 열두 시간을 일한다고 하여 무심히 기사를 읽던 나를 기함하게 만들기도 했다. 작가가 자신의 소셜미디어 계정에 올린 글에서 하루 여덟 시간씩 자며, 날이 어둑해져야 머리가 잘 돌아가는 편이라 느지막이 일을 시작해 새벽녘까지 책상 앞에 앉아 있다는 걸 알고서는 그나마 약간의 공감대를 느낄 수 있었다.

여하튼 스트라진스키는 현실에 발붙인 작가로 스스로를 정체화한다. 작가로서 자기 글과 시각에 자긍심을 갖는 것과 별개로 어설픈 허세와 허상에 빠지는 것을 거부한다. 이 책에 실린 조언을 거창한 '공식'으로 포장하지 않고, 작가의 경제적인 부분과 생활적인 어려움을 터놓고 논하는 것도 그러한 태도와 일맥상통한다고 본다. 스트라진스키는 글을 쓰는 것 못지않게 글을 홍보하고 파는 방법을 전수하느라 꽤 많은 지면을 할애한다. 모두가 그런 내용을 기대하고서 이 책을 고르진 않았을 것이다. 누군가는 좀 더 실질적인 작법을 배우고 싶었을지도 모르겠다. 하지만 누군가는, 이 책이 막연했던 고민과 불안을 구체적으로 다뤄주어 나름의 실마리를 찾기도 했을 것이다.

국내에서 J. 마이클 스트라진스키의 이름에 친숙한 독자는 코믹스나 SF 장르 마니아 정도가 아닐까 싶다. 그런데 스트라진스키는 생각보다 유명하며 화려한 경력을 자랑한다. 국내에 널리 알려진 대작에도 꽤 많이 참여했다. 유명세가 작가와 작품의 신뢰성을 높여주는 것은 물론 아니지만, 적어도 작가의 인생과 창작 세계를 아는 게 독서에 해가 되지는 않으리라 믿는다. 이 책을 읽고 나서 스트라진스키의 작품을 찾아본다면 새로운 재미를 느낄 수 있을 것이다. 마블 영화 〈토르: 천둥의 신〉에 카메오로 등장하는 스트라진스키의 명연기도 추천한다(짧게 나오니 집중하지 않으면 놓치기 쉽다).

스트라진스키는 대학 시절부터 글을 쓰고 판매하는 프로 작가였다. 연극 대본부터 신문 기사, 평론, 애니메이션 대본 등 분야를 가리지 않고 글을 썼다. 그러다 1980년대 말 드라마 〈환상특급〉의 작가로 채용되면서 본격적으로 이름을 알렸다. 이 책에도 언급되었듯이, 스트라진스키는 〈환상특급〉에 대한 자부심이 상당하다. 실제로 이 시리즈는 SF 고전으로 추앙받으며 요즘도 리메이크되고 있다. 시리즈 성공에 힘입어 스트라진스키는 워너 브로스가 제작한 〈바빌론 5〉 집필을 맡았다. 장대한 우주 오페라 명작으로, 이후 만들어진 우주 SF물들에 지대한 영향을 미쳤다. 스트라진스키는 5년간 방영된 이 시리즈 에피소드를 대부분 홀로 집필하며 거대한 세계관을 직조해냈고, 이를 계기로 탄탄한 팬덤을 형성했다. (요즘 기준으로 어설퍼 보이는 CG 기술을 보고 있으면, 스트라진스키가 작가로서 얼마나 기나긴 세월을 버틴 것인지 경이로울 정도다.)

이후로는 코믹스 분야에서도 왕성히 활동하며 〈판타스틱 포〉, 〈토르〉 등 굵직한 타이틀 연재를 맡았다. 2000년대 초반에 연재한 〈어메이징 스파이더맨〉 시리즈 역시 빼놓을 수 없다. 스트라진스키는 당시 주춤하던 〈스파이더맨〉에 '거미 토템' 설정을 부여하고, 피터 파커는 물론 메이 큰엄마와 MJ 캐릭터의 서사를 풍부하게 만들어 (다소 호불호가 갈리기는 했어도) 시리즈에 활력을 더했다는 평을 받았다. 일부 설정과 관계성은 스파이더 멀티버스 세계관과 영화 〈스파이더맨: 노 웨이 홈〉에 차용되기도 했으니 비교해보는 재미가 있을 것이다.

스트라진스키 버전의 슈퍼맨도 인상 깊다. 스트라진스키는 2010년 출간되어 2015년 완결된 DC 그래픽노블 《슈퍼맨 어스원》을 집필했다. 이 책에도 나오듯이, 스트라진스키는 기존에 설정된 크립톤 행성의 역사를 살짝 비틀어 슈퍼맨 기원 서사를 변주했고, 그에 맞춰 새로운 빌런 캐릭터를 창조했다. 스트라진스키 버전의 슈퍼맨에는 '친근하다relatable'라는 표현이 자주 따라붙는다. 누구도 무찌를 수 없는 '강철의 사나이' 슈퍼맨을 이전 작품들에서보다 인간적이고 감정적으로 그려냈기 때문이다. 그럴 수밖에 없는 것이 스트라진스키에게 슈퍼맨은 각별하다. 위태로웠던 어린 시절의 친구이자 구원자였기 때문이다. 한 인터뷰에서 그는, 자신에게 슈퍼맨은 누구보다 '친근한' 캐릭터였으며 "실재하는 존재, 내 아버지와 달리 친절하고 정직한 존재, 먼저 공격하는 법이 없는 존재"였다고 고백한다. 이 책에도 암시되었듯이 스트라진스키의 아버지는 알코올 중독자에 가정폭력을 일삼는 사람이었다. 성질이 나면 아들이 애지중지 모은 만화책을 찢어버리고 아들이 돌보던 길고양이들을 살해하는 괴물, 어린 스트라진스키에게는 공포와 분노의 대상이었다. 스트라진스키의 어머니 역시 남편이 휘두르는 폭력의 피해자로, 오래도록 정신질환에 시달렸고 아들을 방치했다. 이 책 서두에서 히어로들과 SF 세상이 어린 시절 자신을 구원했노라고 말한 스트라진스키의 고백이 생각 이상으로 무거운 무게를 지니고 있음을 나는 나중에야 알았다.

단편적인 정보로 작가의 인생과 창작 세계에 섣부른 의미를 부여해서는 안 된다는 걸 안다. 그래도, 스트라진스키가 글쓰기를 수단으로 선택해 다행이라는 생각을 많이 했다. 과거에 자신을 구원해준 히어로들에게 멋진 서사를 선물하고, 옛 상처와 분노를 자신이 창조한 가상의 세계에 묻고 나올 줄 아는 작가가 되어 참 다행이라고 말이다. 스트라진스키가 이 책에서 수없이 강조하는 글쓰기의 가치가 얼마나 큰지 헤아릴 수 있을 것도 같아서, 번역가이자 독자로서 이 책에 푹 빠질 수 있었다. 그것이 이렇게 조금 장황하고 감상에 젖은 후기를 쓰게 된 이유다.

번역을 시작할 때만 해도 장르문학 글쓰기 책에 이 정도로 감동할 줄은 몰랐다. 사실 후기를 쓰는 지금도, 혼자 너무 심취한 것인가 싶어 살짝 민망해지려 한다. 하지만, 피터 파커가 오열할 때 함께 울음을 삼키고 아이언맨의 결말 장면을 볼 때마다 울컥하는 독자라면, 또는 가상의 히어로들에게 위로받아 본 적 있는 독자라면, 내가 이 책에 감동한 이유를, 또 스트라진스키가 이렇게나 글쓰기에 진심인 이유를 이해해주리라 생각한다.

물론 《스트라진스키의 장르문학 작가로 살기》는 글쓰기에 관한 책이며, 그 목적에 충실한 책이다. 작가가 되려 하는 독자라면 그 궤도에 오르게 해줄 도구를 얻을 것이고, 이미 작가가 된 독자라면 자신의 상황을 돌아본 뒤 가진 도구를 정교하게 다듬

을 수 있을 것이다. 40년이 넘게 작가로 먹고사는 사람의 조언
이니 틀림없이 도움이 되리라 믿는다.

홀륭하고 성실한 작가들 덕에 먹고사는 번역가로서, 이 책이
작가와 작가 지망생, 그리고 글쓰기에 애정이 있는 모든 독자에
게 어떻게든 도움이 되기를, 응원하는 마음을 담아 간절히 빈다.

옮긴이 송예슬

대학에서 영문학과 국제정치학을 공부했고 대학원에서 비교문학을 전공했다. 바른번역 소속 번역가로 활동하며 의미 있는 책들을 우리말로 옮기고 있다. 옮긴 책으로는 《언캐니 밸리》《기이한 이야기》《예스 민즈 예스》《그들은 말을 쏘았다》《계란껍질 두개골 원칙》 등이 있다.

스트라진스키의 장르문학 작가로 살기

초판 1쇄 발행 2022년 5월 27일

지은이   J. 마이클 스트라진스키
옮긴이   송예슬
기획편집   박하영
디자인   김슬기

펴낸곳   (주)바다출판사
주소   서울시 종로구 자하문로 287
전화   322-3675(편집), 322-3575(마케팅)
팩스   322-3858
E-mail   badabooks@daum.net
홈페이지   www.badabooks.co.kr

ISBN   979-11-6689-085-7 03800